Diane Schoemperlen

Formen der Zuneigung

Piper
München Zürich

Aus dem kanadischen Englisch
von
Margarete Längsfeld

Diane Schoemperlen

Formen der Zuneigung

Geschichten & Bilder

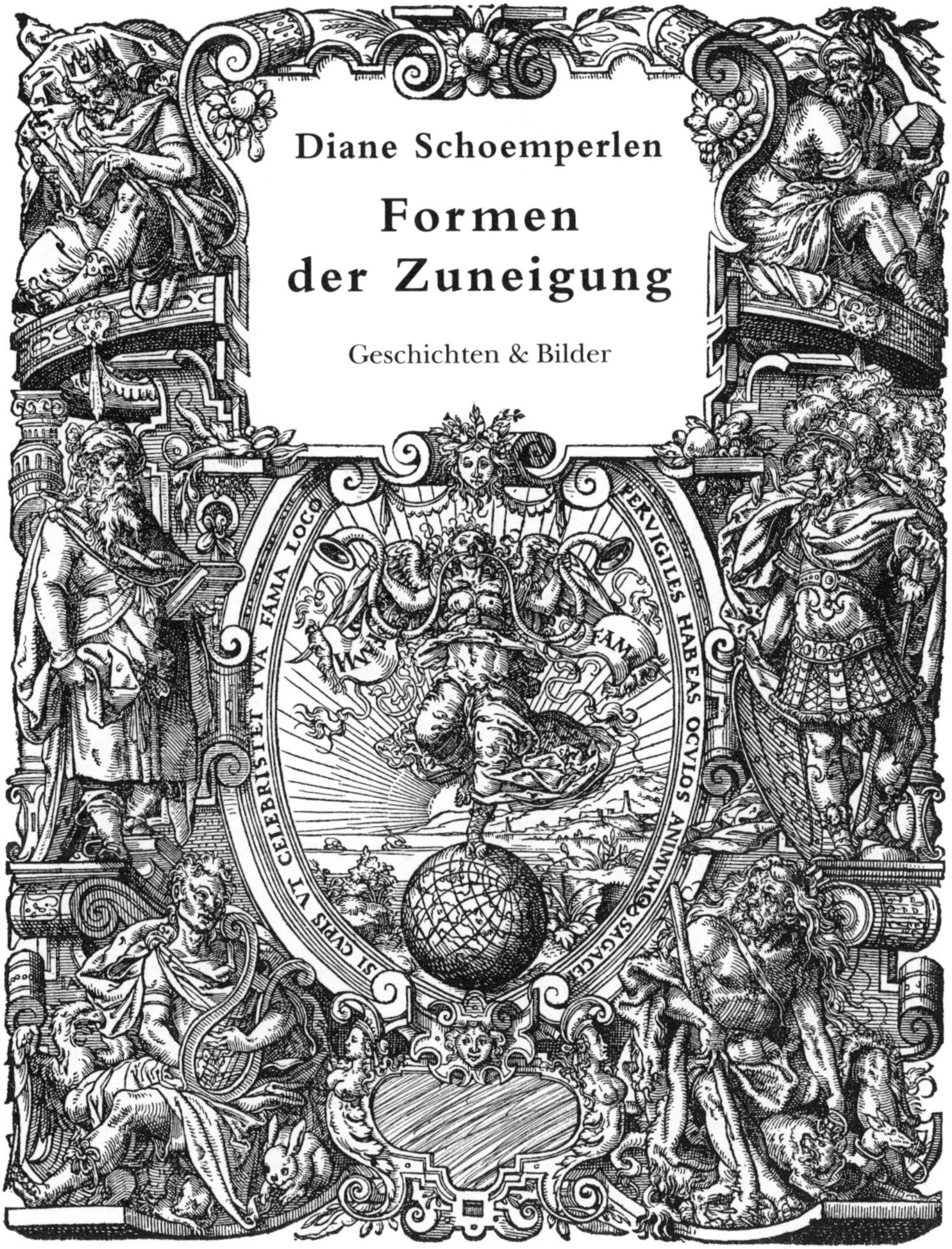

Die Originalausgabe erschien 1998 unter dem Titel
»Forms of Devotion. Stories and Pictures«
bei HarperCollins in Toronto.

ISBN 3-492-04128-0

Gesetzt aus der Baskerville Antiqua
Gesamtherstellung: Kösel, Kempten
Printed in Germany

Meinem Sohn Alexander gewidmet,
der es schade fand, daß es in meinen
Büchern keine Bilder gab

INHALT

Formen der Zuneigung

Merkwürdigerweise suchen wir alle nach Formen der Zuneigung, die mit unserer Fähigkeit zum Staunen übereinstimmen.

J. Marks, *Transition*

I. Der Glaube

Die Gläubigen sind überall. Sie steigen jeden Morgen in ihre Autos und fahren unverzagt in den Tag hinein. Sie gondeln zur Arbeit, voll Zuversicht, daß sie dort ankommen werden: rechtzeitig, unversehrt. Sie stellen sich nicht vor, daß sie ebensogut von einem Coca-Cola-Lieferwagen gerammt werden könnten, der bei Rot über die Kreuzung fährt. Sie malen sich nicht aus, wie die Flaschen explodieren, die Windschutzscheiben zerspringen, ihr Brustkorb zerquetscht wird, das Blut aus ihren Ohren spritzt. Sie fahren einfach drauflos. Jeden Tag dieselbe Strecke, Stop-and-Go, hin und zurück, und wirklich, sie kommen an: heil und gesund. Auf dieselbe unspektakuläre Weise gelangen sie auch wieder nach Hause. Dann beginnen sie mit der Zubereitung des Abendessens, ohne sich im geringsten darüber zu wundern, daß sie überlebt haben. Sie stellen sich nicht vor, daß die Dose Thunfisch, die sie für den Auflauf verwenden, verdorben sein könnte und sie bis Mitternacht womöglich alle an Lebensmittelvergiftung gestorben sein werden.

Sie sind mit dem Glauben bewaffnet. Sie vertrauen, wenn nicht direkt auf Gott, so doch auf die unverrückbare Vorstellung vom alltäglichen Leben. Sie rechnen natürlich nicht damit, ewig zu leben, aber es würde sie nicht wundern, wenn es doch so wäre. Im täglichen Einerlei begegnet ihnen der Tod meistens als ein Unglück, das andere Leute heimsucht, Leute, die vermutlich schlecht sind, unachtsam, vom Pech verfolgt: just zur falschen Zeit am falschen Ort.

Am Wochenende bringen sie morgens ihre Kinder vertrauensselig in den Park und verschwenden keinen Gedanken daran, daß sie entführt oder hinter dem Klettergerüst von einem perversen Typen im Trenchcoat gestreichelt werden könnten. Nachmittags werkeln sie in ihren Gärten, fest davon überzeugt, daß die winzigen Samenkörner schließlich mehr Tomaten, Zucchini und grüne Bohnen hervorbringen werden, als sie verwenden können. Sie graben in der Erde und glauben an die Zukunft. Sie legen Vorräte an, sparen für den Ruhestand und freuen sich aufs Großelterndasein. Sie nehmen sich vor, nach ihrer Pensionierung einen Wohnwagen zu kaufen und auf Reisen zu gehen.

Wenn sie sich abends ins Bett legen, sind sie zuversichtlich, daß ihre weißen Häuser stehen bleiben, ihre grünen Gärten weiter gedeihen, ihre rosigen Babys weiter atmen und die gelbe Sonne am Morgen genauso aufgehen wird, wie sie es immer getan hat. Viele Gläubige sind Frauen, ist doch das Gebären eines Kindes der grundlegende Akt reinen Glaubens. Wenn ihre Söhne und Töchter (deren bislang embryonischer Glaube sie womöglich zeitweise versetzen wird) schluchzend aus Alpträumen erwachen und wimmern: »Mami, ich hab geträumt, du bist tot. Du stirbst doch nicht, oder?«, dann sagen diese gläubigen Mütter in aller Aufrichtigkeit: »Keine Angst, ich sterbe nicht.« Die Gläubigen haben einen tiefen Schlaf.

Sollten sie jemals unglücklich oder furchtsam sein (was vorkommt, weil sie, wenngleich gläubig, dennoch menschlich sind), sind sie zuversichtlich, daß auch das vorübergehen wird. Sie erwarten, beschützt zu werden. Sie erwarten, auf lange Sicht gerettet zu werden. Sie geben sich der Erfüllung ihres alltäglichen Lebens hin. Sie denken nicht daran, den Sinn des Lebens in Frage zu stellen.

II. Das Gedächtnis

Daran denken, den Abfall rauszustellen, die Sachen von der Reinigung abzuholen, die Schweinekoteletts (das Rindergehackte, die Hühnerschenkel, das Seezungenfilet) aufzutauen. Daran denken, den Hund (die Katze, den Hamster, den Goldfisch, den Kanarienvogel) zu füttern. An das erste Lächeln denken, den ersten Schritt, den ersten Schwarm, den ersten Kuß. An den strahlenden Morgen denken, den heißen Nachmittag, den stillen Abend, das weiche Bett, den sanften Regen in der Nacht. Auch an den Schmerz denken, die Enttäuschungen, die Demütigungen, die gebrochenen Herzen und ein ausgewähltes Sortiment weiterer Kümmernisse. Diese Tragödien mit Gelassenheit und Würde tragen. Sich nicht die Haare ausreißen. Vergessen und vergeben und weitergehen auf seinem Weg. Die Gläubigen blicken zärtlich zurück.

Sie sind nur beiläufig vertraut mit Scham, Schuld, Qual, Chaos, Existentialismus und Metaphysik. Das Gewissen der Gläubigen ist rein. Sie gehören nicht zu denen, die Millionen für Selbsthilfebücher und Trainingsvideos ausgeben. Sie wissen, daß sie ihr Bestes getan haben. Falls und wenn die Gläubigen Fehler machen, verstehen sie es, sich selbst zu verzeihen, ohne sich jahrelang teuren Therapien unterziehen zu müssen.

Im Sommer an den Winter denken: Schnee, der im klaren Sonnenlicht glitzert, Kinder, die in dicken Schneeanzügen Schneemänner bauen und Eiszapfen lutschen. An Hockeyplätze denken, an rosige Wangen, Weihnachtslieder, Wollsocken und an heiße Schokolade mit Marshmallows. Im Winter an den Sommer denken: schmuckes grünes Gras unter weitem blauem Himmel, langgliedrige Kinder, die Verstecken spielen und durch den Rasensprengerstrahl rennen. An Gegrilltes denken, an Segelboote, Blumen, Erdbeeren und rosa Limonade. Die Gläubigen finden immer etwas, um sich darauf zu freuen. Die Gläubigen verwechseln die Zukunft nie mit der Vergangenheit.

III. Das Wissen

Das Wissen der Gläubigen ist unerschöpflich. Sie wissen, wie man mitten in der Nacht auf einer verlassenen Autobahn einen Reifen wechselt, ohne sich schmutzig zu machen oder getötet zu werden. Sie wissen, wie man einen Geburtstagskuchen in Form eines Häschens mit Gummibonbonaugen und rosa Pfefferminznase bäckt. Sie wissen, wie man mit Natriumbikarbonat und Essig einen verstopften Abfluß frei bekommt.

Sie wissen, wie man die Diele streicht, die Hartholzböden versiegelt, das Schlafzimmer tapeziert, den Dachboden isoliert, die Schindeln auswechselt und eine neue Toilette installiert. Sie wissen, wie man ein Lagerfeuer macht und ganz allein ein Zelt aufschlägt. Sie wissen, wie man das Auto startet, den Heizkessel repariert und die Sturmfenster abdichtet, um im Winter der unangenehmen und ins Geld gehenden Zugluft zu begegnen.

Sie wissen, wie man in anderthalb Stunden für weniger als zwanzig Dollar ein Essen für acht Personen zubereitet. Sie wissen, wie man näht, strickt, häkelt und Haare schneidet. Sie wissen, wie man sich, sein Haus, sein Auto und seine Kinder sauberhält, sehr sauber. Es macht ihnen nichts aus, die häuslichen Pflichten für das Familienleben zu erfüllen. Es bereitet ihnen vielleicht sogar Freude, die Wäsche zu waschen, die Wände zu wischen, den Backofen zu reinigen und Lebensmittel einzukaufen. Sie wissen, wie man zwanzig Jahre mit demselben Menschen schläft, ohne daß es einem von beiden langweilig wird. Sie wissen, wie man eine Mund-zu-Mund-Beatmung durchführt und den Heimlich-Handgriff bei Erstickungsgefahr anwendet. Sie wissen, wie und wann man sich amüsiert.

Die Gläubigen wissen genau, was man auf Beerdigungen, Hochzeiten und Cocktailpartys sagt. Sie wissen, wann man lacht und wann man weint, und sie bringen diese beiden Gefühlsäußerungen nie durcheinander. Die Gläubigen wissen, daß sie normal sind, und sie sind verdammt stolz darauf. Was sie nicht wissen, tut ihnen nicht weh.

IV. Die Unschuld

Die Gläubigen sind so unschuldig. Trotz aller gegenteiligen Beweise glauben sie, daß im tiefsten Innern alle so sind oder so sein könnten wie sie selbst. Sie glauben an Wohltätigkeit, ihre eigene wie die anderer Menschen. Sie glauben, daß selbst hartgesottene Verbrecher und Manisch-Depressive sich ändern können, wenn man ihnen eine Chance gibt, und sei sie noch so klein. Sie sind bereit, jedem eine zweite Chance zu geben. Für die Gläubigen ist Zweifel abschütteln ebenso leicht wie Teppiche ausschütteln.

Die Gläubigen glauben an Recht und Ordnung. Sie haben nach wie vor Respekt vor Polizisten, Rechtsanwälten, Lehrern, Ärzten und Priestern. Sie glauben jedes Wort, das diese Leute sagen. Sie glauben sogar, was der Wettermann im Radio im Anschluß an die Morgennachrichten vorhersagt. Sie stellen sich nicht vor, daß diese Autoritätsgestalten im Unrecht, korrupt oder schlicht und einfach schwachsinnig sein könnten. Hingegen fangen selbst die Gläubigen langsam an, ernsthafte Vorbehalte gegenüber den Politikern zu hegen.

Die Gläubigen halten viele wundersame Dinge für selbstverständlich. Dinge wie Haut, Elektrizität, Bäume, Wasser, Treue, die unerschütterliche Drehung der Erde um die Sonne. Sie glauben an Schönheit als Geburtsrecht und umgeben sich damit, wann immer sie können. Sie glauben an Innendekoration und Tünche. Nie unterschätzen sie das Ausmaß an Glück, das durch die Renovierung der Küche, frisch geschnittene Blumen auf dem Tisch, den Erwerb einer Garnitur guten Silbers, eines Nerzmantels, eines Kleinlasters oder diverser kostbarer Juwelen erzeugt wird. Die Gläubigen glauben nach wie vor, daß man bekommt, wofür man bezahlt.

Die Gläubigen beurteilen die Dinge nach dem Äußeren. Sie suchen nicht nach versteckten Bedeutungen oder Inhalten. Sie sind nicht skeptisch, zynisch oder mißtrauisch. Sie sind nicht oft ironisch. Die Gläubigen sind die Engel unter uns.

V. Die Stärke

Die Ungläubigen sagen, die Gläubigen seien Dummköpfe. Offenbar wird es heutzutage immer schwieriger, am Glauben festzuhalten. Man lese die Zeitung. Man höre die Nachrichten. Man frage sich, was aus der Welt noch werden soll. Alles in allem ist es inzwischen schwieriger, zu glauben als zu verzweifeln.

Die Ungläubigen sagen, den Gläubigen entgehe der Kern der Dinge. Doch insgeheim müssen die Ungläubigen zugeben – so es denn in Wahrheit, wie sie behaupten, keinen Kern (keinen Sinn, keinen Grund, keine Hoffnung) gibt –, daß den Gläubigen nichts entgeht.

Die Ungläubigen sagen, die Gläubigen führen ein belangloses Leben, trivial, prosaisch, leichtfertig, blind. Doch insgeheim müssen die Ungläubigen die Gläubigen beneiden und sich fragen, ob sie selbst zu kleinmütig sind für den Glauben.

Während die Ungläubigen gereizt, grummelnd und grübelnd in den Abgrund glotzen, ist es den Gläubigen darum zu tun, ihr Leben fortzuführen: Sie arbeiten, frohlocken, schnitzen Halloweenkürbisse, braten Weihnachts- und Erntedankfesttruthähne, blasen Jahr für Jahr Geburtstagskerzen aus und geben sich Silvester schmatzende Mitternachtsküsse.

Was auch geschieht, die Gläubigen wissen auszuharren. Sie sind Meister der Rituale, von denen sie beschützt werden. Für die Gläubigen ist Verzweiflung ein Fremdwort, das zu lernen sie weder Zeit noch Lust haben. Die Gläubigen singen oft unter der Dusche.

Die Gläubigen kennen den Wert der Seelenstärke. Sie tragen den Mut zu ihrer Überzeugung stets bei sich. Sie gehen nicht bis an die äußerste Grenze, aber sie könnten Wunder wirken, wenn sie müßten. Die Gläubigen werden nicht zermalmt vom Gewicht der Welt. Die Gläubigen sind robust und tapfer.

VI. Die Einbildung

Die Gläubigen haben ihre Einbildungen und Vorstellungen fest im Griff. Sie liegen nicht nachts wach und stellen sich Erdbeben, Tornados, Überschwemmungen oder einen Atomkrieg vor. Sie befassen sich nicht mit Katastrophen. Sie rechnen nicht mit der Möglichkeit, von einem Psychokiller, der aus der psychiatrischen Klinik am Ostrand der Stadt ausgebrochen ist, mit der Axt erschlagen zu werden. Sie liegen nicht stundenlang mit geweiteten Augen da und bilden sich ein, daß bösartige Zellen durch ihre Gebärmutter, ihre Gedärme, ihre Prostatadrüsen oder ihr Gehirn galoppieren. Für die Gläubigen ist Kopfweh Kopfweh, kein Gehirntumor. Sie bilden sich nicht ein, von innen nach außen zu verfaulen. Sie haben keine ausschweifenden sexuellen Phantasien über den Briefträger, die Aerobictrainerin oder die Klassenlehrerin ihrer kleinen Kinder. Die Nächte der Gläubigen sind friedlich. Selbst ihre Alpträume gehen gut aus. Die Gläubigen erwachen lächelnd. Ihr Unterbewußtsein ist rein.

Sich vollkommene Gesundheit, finanzielle Sicherheit, die abgezahlte Hypothek, jedes zweite Jahr einen neuen Wagen vorstellen. Sich vorstellen, am Sonntagnachmittag den Rasen zu mähen und Freude daran zu haben. Sich vorstellen, im Herbst Laub zu rechen, ohne die Sinnlosigkeit des Alltagslebens beklagen zu müssen. Sich vorstellen, man habe die Enkelkinder auf den Knien und erzähle ihnen seine Lebensgeschichte.

Die Gläubigen werden selten von dem lästigen Gefühl drohenden Unheils heimgesucht. Sie stellen sich vor, daß ihr Leben sich so entfaltet, wie es vorgesehen war. Sie bilden sich ein, frei zu sein.

Die Gläubigen sind darauf eingestellt, glücklich zu leben bis in alle Ewigkeit: Sich einbilden, der Zukunft ins Gesicht zu lachen. Sich einbilden, der großartigen, grimmigen Gruppe der Gläubigen anzugehören.

VII. Das Gebet

Um Sonnenschein beten, um Regen beten. Um Frieden beten. Um ein Ende des Leidens der Unglückseligen beten. Still in einer Sprache beten, die so einfach ist, daß jedes Kind sie versteht. Es ist nicht nötig, auf die Knie zu sinken, die Augen geschlossen, die Hände gefaltet. Beten, während man das Essen kocht, das Geschirr spült, den Fußboden wischt, sein schlafendes Kind in den Armen hält. Mit dem Herzen beten, nicht nur mit dem Mund.

Die Gläubigen wissen, wie man betet, zu welchen Göttern auch immer. Die Gläubigen beten pausenlos, auf jedem Schritt ihres Weges. Ihre Gebete sind nicht von der Art, die mit dem Wort *Bitte* beginnt. Sie feilschen nicht mit ihren Gottheiten um persönliche Gefälligkeiten. Sie machen keine Versprechungen, die sie nicht einhalten können, weder ihren Gottheiten noch sonst jemandem. Sie bitten nicht um Geld, Macht, einfache Lösungen oder um einen gelben Porsche. Sie flehen, ersuchen, beschwören, bestürmen, verhandeln, appellieren oder lamentieren nicht. Sie liefern sich nicht der unverläßlichen Gnade des Pantheons aus. Sie sind keine theatralischen Eiferer. Die Gläubigen sind würdevoll, unverzagt und geduldig. Sie vertrauen schlicht darauf, sich in einem Dauerzustand der Gnade zu befinden. Ihr Glaube an sich ist eine endlose Segnung. Die Gläubigen mögen sonntags zur Kirche gehen oder auch nicht. Ihr Glaube ist ihr Geschäft.

Die Gebete der Gläubigen sind zumeist wortlose Formen der Zuneigung. Taten sind beredter als Worte. Die Gläubigen sind ehrfürchtig, demütig, gesegnet. Sie sind stets mit frommem Erleben beschäftigt. Die Gläubigen sind selten beunruhigt oder verängstigt. Die Gläubigen haben kaum Zeit zu bemerken, daß alle ihre Gebete erhört wurden.

VIII. Der Überfluß

Die Gläubigen haben von allem mehr als genug. Sie sind niemals knauserig. Sie glauben an den Überfluß, und sie wissen den Wohlstand zu teilen. Sie spenden regelmäßig für heimische und internationale wohltätige Einrichtungen und geben den meisten Bettlern etwas. Die Gläubigen schenken ihre alten Kleider und Spielsachen den Armen. Die Gläubigen sind stets großzügig. Natürlich können sie es sich leisten. Natürlich versiegt diese Quelle nie.

Jeden Abend beim Essen rufen die Gläubigen: »Mehr, mehr, nehmen wir noch etwas mehr!« Der Tisch ist über und über bedeckt mit schweren ovalen Fleischplatten und riesigen Schüsseln mit Kartoffelbrei und Gartensalat. Sie essen immer Nachtisch. Sie lieben es, wenn ihre Kinder weich und rundlich sind. Bei den Gläubigen sind die Augen nie größer als der Mund.

Die Tage der Gläubigen sind so voll wie ihre Mägen. Sie haben überschüssige Energie zu verbrennen. Sie jammern nie, daß sie zuviel zu tun haben. Sie sind gern beschäftigt. Sie brauchen keine Zeit zum Nachdenken. Ihre Freigebigkeit ist reich bemessen. Ihre Häuser und Herzen sind stets voll. Voll Überschwang oder Feierlichkeit, was immer die gegenwärtigen Gegebenheiten erfordern mögen. Den Gläubigen schenket der Herr voll ein.

Die Arme der Gläubigen sind stets geöffnet. Sie haben für jeden Zeit. Die Gläubigen wissen an den Triumphen und Kümmernissen anderer Anteil zu nehmen. Sie haben stets die Kaffeemaschine an, Heidelbeermuffins im Ofen, eine Schachtel Kleenex bereit für alle Fälle. Die Gläubigen verstehen zuzuhören, und sie erteilen nur Ratschläge, wenn man sie darum bittet.

Die Gläubigen wissen ihre guten Gaben zu zählen, und wenn es den ganzen Tag dauert. Sie haben alle Zeit der Welt. Sie wissen, wann sie ihrem Glücksstern zu danken haben. Die Gläubigen sind privilegiert, aber sie sind nicht selbstgefällig.

IX. Die Weisheit

Die Gläubigen haben die Weisheit für sich gepachtet. Sie sind unverdrossen froh, am Leben zu sein. Für die Gläubigen ist alles von Bedeutung. Sie denken nicht daran, daß ihr ganzes Leben, wenn es zu Ende geht, nichts weiter gewesen sein könnte als Zeitverschwendung. Die Gläubigen sind stets aufmerksam. Sie wissen in den beachtlichen Schätzen des Alltags zu schwelgen: Eine rosa Rose, die unter dem Fenster blüht, ein Schinken-Käse-Omelett, das auf dem Teller dampft, eine weiße Katze, die in der Sonne ihr Gesicht putzt, ein neugeborenes Kind mit sandfarbenen Augen, ein doppelter Regenbogen am westlichen Himmel nach einem langen, heftigen Regen. Die Gläubigen lieben Regenbogen, an deren Ende ein Topf voll Gold lockt. Sie wissen das Vergnügen zu nehmen, wo immer sie es finden können. Die Gläubigen rufen ständig: »Schau, schau, schau dir das an!« Für die Gläubigen ist nichts prosaisch.

Die Gläubigen sind überall. Man sehe, ob man sie erspähen kann: in der Schlange in der Bank am Freitagnachmittag, mit ihren Kindern bei McDonald's, wo sie Hamburger und Schokomilchshakes genießen, an einem Januarmorgen um sieben Uhr im Park, wo sie mit ihrem Hund Gassi gehen, in der Eisenwarenhandlung, wo sie einen Imbusschlüssel und eine Harke kaufen. Die Gläubigen sind womöglich direkt bei Ihnen im Garten.

Die Gläubigen sind dankbar für kleine Freuden und kleine Wohltaten.

Die Gläubigen sind ernst.

Die Gläubigen sind leicht zu amüsieren.

Die Gläubigen wissen oder wissen nicht, wie gut sie es haben.

Die Gläubigen weinen oft bei Paraden.

Die Gläubigen fürchten sich nicht vor dem Dunkel, weil sie das Licht gesehen haben.

Bei den Gläubigen ist nichts verloren. Soweit es sie betrifft, werden Wunder nie enden. Für die Gläubigen ist der Weisheit letzter Schluß, daß das Beste noch kommen wird.

X. Die Hoffnung

Die Hoffnung der Gläubigen ist ein Tonikum. Ihre Augen strahlen, ihre Haut ist rein, ihr Haar glänzt, und das Blut fließt kraftvoll durch ihre Adern. Selbst in Zeiten der Not verlieren die Gläubigen nicht den Mut. Beim geringsten Aufflackern einer Möglichkeit zaudern die Gläubigen nicht, Hoffnung zu schöpfen. Sie glauben an die göttliche Fügung. Es kommt ganz darauf an, wie man *göttlich* definiert. Die Gläubigen sind keine Dummköpfe. Auch wenn die Ungläubigen es bestreiten werden, die Gläubigen leben ebenso in der realen Welt wie alle anderen Menschen. Sie verstehen es, in ausweglosen Situationen zu hoffen. Paradoxes beunruhigt sie nicht. Sie sind immun gegen Anfälle von Verzweiflung, die lähmen und verstören.

In kleinen und in großen Angelegenheiten sind die Gläubigen stets voller Hoffnung. Ihr Leben ist eine anhaltende Verehrung der Verheißung, die durch Hoffnung erweitert wird. Die Gläubigen atmen Hoffnung wie Luft, trinken sie wie Wasser, essen sie wie Popcorn. Haben sie einmal angefangen, können sie nicht mehr aufhören.

Auf den Weltfrieden hoffen. Auf ein Sinken der Zahl der Verbrechen hoffen, auf Zuflucht für die Obdachlosen, Nahrung für die Hungrigen, Eingliederung der Geistesgestörten in die Gesellschaft. Hoffen, daß der Sohn in der Rechtschreibprüfung gut abschneidet. Hoffen, daß die eigene Mannschaft die Meisterschaft gewinnt. Hoffen, daß die Mutter keinen Krebs hat. Hoffen, daß die Schweinekoteletts nicht zu kurz gebraten sind. Hoffen, daß der Mann der besten Freundin kein Verhältnis mit seiner Sekretärin hat. Hoffen, daß man im Lotto gewinnt. Hoffen, daß es morgen aufhört zu regnen. Hoffen, daß diese Geschichte gut ausgeht.

Die Hoffnung der Gläubigen ist endlos, sie dehnt sich ständig aus, um den verfügbaren Raum zu füllen. Glaube zeugt Hoffnung. Hoffnung zeugt Glauben. Glaube und Hoffnung zeugen Macht.

Die Gläubigen stemmen sich ständig gegen den Wind.

Fünf kleine Zimmer
(Eine mysteriöse Mordgeschichte)

Ich habe gelernt, die Macht von Zimmern nicht zu unterschätzen, insbesondere die eines kleinen Zimmers mit unzweideutigen Winkeln, makellosen Wänden und wohlgeordneten, in viele rechteckige Scheiben unterteilten Fenstern. Ich mag ein kleines Zimmer ohne Gardinen, Teppiche, Beklemmungen oder Gespenster.

I. Kleines Zimmer mit Birnen

Ich mag ein Zimmer, das in einer zuversichtlichen, kräftigen Farbe gestrichen ist. Ich meide Pastelltöne, weil sie im allgemeinen kapriziös, unentschlossen und häufig affektiert sind. Blau ist eine gute Farbe für ein kleines Zimmer, vor allem in einer Schattierung namens Gezeitentümpel, Tropische See, Azur, Atoll oder Nachtbad.

Einmal habe ich ein Zimmer in einem Blauton namens Regentag gestrichen. Ich finde, ein Regentag hat gelegentlich sein Gutes, zumal nach einer gnadenlosen Periode unverlangten Sonnenscheins. In dem blauen Zimmer hielt ich für alle Fälle einen Vorrat an Schirmen bereit. Dies war das allererste Zimmer, das ich ganz allein gestrichen hatte. Jahrelang dachte ich, das

Anstreichen eines Zimmers sei ein Unterfangen, das ich nie meistern könnte, ein Unterfangen, das man am besten Fachleuten oder Männern überließ. Als ich mit dem Streichen des Zimmers fertig war, war ich so stolz auf mich, als hätte ich die Nordwestpassage entdeckt.

Dieses Zimmer hatte viele herausragende Merkmale, darunter eine Menge großer Schränke und eine Anrichte, geräumig genug, um darauf notfalls eine Operation auszuführen. In den Schränken bewahrte ich alle möglichen Gegenstände auf: Kleider, die mir nicht mehr paßten oder standen, ein Vogelnest, das ich im Park gefunden hatte, als ich sechs war, ein rot-weißes Spitzennegligée, das Programm einer *Macbeth*-Aufführung, mehrere einzelne Socken und Ohrringe, Gebrauchsanweisungen für ein Radio, einen Haartrockner und einen Rasenmäher, die ich längst nicht mehr besitze, einen Packen Liebesbriefe, mit einem schwarzen Satinband verschnürt. Ich mochte noch so viele Geheimnisse in diesen Schränken verstauen, sie wurden nie voll.

Oft wanderte ich mitten in der Nacht in das blaue Zimmer. Um drei Uhr morgens stand ich nackt da und sah in den Eisschrank, bis ich von der kalten Luft eine Gänsehaut bekam und meine Brustwarzen hart wurden. Es war ein sehr alter Eisschrank, der manchmal zirpte wie eine melancholische Grille in der Ferne. Ich suchte nicht so sehr nach etwas Eßbarem als vielmehr nach Erinnerungen, Motiven, einem Alibi: wie es ausgesehen hatte, wie es geschehen war, wann.

Ich nahm ein Stück Schinken, ein Hühnerbein, eine Scheibe Käse oder etwas Obst aus dem Eisschrank. Birnen mochte ich am liebsten. Stellen Sie sich das süße, griesige Fruchtfleisch auf Ihrer Zunge vor, den sinnlichen Saft auf Ihrer Haut. Birnen sind so empfindlich. Meine Fingerspitzen hinterließen Dellen auf der dünnen, gefleckten Schale.

Dies war nicht wie in »J. Alfred Prufrocks Liebesgesang«: *Ob ich mir die Haare hinten scheiteln soll? Ob ich Pfirsiche verzehr? / Ich will weiße Flanellhosen tragen und wandern am blauen Meer. Ich hörte die Meermädchen singen, hin und her.* Pfirsiche können mir gestohlen bleiben. Ihre pelzige Haut läßt mich schaudern, als kratzten Fingernägel auf einer Schultafel. Die Farbe ihres Fruchtfleisches, dicht am Stein, ähnelt zu sehr der von Fleisch, dicht am Knochen. Mein Verzehr von Birnen hatte nichts mit Kühnheit oder Unentschlossenheit zu tun. Es war genaugenommen eine Sache des puren Pläsiers, stets von großer Erleichterung begleitet. An jenem Punkt in meinem Leben hatte ich nichts mit Meermädchen zu schaffen, und ich erwartete es auch nicht. Ich kann keine Tonhöhen unterscheiden, und so anziehend ich eine große Wasserfläche finde, ich habe nie schwimmen gelernt.

Die Frauen, die kommen und gehn, sie schwätzen so / gewiß nicht von Michelangelo.

II. Kleines Zimmer mit Muscheln

Später gab es ein anderes blaues Zimmer, diesmal in einer Schattierung namens Atlantis gestrichen; denn es lag unmittelbar am Meeresstrand. In diesem Zimmer genoß ich den allgegenwärtigen Geruch von Salzwasser und das unaufhörliche Brausen der Brandung. Dies waren für mich zwei Dinge, deren ich nie überdrüssig wurde.

Das Zimmer war sehr stabil, mit Stützbalken, so stattlich und standhaft wie Baumstämme. Die Fenster waren tief in die dicken Außenmauern eingelassen. Diese Mauern waren durch und durch kompakt, nicht hohl im Innern

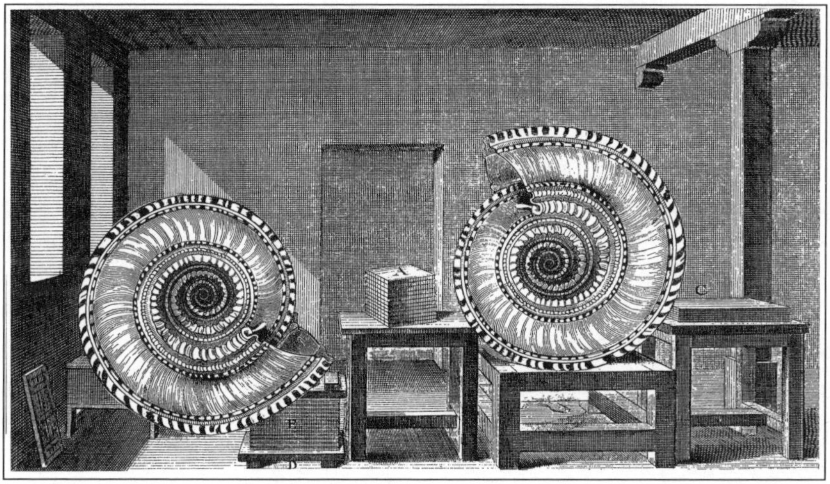

wie so viele andere. Sie ließen mich an Osterhasen denken: Die besten Hasen sind kompakt, und man fühlt sich betrogen, wenn man in einen hohlen beißt und entdecken muß, daß er nur aus einer dünnen Schicht Schokolade um eine hasenförmige Blase aus süßer leerer Luft besteht.

Hier wanderte ich oft mitten in der Nacht an den Strand. Ich trug keine weißen Flanellhosen und hörte nie Meermädchen singen. Ich hatte nicht den Wunsch, das Universum in Unruhe zu versetzen. Ich stand nur da, die Zehen im Meer und den Kopf im Himmel. Die Härchen auf meinen Armen richteten sich im Mondlicht auf. Ich betrachtete die Sternbilder und dachte über Worte wie *Firmament, Nebelflecken und galaktischer Kannibalismus* nach. Ich mußte mir ständig vergegenwärtigen, daß einige Sterne, die ich sah, schon erloschen waren. Anfangs hatte ich Schwierigkeiten mit dem Begriff Lichtjahre, mit der Zeit als Funktion von Entfernung, Geschwindigkeit und Erleuchtung statt einfach als Verlauf vom Einst zum Jetzt.

Wenn ich in bewölkten Nächten nicht der Vervollkommnung meiner Sterntheorie nachgehen konnte, verlegte ich mich auf das Sammeln der mannigfaltigen Gaben, die das Meer mir so freizügig zu Füßen legte.

Ich sammelte etliche Handvoll Muscheln, lauschte auf das Meer in einer jeden, und es war immer da, wie derselbe Mond auf jedem Kontinent zu sehen ist, derselbe Gott in jedem Gebet angerufen wird. Aus dem Sand klaubte ich Mondmuscheln, Harfenschnecken, Engelsflügel, Helm-, Kelch-, Schmetterlings-, Herz- und Stoßzahnmuscheln. Weniger zahlreich und daher um so begehrenswerter waren die Sonnenuhr- und die gekammerten Nautilusmuscheln. Ich hatte irgendwo gelesen, daß der junge Kopffüßer zuerst in der Mitte seiner Muschel lebt, doch wenn er größer wird, muß er sich voranbewegen und jede Kammer hinter sich versiegeln. Das käme dem Verriegeln einer Tür gleich, die dann auf ewig hinter einem verschlossen bleibt.

Wie die erloschenen Sterne waren die Muscheln längst tot, schöne abgeworfene Hüllen der häßlichen Weichtiere, die sie geschaffen hatten. Allein diese hübschen Skelette hatten überlebt, so wie es allein das Licht der Sterne war, das noch zu mir gelangen konnte. Ich dachte ausgiebig und angestrengt über Kammern, Skelette, eine Reihe kleiner Zimmer, die entschwundenen Körper von Muscheln und Sternen nach.

Auch andere Gegenstände hatte das Meer zu bieten: verhedderte Angelschnurknäuel, Plastiktüten, ein Armband, ein Messer. Eine Strumpfhose, ein Schlüsselbund, einen Badeanzug und einige benutzte Präservative. Treibholzstücke wie Knochen, Seetangschlingen wie Eingeweide. Einmal fand ich einen vom Wasser aufgequollenen Kriminalroman mit dem Titel *Tot tot toter als tot.* Die letzten fünf Seiten fehlten. Das, dachte ich unwillkürlich, traf allzu anschaulich den Kern der Sache.

Abgesehen von seiner Eigenschaft als gewichtiges und vielschichtiges Symbol für dynamische Kräfte, Übergangsstadien, das kollektive Unbewußte, für Chaos, Schöpfung und universale Weiblichkeit in all ihren angenehmen und abscheulichen Verkörperungen, war das Meer offenbar auch der Aufbewahrungsort für alle verlorenen Gegenstände. Ich hatte mich schon immer gefragt, was mit den Socken geschah, die in die Waschmaschine hineinkamen, aber nie mehr heraus.

Zu jener Zeit glaubte ich noch, daß ich mein einstiges Ich herbeirufen könnte, wann immer ich dazu bereit war, daß ich meine Unschuld hervorkramen und wieder in sie hineinschlüpfen könnte wie in ein Paar alte Schuhe. Nun sah ich allmählich, daß das nicht mehr zutraf. Schließlich erkannte ich, daß ich in diesem kleinen Zimmer ständig Gefahr lief, zu ertrinken oder von einem Seeungeheuer verschluckt zu werden. Diese Erleuchtung bezeichnete das Ende meiner blauen Periode.

III. Kleines Zimmer mit Katzen

Verschiedene Braunschattierungen eignen sich ebenfalls gut für kleine Zimmer. Braun verleiht ein Gefühl von Heiterkeit, Stabilität und Sicherheit. Man stelle sich vor, auf einem Bett aus warmer Erde zu liegen. Man stelle sich vor, lebendig begraben zu sein und Gefallen daran zu finden. Ich habe eine Vorliebe für alle Brauntöne, die wie Milchkaffee aussehen, oder alle Schattierungen, die nach Nahrungsmitteln benannt sind: Honignuß, Kleiebrötchen, Karamelchip oder Mais. In einem kleinen Zimmer, das in einer Farbe namens Kürbislaib gestrichen war, fühlte ich mich immer vollwertig.

Morgens dachte ich manchmal, ich könnte das Backen des süßen Brotes riechen.

In diesem Zimmer gab es Tische, aber keine Stühle. Die Bedeutung von Stühlen ist sichtlich überbewertet worden. Rasch überwand ich mein atavistisches Verlangen nach ihnen. Bald schon konnte ich mir kaum mehr vorstellen, wieso ich Stühle jemals für unentbehrlich gehalten hatte. Wie so viele andere Dinge, ohne die ich einst nicht leben zu können glaubte, erwiesen sich Stühle, sobald ich mich an ihr Nichtvorhandensein angepaßt hatte, lediglich als eine weitere Gewohnheit, ein Kniereflex wie Zusammenzucken, Sich-entschuldigen oder Sich-verlieben. Ernsthaft vermißte ich sie nur, wenn ich mich hinsetzen wollte, um meine Schuhe zuzubinden. Das war wie der Wunsch nach einem Mann, wenn man die Dachrinne säubern oder ein Glas Eingemachtes öffnen möchte.

Es waren auch viele Borde in diesem braunen Zimmer, ordentliche geräumige Borde wie Schachteln, direkt in die Mauer eingelassen. Manche enthielten noch Gegenstände, die ein früherer entschwundener Mieter zurückgelassen hatte. Es gab da einen rosa Lampenschirm, den ich mir in einer glücklicheren Zeit über den Kopf gestülpt hätte. Es gab da einige blaßgelbe Bettlaken, weich vom vielen Waschen, befleckt mit den Körpersäften längst weitergezogener Fremder. Wohin man auch geht, man hinterläßt immer delikate, inkriminierende Beweisstücke.

Es gab da einen Stapel alte *National-Geographic*-Hefte. Jeder hat irgendwo einen Stoß davon verstaut. Es gab da auch mehrere leere Bilderrahmen, auf den Borden aufgestellt und an die Wände genagelt. Ich schnitt sorgfältig Photographien aus den Zeitschriften und steckte sie in die Rahmen. Ich wählte verschiedene Ansichten von Dschungeln, Bergen, Weizenfeldern. Ich wählte Himmel ohne Wolken, Meere ohne Schiffe, Landschaften ohne Gestalten. Ich wechselte die Bilder oft aus, um nicht das Gefühl zu haben, Wasserzutreten oder auf der Stelle zu laufen.

Hier hielt ich mir Katzen zur Gesellschaft. Ich mag den Anblick eines kleinen Zimmers mit zwei Katzen darin. Ich versuchte, es ihnen gleichzutun, wie sie sich überall niederlassen können wie rückgratlose, beliebig formbare Kissen, und wie sie aus großer Höhe fast immer auf die Füße fallen. Ich war auch beeindruckt von ihrer anscheinend grenzenlosen Fähigkeit, sich anzupassen, der Art, wie sie es sich überall wohl sein lassen können: in einer Gasse, einer Scheune, einem Palast oder einem kleinen braunen Zimmer mit Tischen und Borden, ohne Stühle.

Ich erzählte meinen Katzen Geschichten von anderen Katzen, berühmten Katzen, zähen Katzen, wundersamen Katzen, die den Weg wieder nach Hause fanden, nachdem sie endlose Kilometer Wildnis durchwandert, Flüsse durchwatet, Schluchten erklommen, hohe Gebäude mit einem einzigen Satz übersprungen hatten. Meine Katzen kuschelten sich an mich und schnurrten. Es ist nicht wahr, daß Katzen nur schnurren, wenn sie zufrieden sind. Sie schnurren auch, wenn sie Angst oder Schmerzen haben.

Zu meiner Zeit hat man mir viele Dinge vorgeworfen: Eifersucht, Hochmut, Selbstsucht, Verderbtheit, Trägheit, Bitterkeit und Wollust. Auch Untreue, Härte, Wahnsinn, Unmoral und Stolz. Man nannte mich rücksichtslos, herzlos, schamlos, boshaft, sarkastisch, anspruchsvoll, anmaßend, kaltblütig und grausam. Die Katzen freilich wußten nichts davon und dachten nicht daran zu fragen. Sie waren sich der Gefahren der Neugierde, der Beschwerlichkeit und Verdrießlichkeit des Mißverstandenwerdens wohl bewußt. Es gibt immer jemanden, dem die Lust einer Katze am Töten gegen den Strich geht. Man denke daran, wie sie mit ihrer Beute spielen und dann, wenn sie mausetot ist, stets den Kopf zuerst fressen, ihn oft im ganzen verschlingen. Man denke daran, wie sie immer die Herzen übriglassen, diese schleimigen kleinen Klumpen in der Einfahrt, die die Fliegen anziehen. Ich persönlich finde das nicht unappetitlich. Es gibt immer jemanden, der dir sagt, daß mit deinen Instinkten etwas nicht stimmt. Draußen rieb sich der linde gelbe Nebel an den Scheiben.

IV. Kleines Zimmer mit Falter

Wie zu erwarten, sind die meisten grünen Farben nach pastoralen Szenen und nach Grünzeug benannt: Wiese, Weide, Obstgarten, Blatt, Broccoli, Spargel, Spinat und Dill. In einem kleinen Zimmer, in einer Schattierung namens Waldweg gestrichen, war die Luft immer feucht, und sie verströmte einen heimeligen Geruch nach frischem Wachstum und nach Fäulnis. Das Licht, blättrig und diffus, war wie ein grüner Glanz auf meiner Haut. Die Decke war in Jungferndunst gestrichen, einer feuchten Farbe ganz ähnlich dem Himmel an einem diesigen Augustnachmittag. Wenn ich diese Decke zu lange betrachtete, bekam ich keine Luft mehr.

Wo die Wände sich mit der Decke vereinten, waren Kurven statt gerader Linien und Winkel. Auch die Oberseiten der Fenster und des Türrahmens waren gewölbt. Ich erfreute mich an diesen Bögen, wie man sich an einer Symphonie erfreut; der ganze Körper kribbelt, wenn das unvermeidliche Crescendo naht. Ich mag es, wenn eine schöne altmodische Symphonie das Blut in Wallung bringt. An diesem Punkt in meinem Leben wußte ich, daß ich reif war für eine Verwandlung.

In diesem Zimmer gab es viele stabile Holzbänke, deren Zweck mir verborgen blieb. Vielleicht war das Zimmer der Versammlungsort eines Geheimkults gewesen, dessen Mitglieder in schwarzen Umhängen und Kapuzen

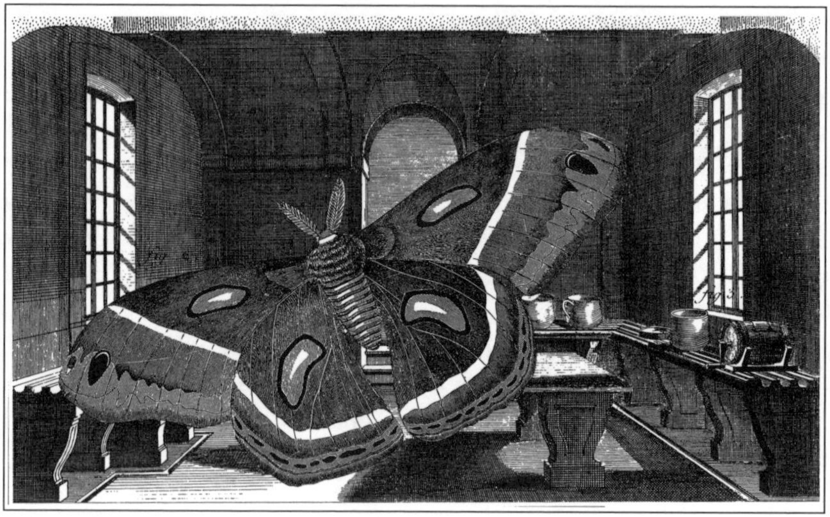

nebeneinander auf diesen Bänken saßen, ihre diversen Dämonen und Götter anbeteten, ihren nächsten Schritt planten. Auf diesen mysteriösen Bänken war eine beeindruckende Batterie von Kochgeräten, Metalltöpfen und Schüsseln in vielen Größen angeordnet, manche eingedellt, manche glatt. Vielleicht hatte man sie benutzt, um die Opferjungfrauen oder -lämmer zu sieden. Da mir das Verlangen, zu kochen und zu essen, durch die Hitze und meine überbordende Phantasie vergällt war, füllte ich diese Gefäße mit Blumen statt mit Eintopf, sei es zu Opfer- oder sonstigen Zwecken. In diesem grünen Zimmer aß ich nur rohes Grünzeug: Kopfsalat, Sellerie, Paprika und Limonen.

Hier wanderte ich nachts nicht umher. Ich ging immer noch zu Bett, ohne zu wissen, wessen man mich beschuldigte, aber diese Ungewißheit quälte mich nun nicht mehr. Während meines Aufenthalts in diesem grünen Zimmer hatte ich nur zwei schlechte Träume. Im ersten schrumpfte mein Kopf zur Größe einer kleinen Paprikaschote, dann wurde er halbiert und auf einer großen grünen Platte angerichtet. Im zweiten Traum wurde mein Körper mit einem feinen weißen Pulver überzogen und dann, noch zappelnd, an eine Wand genagelt. Es war keine grüne Wand. Es war eine rote Wand. Ich schlief flach auf dem Rücken bei offenen Fenstern, neben mir auf dem Boden eine brennende Kerze.

Nachtfalter flogen durch die offenen Fenster herein, irregeleitete Abgesandte der zügellosen Nacht. Die Muster auf ihren Flügeln waren in einer Sprache geschrieben, die ich nicht verstand. Sie kamen aus einem kilometerweiten Umkreis, außerstande, der süßen, tödlichen Anziehungskraft der Flamme zu widerstehen, so wenig, wie ich jemals einer reifen Birne, einem guten Kriminalroman widerstehen konnte – oder einem Mann, der sagte, er könne mich retten. Nachtfalter pflegen, wie die Menschen, komplizierte Balzrituale, zu denen ausgeklügelte Tänze und unvorhergesehene verblüffende Flüge gehören. Es war schwer zu entscheiden, ob ihr Werben einander oder der Verheißung eines heißen theatralischen Todes galt. Ich hätte sie von meinem Bett aus berühren können. Doch als Kind hatte man mir gesagt, daß man einen Falter nie berühren darf; denn wenn der feine Staub von seinen Flügeln gerieben wird, muß er sterben. Ich glaubte, draußen Stimmen zu hören, aber ich hatte mich geirrt. Ich berührte die Falter nicht. Sie starben trotzdem. Am Morgen sah ich ihre Leichname rund um meine Kerze, die stark getropft hatte, auf dem Fußboden liegen. Ihre schönen Flügel waren versengt, ihre fedrigen Fühler verkohlt, der magische Staub war zu Asche geworden. Hier galt es eine Lektion zu lernen, eine Lektion über Größe und Läuterung der Seele durch Feuer. Entweder war es so, oder die Falter waren einfach zu dumm, um zu überleben. Manche Leute glauben, daß weiße Falter die Seelen der Toten sind, und wenn schwarze Falter in ein Haus fliegen, bedeutet das, daß jemand, der dort wohnt, binnen Jahresfrist sterben wird.

Wenn ich auf mein Leben zurückblicke, ist es schwer zu entscheiden, was der Falter war und was die Flamme. In diesen Dingen gibt es kein Schwarz und Weiß.

V. Kleines Zimmer mit Uhren

Ich habe gelernt, mich vor Purpurtönen zu hüten, die Namen haben wie Verwirrung, Täuschung, Scharade, Illusion und Maskerade. Als ich dieses kleine Zimmer in einer purpurroten Schattierung namens Silvesterabend anstrich, war es mir ein leichtes, mich zu dem Glauben zu verleiten, daß ich hier die Zeit anhalten könnte. Ich stellte mir vor, wie ich mitten im Countdown für Mitternacht schwebte. Rings um mich skandierten erwartungsvolle Stimmen: *Zehn neun acht sieben sechs fünf.* Dann verstummten sie. Tausende aufwärts gewandte Gesichter gafften ungläubig, als die Silberkugel dort hängenblieb und sich nicht weiter senkte. Wie einst der kleine Junge, der seinen Finger in ein Loch im Deich steckte, um die Überschwemmung aufzuhalten, glaubte ich, mit der reinen Kraft von Willen, Wunsch und guten Absichten die Zeit aufhalten zu können. Ich wurde ermutigt durch das Wissen, daß in alter Zeit die Segler ohne Uhren, allein mit dem Blick zu den Sternen, mit Instinkt und Zufallshilfe navigiert hatten.

Wie die anderen Zimmer, hat auch dieses in viele rechteckige Scheiben unterteilte große Fenster, durch und durch kompakte dicke Mauern, eingelassene Borde mit einer beachtlichen Ansammlung von Kochgeräten, mehrere solide Tische und keine Stühle. Ich merke gerade, daß ich anfange, mich zu wiederholen.

In einem alten Faß mit Holzdauben und verrosteten Eisenbändern fand ich zwei große Uhren, die absolut identisch waren. Unter normalen Umständen weiß ich eine genaugehende Uhr zu schätzen, doch hier bemühte ich mich, es nicht wichtig zu nehmen, daß diese beiden Uhren akkurat die genaue Zeit anzeigten.

Es war Winter. Weihnachten stand vor der Tür. Ich hängte Trauben aus purpurroten Glaskugeln an unsichtbaren Fäden an die Decke. Das war festlich gemeint. Draußen hätte es schneien sollen. Doch in diesem Teil der Welt regnet es statt dessen um diese Jahreszeit.

Jeden Abend, wenn es dunkelte, setzte ich mich auf die Kante des Tisches, der am nächsten beim Fenster stand. Ich krempelte meine Blusenärmel hoch, aß meinen Toast und trank meinen süßen Tee mit Milch. Manchmal regnete es, kalte Tropfen auf schwarzem Asphalt. Am Heiligen Abend sangen Kinder auf der Straße Weihnachtslieder, ihre Gesichter und Stimmen waren engelhaft unter roten und grünen Schirmen im Regen. Ich war selbstgefällig, hielt mich ausgenommen vom Vergehen der Zeit, dem erbärmlichen Elend der Einsamkeit, der lästigen Notwendigkeit, zu fragen, zu beharren oder zu erklären. Trotz aller gegen mich sprechenden Beweise fürchtete ich mich nicht. Es war ganz leicht, tapfer zu sein, wenn diese purpurnen Wände mich umhüllten wie kaiserliche Kleider.

Am Neujahrsmorgen weckte mich das Rauschen von einer Million Kalender, die ihre Blätter im Wind wendeten. Ich war gezwungen, die unerträgliche Süßigkeit des Seins zu erkennen. Du kannst weglaufen, aber du kannst dich nicht verstecken.

Jetzt beobachte ich die Uhren statt der regengesprenkelten Straßen. Ihre Zifferblätter sind reglos, aber ihre Zeiger sind immer in Bewegung. Alle mechanischen Uhren hängen von dem langsamen, kontrollierten Freiwerden der Kraft ab. Dem Ticken der Uhren gleich, habe ich jetzt den ganzen Tag einen Refrain im Kopf: *Gib acht. Gib acht. Gib acht.* Manchmal ist es nur ein Hintergrundgeräusch, und ich höre nicht richtig. Dann aber, wenn ich auch nur einen Augenblick darauf achte, vertreibt es alles andere aus meinem Kopf. Das ist, wie wenn Mütter ständig ihre ungebärdigen Kinder ermahnen: *Gib acht, fall nicht hin. Gib acht, stoß dir nicht den Kopf. Gib acht, es ist heiß. Gib acht, es ist scharf. Gib acht, es ist dunkel.*

Wenn ich einmal menschliche Stimmen hören muß, nicht dieses verzehrende Ticken meines Gehirns und der Uhren, spreche ich zu den Wänden. Zu den Wänden sprechen ist nicht unbedingt eine üble Sache, nicht, wenn es gute, starke Wände sind, vollkommen rechtwinklig, frisch gestrichen, kalt und glatt, wenn man seine fiebrigen Lippen dagegen drückt. Insbesondere purpurrote Wände können einen überzeugen, daß alles, was man ihnen erzählt, brillant, geistreich und tiefgründig ist.

Die Zeit, heißt es, heilt alle Wunden. Es sei denn natürlich, die Wunden waren von vornherein tödlich. Er ist nicht Lazarus. Er wird nicht von den Toten auferstehen. Selbst die Zeit hat ihre Grenzen. Erwarte nicht, daß dein Leben der ordentlichen Entfaltung von Anfang, Mitte und Schluß folgt. Es gab eine Zeit, da waren unsere Herzen unschuldige, großmütige und süße, ach so süße Herzen. Es ist an der Zeit, deutlich zu machen, daß ich, obwohl die Hölle wahrlich nicht so raset wie ein wütend Weib, sein Herz nicht in der Einfahrt liegenließ, auf daß es Fliegen anziehe. Ich habe nicht zuerst seinen Kopf gegessen. Ich habe ihn nicht im ganzen verschlungen.

Es ist an der Zeit, daß ich der Verführung durch diese kleinen Zimmer den Rücken kehre. Es ist an der Zeit, die strittigen Fragen anzugehen und den Beschuldigungen zu begegnen. Es ist an der Zeit, sich nach Hause zu begeben: nach Hause, wo die Wände weiß sind und die Herzen schwarz. Oh, frag nicht, »Wo ist das, bitte?« *Komm, wir gehen zur Visite.*

Es ist an der Zeit, klarzumachen, daß ich ihn nicht getötet habe. Doch ja, o ja, ich wollte es tun.

Körpersprache

An guten Tagen (ein guter Tag ist einer, an dem sie sich beim Frühstück nicht streiten, sie ihn an der Tür zum Abschied auf den Mund küßt, bevor sie getrennte Wege zur Arbeit gehen, sie am Abend etwas vorhaben, das gute Freunde, elegante Kleidung, weißen Wein und rotes Fleisch einbezieht) vibriert sein Kehlkopf vor Glück. Seine Zunge ist behende und geschmeidig. Die Worte sprudeln hervor: klug, witzig, bemerkenswert intelligent. Auf dem Weg zur U-Bahnstation lächelt er Fremden zu und lacht laut vor Entzücken über das wäßrige Glucksen eines feisten Babys in einem blauen Kinderwagen. Er ist zuversichtlich, gewandt und umgänglich. Er könnte den ganzen Tag mit jedermann über alles reden.

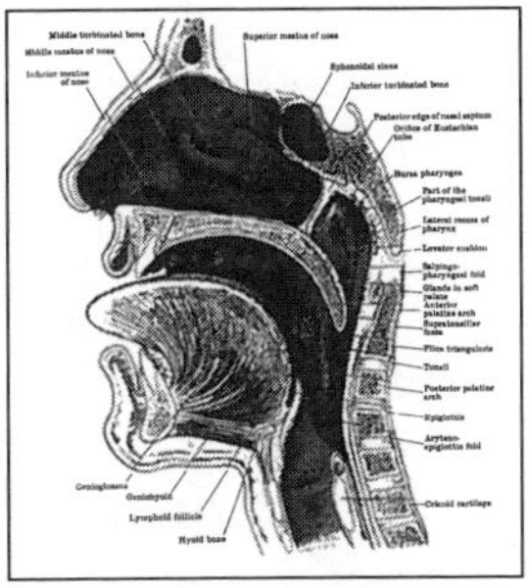

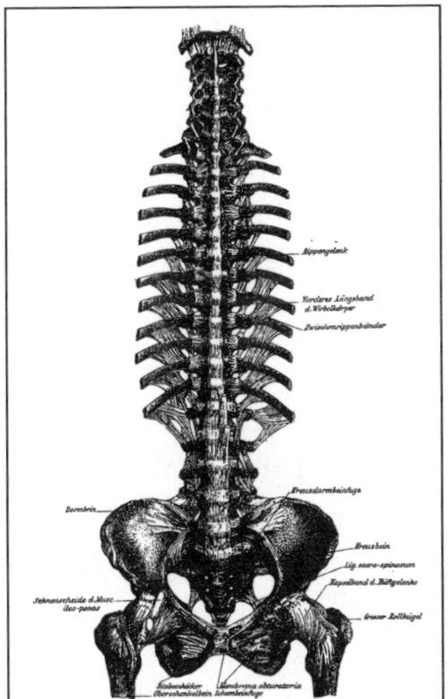

An schlechten Tagen (ein schlechter Tag ist einer, an dem sie ihn beschimpft, weil der Kaffee kalt, der Toast verbrannt ist, die Sonne nicht scheint und sie ihm nicht in die Augen sehen kann, wenn sie zur Arbeit aufbrechen, sie sagt, sie wird erst spät nach Hause kommen, wie spät, weiß sie nicht genau) erstarrt sein Kehlkopf vor Förmlichkeit. Er drückt sich artikuliert aus, aber eiskalt. Seine Sprache ist schwerfällig vor Präzision und prägnanter Wortwahl. Zu seinen Mitarbeitern sagt er: »Vielleicht sollte ich... Wir beabsichtigen... Ich vermute... Ich habe dieses Thema schon einmal mit Ihnen besprochen.« Seine Sätze sind gewichtig vor pompösen Pausen. Seine Brust ist gebläht vor scheinbarer Selbstüberschätzung, doch in Wirklichkeit ist es Verletztheit. Sein Rückgrat ist steif vor Gekränktheit.

Den ganzen Tag (an schlechten Tagen) hat er einen Knoten im Magen, eine saure Verschlingung aus Unruhe, die sich zusammenzieht und lockert

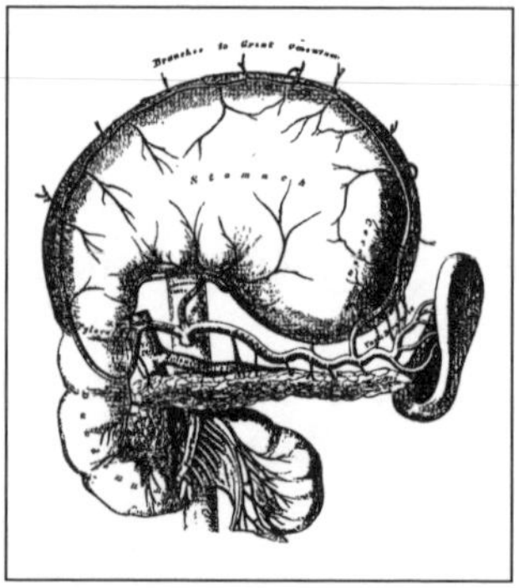

und wieder zusammenzieht, während die Stunden langsam vergehen. Manchmal schüttelt sie sich frei und fliegt aufwärts zu seiner Brust, so daß er seine Lungen nicht mit Atem füllen kann, oder abwärts zu seinen Gedärmen, die gefährlich rumoren und pfeifen. Seine Mitarbeiter fragen ihn, ob er mit ihnen zu Mittag ißt. Er lehnt mit melancholisch märtyrerhaftem Flüstern ab. Sie werden sich hüten, zu fragen, was ihm fehlt. Er würde »Nichts!« sagen, mit anklagender Stimme, empört über ihre Neugierde.

Am Ende des Tages ist sein Magen eine straffe, heiße Trommel aus grauem Verdruß und schwarzer Galle. Er sieht leicht gebläht aus, und er trägt ihn vor sich her wie ein Faß mit verdampfbarem Giftmüll.

Er schließt sein Büro ab und geht die vier Häuserblocks zur U-Bahnstation. Er achtet nicht auf das Wetter. Es könnte sonnig sein, es könnte regnen, es könnte stürmen, es ist ihm einerlei. Er schiebt sich an einer alten Dame vorbei, die zu langsam geht, drängelt sich am Bordstein um eine junge Mutter herum, die ein weinendes Kind tröstet. Er hält den Kopf gesenkt und schleppt sich, zu Boden blickend, durch den Verkehr. Seine Beine sind schmerzende Stümpfe. Seine Knie drohen abwechselnd aufzugeben oder abzufallen. Er steht und wartet. Er mustert seine Schuhe. Sie sind häßlich.

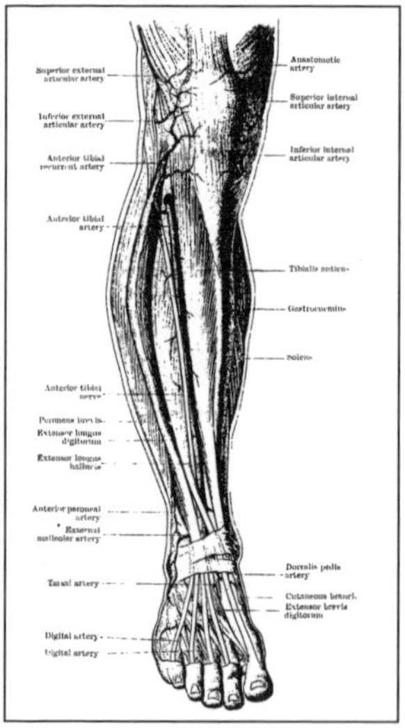

Er nimmt in der U-Bahn Platz und schlägt die tauben Beine adrett übereinander. Eine Frau setzt sich neben ihn, verkriecht sich jedoch in ihren Sitz und sieht fort. Vielleicht murmelt er vor sich hin. Vielleicht stöhnt er leise, während er mit beiden Händen seine Knie umklammert.

Als er heimkommt, ist das Haus leer. Obwohl er damit gerechnet hat, geht er suchend von einem Zimmer zum anderen. Die Küche ist verdächtig makellos, als würde sie nie wieder benutzt werden. Alle Flächen glänzen, als seien sogar die Fingerabdrücke abgewischt worden. Das Wohnzimmer ist ein gutsortiertes Museum, vollkommen frei von Unordnung, Staub und Sauerstoff.

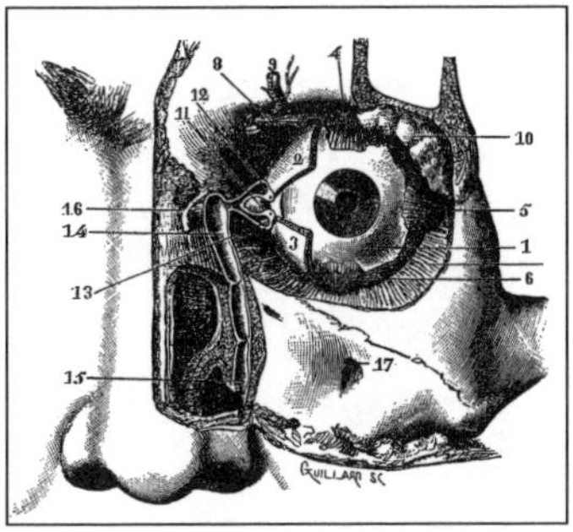

Er geht nach oben. Nur das Schlafzimmer ist unaufgeräumt, Laken und Zudecken sind ein zerknülltes Gewühl, drei Seidenblusen von ihr sind dazwischengeworfen, ihr fallengelassenes weißes Nachthemd liegt als Häuflein auf dem Fußboden, ihre verstreuten Ohrringe funkeln auf der schwarzen Kommode.

Im Badezimmer betrachtet er sich im Spiegel. Er öffnet die Augen, so weit er kann, doch sie kann er nicht sehen.

An einem guten Tag wäre sie vor ihm zu Hause gewesen. Wenn sie vorhaben, auswärts zu essen, ist sie schon dabei, sich umzuziehen, wenn er kommt. Sie fragt ihn, wie er ihr Kleid findet. Sie schlägt andere vor, hält jedes vor sich hin und tänzelt durchs Schlafzimmer. Er sagt, sie seien alle wunderbar, die schimmernden teuren Kleider, die sich an ihren Körper schmiegen und über sie gleiten wie Wasser, wenn sie sich bewegt. Sie sind alle wunderbar: Wie kann er da entscheiden? Unten im Wohnzimmer nehmen sie einen Drink und sprechen über den Tag. Sie legen Musik auf, und manchmal tanzen sie. Einmal stellt sie ihre kleinen Füße auf seine und hält sich an seinem Hals fest, während er mit ihr durchs Zimmer tanzt wie mit einem Kind auf einer Hochzeit. Selbst an einem schlechten Tag wird er sich immer daran erinnern: ihre kleinen Hände, ihre kleinen Füße auf seinen.

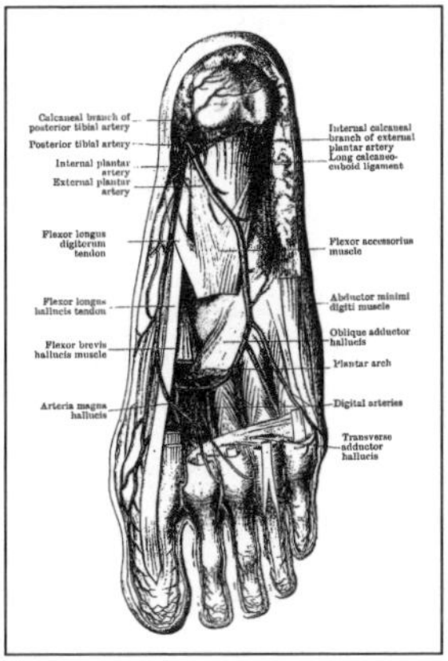

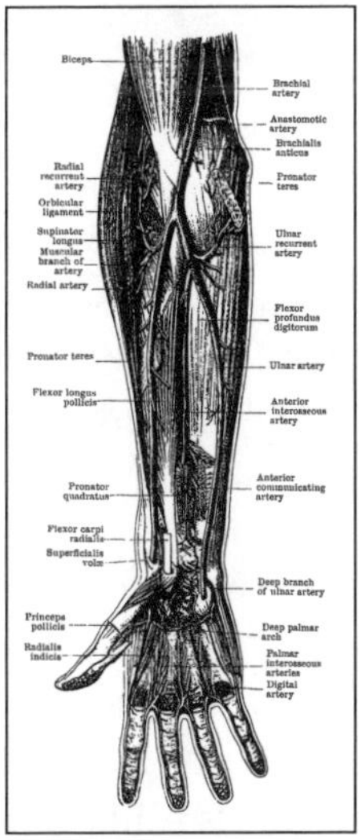

Oder sie wäre (an einem guten Tag) in der Küche gewesen und hätte mit der Zubereitung des Abendessens begonnen, bei eingeschaltetem Radio, summend, schnippelnd und rührend. Er stellt seine Aktentasche hin und zieht seine Schuhe aus (die an einem guten Tag nicht so häßlich sind). Er hängt seine Anzugjacke sorgfältig neben ihre Kostümjacke in den Garderobenschrank. In der Küche stellt er dankbar fest, daß sie sein Lieblingsnudelgericht kocht. In der Küche stellt er erfreut fest, daß sie ihre Arbeitskleidung schon mit ihrem schwarzen Seidenkimono mit dem roten Drachen auf dem Rücken getauscht hat. Sie begrüßt ihn mit einem Kuß. Er schiebt beide Arme in ihren Kimono, wo ihre aufregende Haut wartet. An einem guten Tag läßt sie ihn gewähren.

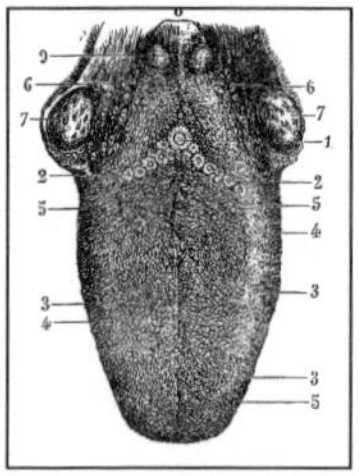

An einem schlechten Tag stößt sie ihn nicht regelrecht fort, aber sie windet sich anmutig aus seiner Umarmung, so wie ein Ring, der am Finger feststeckt, sich wie durch Zauber mit Seife abziehen läßt. Ihre Haut und ihr Kimono sind rutschig, und er kann sie nicht festhalten. So steht er da, schlaff hängen die leeren Arme, die er dann fest gegen die Küchenanrichte stemmt, um sich davor zu bewahren, sie an sich zu reißen, sie anzuflehen, sich ihr aufzuzwingen. Er sucht sich mit dem Gedanken zu trösten, daß alle Beziehungen ihre Höhen und Tiefen haben.

Aber an einem guten Tag gleitet der schwarze Kimono von ihren Schultern, und dann steckt sie ihre Zunge in seinen Mund.

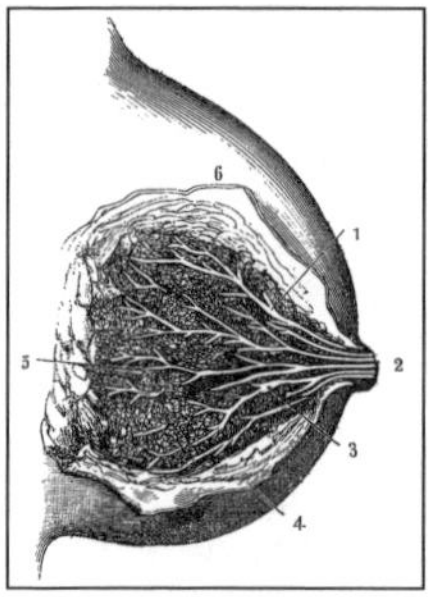

Er möchte eigentlich nicht mit ihr schlafen. Behaglichkeit möchte er. Seinen Kopf zwischen ihre Brüste legen möchte er, volle Brüste, erstaunlich schwere Brüste an einem so kleinen Körper. Er möchte die Augen schließen und seine Lippen an ihre Brüste drücken. Er möchte seine Nase in ihnen vergraben und in Wonne ersticken. Er möchte sein Ohr an sie halten, an eine nach der anderen, und ihrem Herzschlag, ihrem Blutstrom lauschen wie dem Meer in einer Muschel. Aber er scheut sich, es ihr zu sagen. Vielleicht würde sie denken, er sei schwach. Vielleicht denkt sie längst, er sei schwach. Vielleicht *ist* er schwach.

Sie schlafen miteinander. Dann essen sie Nudeln mit Muschelsoße. Sie trinken Rotwein, prosten sich ausgiebig zu. Sie plaudern und sind glücklich.

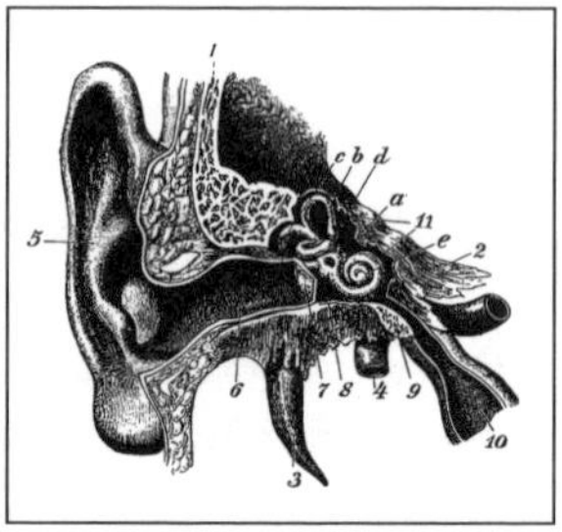

An einem schlechten Tag, wenn das Haus leer ist, hängt er ihre Blusen und ihr Nachthemd auf. Er legt ihre Ohrringe in die Schmuckschatulle. Er macht das Bett, bewegt sich hölzern drumherum, so leise, als schliefe sie und er dürfe sie nicht wecken.

Er zieht sich aus und legt sich nackt aufs Bett. Er drückt sein Ohr ans Kissen. Er wird hier warten, bis sie kommt, und dann wird er sie fragen, wo sie gewesen ist, ja, er wird sie fragen. Endlich wird er sie fragen. Und sie wird antworten.

Endlich wird sie antworten, und endlich wird der tiefe Graben des Schweigens, der sie umgibt, mit Wahrheit gefüllt werden.

Aber vorerst ist das einzige Geräusch das Pochen seines eigenen Blutes in seinem Ohr.

Er hat nicht vor einzuschlafen, aber er tut es, und zwar rasch, vor Bangnis erschöpft. Er träumt nicht. Er rührt keinen Muskel. Er erwacht augenblicklich, als die Haustür aufgeht. Ist sie es, oder ist es ein Einbrecher? So oder so, sein Herz hämmert, und seine Rippen schmerzen, als sei er von einem Pferd oder einem Paar Stiefeln mit Stahlkappen kräftig getreten worden.

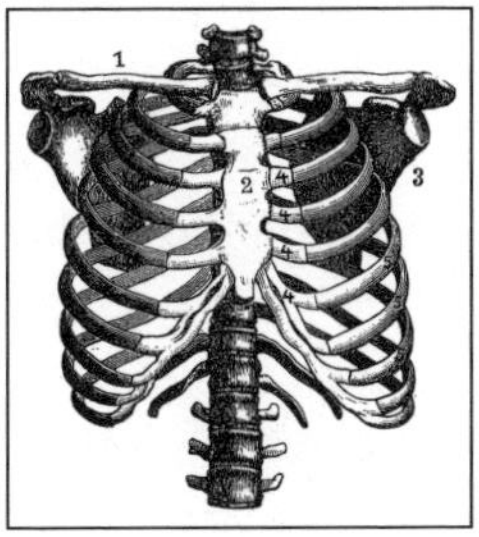

Er denkt an die Geschichte in der Bibel, Gott läßt Adam in einen tiefen Schlaf fallen, dann nimmt er eine von seinen Rippen und schließt seinen Leib wieder zu. Es wird nicht erwähnt, welche Rippe, welche Seite oder ob Adam sie vermißt hat. Dann schuf Gott Eva aus Adams Rippe: Eva, Bein von seinem Bein, Fleisch von seinem Fleisch. *Und sie waren beide nackt, der Mensch und sein Weib, und schämten sich nicht.*

Er hört sie summen, als sie ihre Jacke auszieht. Sie ruft seinen Namen. Sie klingt glücklich, aufgeregt, mädchenhaft. Er ist erleichtert, auch wenn ihre gute Laune wahrscheinlich nichts mit ihm zu tun hat. Sie ruft wieder seinen Namen. Irgendwie fällt es ihm nicht ein, zu antworten. Er sieht auf die Nachttischuhr und stellt fest, daß er nur fünfundvierzig Minuten geschlafen hat. Sie hat sich kaum verspätet. Er hört sie die Treppe heraufkommen.

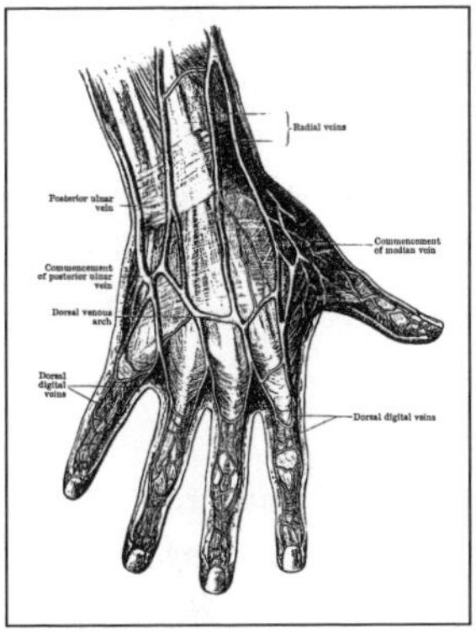

Wenn sie erstaunt ist, ihn zu dieser frühen Stunde nackt auf dem Bett vorzufinden, sagt sie es nicht. Sie legt sich neben ihn und schiebt ihre Hände zwischen seine Beine. Ihre Hände sind kalt und sehr klein. Ihre Diamantringe verfangen sich leicht in seinen Schamhaaren. Er seufzt. Ihre Finger sind wie die Stengel frischer Blumen. Seine Hände auf ihr sind plump und groß. Sein breiter goldener Trauring glänzt.

Er beabsichtigt nicht, auf sie einzugehen. Er beabsichtigt, kühl, logisch, reif, vernünftig und, wenn nötig, philosophisch zu sein – alles keine Geisteszustände, die sich, allgemein gesprochen, während des Liebesspiels erreichen oder bewahren lassen. Er beabsichtigt, Herr der Situation zu bleiben. Er beabsichtigt, mit ihr zu sprechen, wie er zuvor mit seinen Mitarbeitern gesprochen hat: »Vielleicht sollte ich... Wir müssen... Ich vermute... Ich hatte schon früher vor, mich wegen dieser wichtigen Frage mit dir zu beraten.« Ihr Atem geht süß und gegoren über ihn hin, als hätte sie vor kurzem teure Liköre getrunken. Er beabsichtigt, sie auch danach zu fragen. Er beabsichtigt, mit ihr zu reden. Er beabsichtigt, sie dazu zu bringen, mit ihm zu reden.

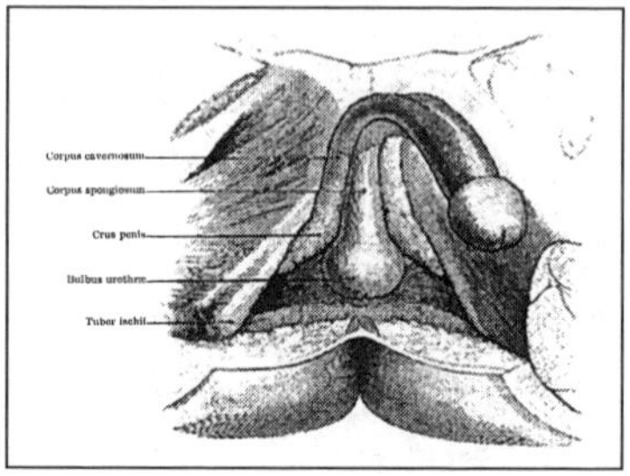

Doch langsam, langsam wird sein Penis steif unter ihren kleinen Händen, ihrer kleinen Zunge, ihren harten kleinen Zähnen. Langsam, langsam hintergeht ihn sein großer Körper, und er kann nicht anders, als in sie einzudringen. Sie haben seit zwei Wochen nicht miteinander geschlafen.

Hernach geht sie nach unten und beginnt mit der Zubereitung des Abendessens. Er geht unter die Dusche und zieht sich dann an.

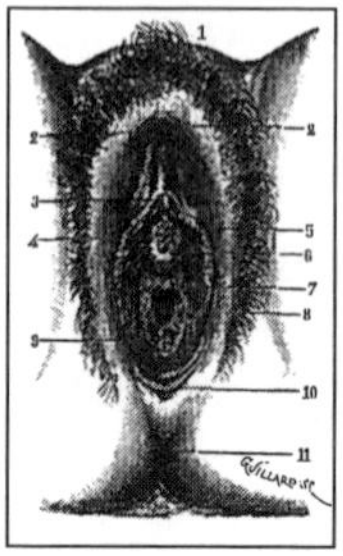

Falls sie einen Liebhaber hat (er ist sich ziemlich sicher, daß sie einen Liebhaber hat, aber er hat sie nicht gefragt, wird sie nicht fragen, jedenfalls nicht heute), dann sollte er sich vielleicht auch eine Geliebte zulegen: Stoß und Parade, wie du mir, Aug' um Auge, so ich dir. Im Büro ist eine Frau, die immerzu mit ihm flirtet: am Fotokopierer, am Wasserspender, auf dem Parkplatz, wo er sie küssen könnte, und niemand würde es erfahren. Unter der Dusche denkt er daran, wie gierig diese Frau ist, wie leicht es wäre, sie zu kriegen.

Aber er fürchtet, daß er, wenn er mit dieser Frau schläft, entdecken wird, daß sie zwischen den Beinen genauso ist wie seine Ehefrau. Oder kein bißchen wie sie. So oder so, er könnte es nicht ertragen. So oder so, er würde gedemütigt sein, und sein Körper würde sich, gelähmt und weich, von ihr abwenden.

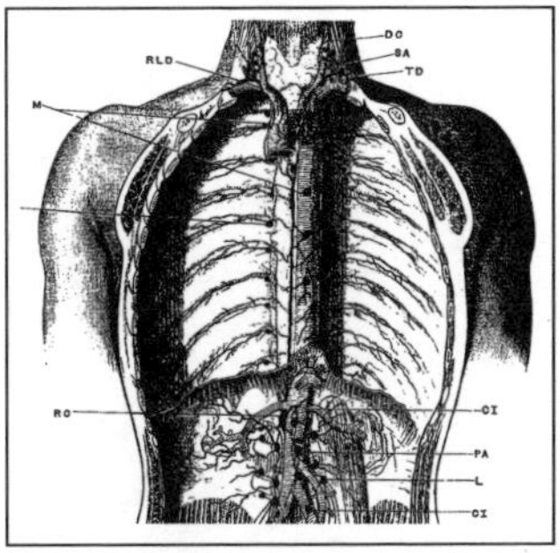

Während er sich anzieht, stellt er sich seine Frau unten in der Küche vor. Er malt sie sich aus, wie er es jedesmal tut, immer einen wahrnehmbaren Teil auf einmal. Fessel, Ellenbogen, den kleinen, runden vorstehenden Knochen am Handgelenk, Wangenknochen, Kieferknochen, die linke Schläfe mit einer sichtbaren blauen Ader, ihren Nacken, ihr Schlüsselbein wie ein Truthahnbrustbein, ihre Hände still in ihrem Schoß. Er muß sich eingestehen, daß er sich nicht vorstellen kann, wer sie ist, wenn er nicht bei ihr ist, wer sie ist, wenn sie allein ist. Er hat keine Ahnung, was in dem kleinen Körper wohnt, in all diesen Teilen, die nahtlos zusammengefügt sind, um *sie* zu ergeben: diese eine Frau, ein Mysterium ohnegleichen, gänzlich einmalig: *Sie.* Wenn er versucht, sie zu verstehen, entgleitet sie ihm vollends. Der Kern der Sache ist für sein bloßes Auge nicht mehr sichtbar.

Er spürt es in den Knochen: ihre Unruhe, ihr Schweigen, ihre Launenhaftigkeit, ihre Schuldgefühle, manchmal ihre Angst. Er weiß nicht, ob sie ihn noch liebt. Falls nicht, weiß er nicht, wann sie damit aufgehört hat. Er fragt sich, was man mit der Liebe macht, wenn man mit ihr fertig ist – wohin tut man sie, wohin geht sie, wie garantiert man, daß sie dort bleibt?

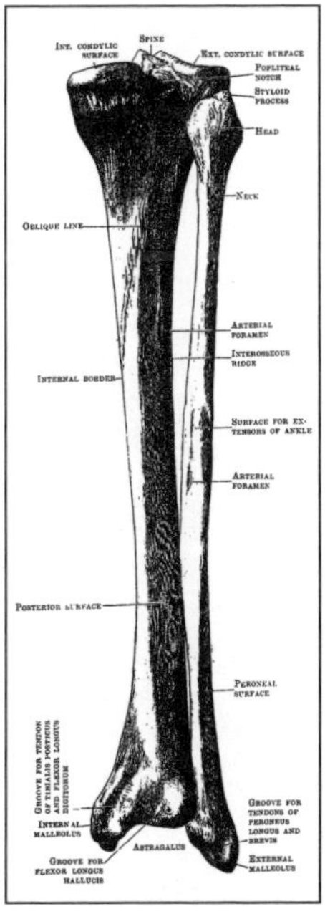

Er spürt es in den Knochen. Sie wecken ihn nachts auf, die langen, kräftigen Knochen seiner Beine, es sind keine richtigen Schmerzen oder Krämpfe, aber sie schrumpfen, versinken, lösen sich auf, werden fortgespült.

Er spürt es in den Knochen: die Zukunft.

Am Ende wird es in seinen Kopf eindringen müssen.

Vorerst, solange niemand die Worte laut ausspricht, kann er sich auf die Sprache ihrer Fesseln, Ellenbogen, des kleinen, runden vorstehenden Knochens am Handgelenk konzentrieren.

Am Ende wird es in seinen Kopf eindringen müssen.

Aber vorerst braucht er nur auf ihren Körper zu lauschen, der neben ihm summt. Vorerst werden sie plaudern und glücklich sein.

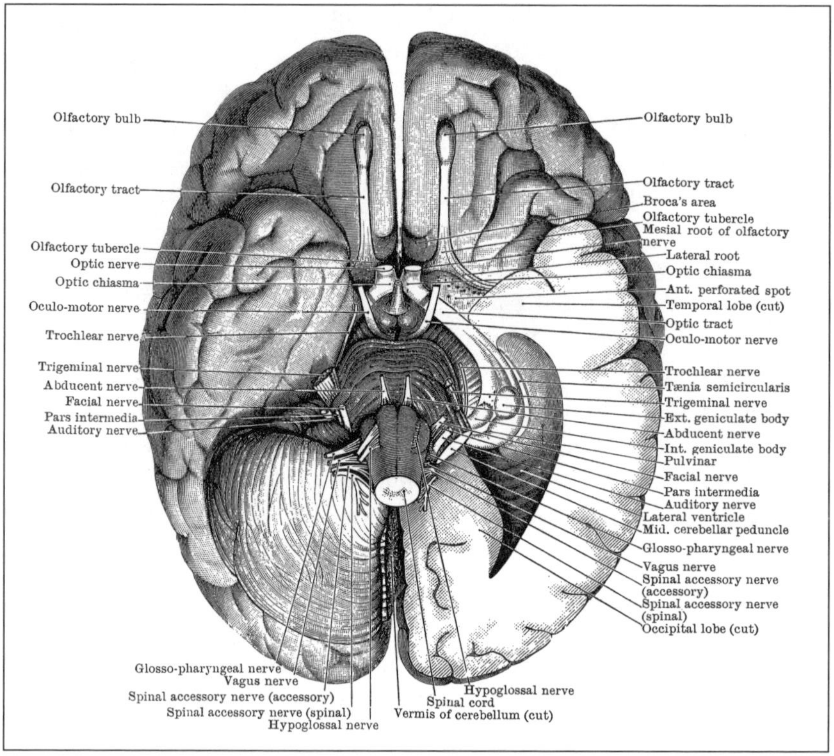
Olfactory bulb
Olfactory tract
Olfactory tubercle
Optic nerve
Optic chiasma
Oculo-motor nerve
Trochlear nerve
Trigeminal nerve
Abducent nerve
Facial nerve
Pars intermedia
Auditory nerve
Olfactory bulb
Olfactory tract
Broca's area
Olfactory tubercle
Mesial root of olfactory nerve
Lateral root
Optic chiasma
Ant. perforated spot
Temporal lobe (cut)
Optic tract
Oculo-motor nerve
Trochlear nerve
Tænia semicircularis
Trigeminal nerve
Ext. geniculate body
Abducent nerve
Int. geniculate body
Pulvinar
Facial nerve
Pars intermedia
Auditory nerve
Lateral ventricle
Mid. cerebellar peduncle
Glosso-pharyngeal nerve
Vagus nerve
Spinal accessory nerve (accessory)
Spinal accessory nerve (spinal)
Occipital lobe (cut)
Glosso-pharyngeal nerve
Vagus nerve
Spinal accessory nerve (accessory)
Spinal accessory nerve (spinal)
Hypoglossal nerve
Hypoglossal nerve
Spinal cord
Vermis of cerebellum (cut)

Unschuldige Objekte

Der Einbruch geschah irgendwann zwischen Freitag, dem siebten Juli, morgens, und Sonntag, dem neunten Juli, spätnachmittags, während Helen Wingham in der großen Stadt weilte. Helen fuhr jeden Sommer Anfang Juli in die große Stadt. (*Der Dieb beobachtet das Haus.*) Der Zeitpunkt ihrer Fahrt war willkürlich, dieser Abschnitt der Jahreszeit aus keinem besonderen Grund gewählt, zumindest aus keinem ersichtlichen Grund, auf den Helen sich jetzt besinnen könnte. Sie hatte einen Jungen aus der Gemeinde beauftragt, während ihrer Abwesenheit ihren Garten zu gießen.

Sie nahm am Freitagmorgen den Bus und saß während der zweistündigen Fahrt Richtung Süden auf dem Fensterplatz hinter dem Fahrer, die kleinen Hände im Schoß gefaltet. (*Der Dieb geht durch das Vorgartentor und hinten herum in den Garten.*) Durch das Busfenster betrachtete Helen das vorbeiziehende saftig grüne Ackerland, das mit weißen Häusern, roten Scheunen, braunen Kühen und schmutzig-gelblichen Schafen gesprenkelt war. (*Der Dieb ist im Garten.*) Helen nahm von einem Jahr zum anderen keine großen Veränderungen in der Landschaft wahr.

Der Bus hielt in mehreren kleinen Ortschaften, die ihrer eigenen kleinen Gemeinde sehr ähnlich waren, und ließ Fahrgäste an Tankstellen oder Andenkenläden, die mehrmals täglich als Busbahnhöfe herhalten mußten, ein- und aussteigen. Hier war die Veränderung augenfälliger. Bauten tauchten auf und verschwanden anscheinend nach Willkür. (*Der Dieb pflückt Erbsen*[1] *und wirft die knackigen leeren Hülsen haufenweise in die Holunderhecke.*) Eine Reihe baufälliger Holzhäuser war plattgewalzt und durch ein kleines, aber feines Einkaufszentrum ersetzt worden. Auf einem ehemaligen Maisfeld tauchte plötzlich ein langgestrecktes grüngelbes Motel auf.

[1] American Wonder, die beste Sorte. Helen bestellt die Samen per Katalog. Die prallen grünen Schoten hängen an zierlichen Ranken, die sich am Spalier und am Maschendraht hochwinden. Helen ißt sie gern roh, wenn sie noch jung und zart sind. In der fortgeschrittenen Jahreszeit kocht sie die Erbsen mit Petersilie und Perlzwiebeln in Sahne.

Ein zweistöckiger Bauernhof à la Pfefferkuchenhaus war als pompöses, stuckverziertes Gebäude im Ranch-Stil mit einer über die ganze Front verlaufenden Fensterwand wiederauferstanden. Vom Bus aus hatte Helen jetzt einen freien Blick direkt ins Wohnzimmer. Eine Frau in einem blauen Bademantel ging durch den großen weißen Raum. Helen sah taktvoll fort.

Helen Wingham, eine Frau von vierundfünfzig Jahren, trug eine pfirsichfarbene Seidenbluse und einen gut geschnittenen schwarzen Rock. Ihr kurzes Haar war grau und gepflegt. Ihre Lesebrille baumelte an einer schwarzen Kordel um den Hals wie ein Fernglas. (*Der Dieb untersucht einen Korb mit Gartengeräten, der draußen auf dem Picknicktisch vergessen wurde.*) Dem äußeren Anschein nach war Helen Wingham nichts mehr und nichts weniger als eine unauffällige Frau. Wer sie so sah, würde annehmen, daß sie den Kopf voller Rezepte, Haushalts- und Gartentips, Strickmuster und entzückender Anekdoten von ihren Angehörigen hatte.

Helen ließ ihre große Handtasche auf dem freien Platz neben sich stehen, damit sich niemand dorthin setzte. Sie genoß die Busfahrt, weil sie dabei Zeit hatte, still die Landschaft zu betrachten und sich vorzustellen, wie während der Fahrt bestimmte hartnäckige, gelegentlich beunruhigende Schichten ihrer Persönlichkeit unsichtbar abgeschüttelt wurden wie die Kilometer, die sie hinter sich ließ. (*Der Dieb nimmt ein Taschenmesser*[2] *aus dem Korb.*) Helen war darauf gefaßt, daß sie, sobald sie aus dem Bus stieg, wenn nicht eine ganz neue Person, so doch ein ganz neues Ich geworden wäre.

Auch zu Hause in ihrer kleinen Gemeinde war sie nicht gesellig. Sie verbrachte ihre Nachmittage nicht bei Kaffeekränzchen in den gut ausgestatteten Küchen anderer Frauen der Gemeinde. (*Der Dieb schneidet ein Loch in das Fliegengitter des rechten hinteren Kellerfensters, das halb offengelassen worden war.*) Ihr Umgang mit ihnen beschränkte sich auf das, was die allgemeine Artigkeit verlangte: ein höflicher Gruß, eine bei- oder abfällige Bemerkung über das

[2] Damenmesser mit drei Klingen, Edelstahl, Endplatten aus Neusilber, 11,5 cm langes Hirschhornheft. Helen hat dieses Messer, solange sie zurückdenken kann. Sie verwendet es im Garten, um verwelkte Blüten und Blätter abzuschneiden. Manchmal benutzt sie es, um Schnecken zu halbieren. Wenn sie mit der Gartenarbeit fertig ist, macht sie sich mit der dünnsten der drei Messerklingen die Fingernägel sauber.

Wetter, gelegentlich ein kurzer Kommentar zum Erfolg oder Mißerfolg einer lokalen Veranstaltung. Helen vermutete richtig, daß sie als eine Art Exzentrikerin angesehen wurde, unnahbar, aber überaus harmlos. (*Der Dieb greift durch das Loch und hakt das Fliegengitter auf.*) Helen sonderte sich ab, ja, aber nicht auf unheimliche Weise, nicht wie jene Unmenschen, über die (nachdem man im Komposthaufen Menschenknochen gefunden hatte oder die Ungeheuer Amok gelaufen waren und den Zeitungsjungen und seinen Hund vergiftet hatten) die nichtsahnenden Nachbarn sich veranlaßt fühlten, wieder und wieder zu Fernseh- und Zeitungsreportern zu sagen: »Wir haben sie nicht richtig gekannt! Sie hat sich abgesondert, aber sie schien durchaus nett zu sein! Wie hätten wir das wissen können?«

Helen lebte seit zwanzig Jahren allein in dem großen viktorianischen roten Ziegelhaus im Norden der kleinen Ortschaft. Trotzdem wußten die Bewohner so gut wie nichts über sie. (*Der Dieb entfernt das Fliegengitter und schlüpft in den Keller, wo es nach der unbarmherzigen knalligen Hitze im Garten kühl und schattig ist.*) Sie wußten, daß sie aus einer begüterten Familie stammte, sehr gebildet war, vierunddreißig Jahre in der großen Stadt gelebt, dann ein ansehnliches Vermögen geerbt hatte und in diese kleine Gemeinde gezogen war. Sie war nie verheiratet gewesen. Sie hatte keine Kinder und keine Haustiere. Im Laufe dieser zwanzig Jahre hatte sie wenig Besuch und offenbar keine Verehrer gehabt. Sie führte ein sehr ruhiges Leben und fiel niemandem zur Last. (*Der Dieb hakt das Fliegengitter wieder ein, wischt Klinge und Heft des Taschenmessers ab und legt es auf einen großen Picknickkorb.*[3]) Helen ihrerseits vermutete, daß die Einheimischen sich von ihr sowohl provoziert als auch enttäuscht fühlten. Sie *war,* vielleicht, ein Sonderling, aber nicht Sonderling *genug.* Sie war kaum eine von der Sorte, aus der sich Kleinstadtlegenden spinnen ließen.

Die Bewohner der Gemeinde hatten ihre geheimen Hoffnungen auf einen Skandal längst begraben und waren ihren Geschäften nachgegangen. »Leben

[3] Geflochten, gemeine Ulme, zweigeteilter Deckel, zur Mitte hin aufklappbar, mit buntem Baumwollstoff gefüttert. Helen weiß nicht genau, woher dieser Korb ursprünglich kam. Sie hat ihn nie für ein Picknick benutzt. Er ist mit Krimskrams gefüllt: alte Schraubenzieher, ein Baseball, dessen Hülle abblättert, eine Spule Kupferdraht, eine kaputte Taschenlampe, zwei Vorhängeschlösser ohne Schlüssel und das Innenleben eines alten Weckers. Helen weiß auch nicht genau, woher dieser Krimskrams kam. Es ist, als sei das Haus durchaus imstande, solche Dinge von ganz allein anzusammeln.

und leben lassen, das sag ich immer!« Das sagten sie immer, wenn – bei einer beiläufigen Plauderei im Postamt oder an der Sears-Katalog-Bestelltheke hinten im Drugstore, an dem einen oder anderen Küchentisch – die Frauen, die sich über sie wunderten, die wünschten, sie würden hinter ihr Geheimnis kommen, Helens Namen erwähnten. (*Der Dieb geht die Treppe hinauf ins Erdgeschoß des Hauses.*) Diese Frauen dürsteten danach, in Helens Haus eingeladen zu werden, doch bei den wenigen Gelegenheiten, da eine von ihnen an ihre Tür gekommen war, um eine Zählung vorzunehmen, Lose für eine Tombola zu verkaufen, Geld für die Krebsgesellschaft oder die Heilsarmee zu sammeln, war keine jemals weiter als bis zur Eingangsdiele vorgedrungen. (*Der Dieb ist in der Küche.*) Von diesem Vorposten aus konnten sie allenfalls erkennen, daß das Haus sehr sauber und der Garten sehr gepflegt war, vorne wie hinten. (*Der Dieb öffnet die Glastüren des Geschirrschranks aus Eichenholz.*) Sie wußten, daß Helen weder eine Haushälterin noch einen Gärtner hatte, wofür sie sie wider Willen bewunderten.

Helens »Geheimnis« bestand hauptsächlich in dem, was sie befähigte, keinen Mann (oder *sie,* was das betraf) nötig zu haben, all die Jahre allein zu leben, ohne, mutmaßten sie, Kompromisse schließen, sich fügen, für nahrhafte Mahlzeiten, saubere Kleidung sorgen oder für befriedigenden Geschlechtsverkehr auf Verlangen zur Verfügung stehen zu müssen.

Helen ihrerseits kannte die Gesichter dieser Frauen, aber nicht ihre Namen, zumindest nicht ihre Vornamen. (*Der Dieb berührt die Teller, die Schüsseln, den Milchkrug, das achtteilige Teeservice*[4] *auf dem mittleren Bord.*) Sie kannte sie als Mrs. Henderson, Mrs. Adams, Mrs. Jensen, Mrs. James. Sie verwechselte sie oft. Sie ihrerseits sprachen sie mit »Miss Wingham« an, doch wenn sie unter sich waren, nannten sie sie »Helen«, mit einer ungenierten Vertraulichkeit, die ihnen, wie sie sehr wohl wußten, nicht zustand. (*Der Dieb läßt kaltes Wasser in das blanke Edelstahlspülbecken laufen.*) Manchmal wünschte Helen,

---

[4] Karlsbader Tête-à-Tête-Porzellanservice, verziert mit einem Zweig mit rosa Rosen und grünen Blättern. Das Service besteht aus Teekanne, Zuckerschale, Sahnekännchen, zwei Tassen mit Untertassen auf einem passenden Tablett aus feinem Porzellan. Sieben Teile sind in einwandfreiem Zustand, nur die Tülle des Sahnekännchens ist leicht angeschlagen. Das Service ist über hundert Jahre alt und sehr empfindlich, deshalb benutzt Helen es selten, nur bei besonderen Anlässen wie Weihnachten, Ostern und an ihrem Geburtstag am fünfzehnten September.

sie könnte diesen Frauen geben, was sie wollten, nur wußte sie nicht genau, was das war.

Obwohl Helen Wingham dem Anschein nach als eine von ihnen hätte gelten können, wußten diese Frauen im Grunde ihrer Kleinstadtherzen, daß sie nicht zu ihnen gehörte. Sie wußten, daß sie den Kopf nicht voller Rezepte, Strickmuster oder langweiliger Geschichten über ihre Angehörigen hatte. (*Der Dieb füllt den Kupferkessel und stellt ihn auf die vordere rechte Platte des Gasherdes, wo eine hübsche blaue Flamme aufzüngelt.*) Diese Frauen wußten, daß Helen Wingham vergleichsweise exotisch und geheimnisvoll war, auf immer unergründlich. Dies waren Eigenschaften, die sie an ihr liebten oder auch nicht, Eigenheiten, die sie ihr tagaus, tagein entweder neideten oder verübelten.

Der Bus fuhr jetzt durch die ausgedehnten Außenbezirke der großen Stadt. Jedes Jahr stellte Helen fest, daß man schon sehr lange *in* der Stadt sein konnte, bevor man tatsächlich hinkam. (*Der Dieb geht wieder in den Keller und kehrt mit zwei großen Einmachgläsern*[5] *und drei leeren Pappkartons zurück.*) Sie kramte ihr Schminktäschchen hervor, kämmte sich die Haare und zog ihre Lippen nach, während der Bus an einer roten Ampel wartete. Es war genau Mittag, als sie die Innenstadt erreichten, und die riesigen Bürogebäude spuckten schlanke Frauen in ärmellosen Kleidern und große Männer in zerknitterten weißen Hemden auf die flimmernden Straßen. (*Der Dieb nimmt eine Dose Tee aus dem Schrank, gibt die Blätter in die Kanne und gießt mit siedendem Wasser aus dem pfeifenden Kessel auf.*) Der Straßenverkehr war chaotisch und stockend. Überhitzte, ungeduldige Fahrer hupten hilflos, mehr, um sich bemerkbar zu machen, schien es, als in der Hoffnung, tatsächlich etwas zu bewegen.

Schließlich rumpelte der Bus in den Busbahnhof, und Helen und die anderen Fahrgäste stiegen aus. Sie holte ihren Koffer aus dem Bauch des Busses und stieg in ein Taxi, das sie zum Hotel brachte.

[5] Pfirsich-Paprika-Würzsauce: 2 scharfe rote Pfefferschoten und 12 süße rote Paprikaschoten mitsamt Samenkörnern in der Küchenmaschine zerkleinern. Paprika mit 12 großen Pfirsichen (geschält und kleingeschnitten), einer Tasse Essig und einem Teelöffel Salz in einen großen Einweckkessel geben. 4 halbe Zitronen hinzufügen. Eine halbe Stunde leicht köcheln lassen. Zitronen entfernen und fünf Tassen weißen Zucker zugeben. Eine weitere halbe Stunde kochen lassen, bis die Mischung dicklich ist. Abfüllen und fest verschließen. Helen kennt dieses Rezept auswendig.

Helen stieg jedes Jahr in demselben Hotel ab. Es war alt, aber gepflegt, klein, aber luxuriös, ein dreistöckiges graues Steingebäude in einer kurzen Nebenstraße, die von einer der Hauptverkehrsstraßen der Stadt abzweigte. (*Der Dieb sitzt am Küchentisch, blickt durch weiße Spitzengardinen*[6] *auf die verlassene Straße hinaus und trinkt eine Tasse dampfenden schwarzen Tee.*) Das Hotel war ziemlich teuer, selbst nach Großstadtstandard, aber Helen fand, daß es wegen der exquisiten Annehmlichkeiten, die es zu bieten hatte, seinen Preis wert war.

Der Portier war ein sympathischer älterer Herr namens Frederick, der Helen nun mit Namen begrüßte: »Willkommen, Miss Wingham. Schön, Sie wieder bei uns zu haben.« Frederick wartete, während Helen sich anmeldete und ein Page sich eilfertig ihres Koffers annahm. (*Der Dieb spült Tasse und Untertasse ab, danach die Teekanne, und stellt sie mit dem übrigen Service neben die Einmachgläser in einen der Pappkartons.*) Dann geleitete er sie zu ihrem Zimmer in der zweiten Etage.

In dem Zimmer stand ein großes Pfostenbett mit einem dicken Plumeau, weißbezogen und mit Stickerei und weißer Spitze eingefaßt. (*Der Dieb ist im Flur.*) Auf ihrem Kopfkissen lag ein in Silberpapier eingewickeltes Stück Minz-Schokolade, und auf dem Nachttisch stand ein frisches Blumenbouquet. (*Der Dieb ist im Wohnzimmer.*) Auf dem Marmorwaschtisch in dem makellosen blauen Badezimmer stand eine Kristallschale mit einem Duftpotpourri, an einem Haken an der Tür hing ein weißer Veloursbademantel und neben der Toilette ein Wandtelefon.

Frederick schritt durch das Zimmer und zog schwungvoll die dunkelgrünen Damastvorhänge auf. (*Der Dieb sitzt in dem weinroten Sessel neben dem Erkerfenster, beide Hände auf die weißen Sesselschoner gestützt, die über die Armlehnen gebreitet sind.*) Gütig und freundlich, auf altmodische Art galant, erkundigte sich Frederick nach Helens Gesundheit und ihrem allgemeinen Befinden

[6] Nottingham-Spitze, aufwendige Umrandung, Mitte *point d'esprit* mit schönem Brüsseler-Spitzen-Effekt. Helen wäscht diese Gardinen (und eine ähnliche Garnitur, die im Schlafzimmer hängt) zweimal im Jahr mit der Hand in der Badewanne und hängt sie dann zum Trocknen über die Duschstange. Wenn sie sie wieder an den Fenstern aufhängt, sind sie so weich und duftig wie frisch gewaschene Haare.

während des seit ihrem letzten Besuch vergangenen Jahres. Er war gewissenhaft höflich, niemals neugierig oder anmaßend.

Als Helen damals mit ihren jährlichen Ausflügen in die große Stadt begann, war Frederick ein gutaussehender jüngerer Mann gewesen. (*Der Dieb nimmt eine kleine Uhr*[7] *vom Kaminsims.*) Während eines jener frühen Besuche hatte Helen von Frederick geträumt, einen erotischen Traum, in dem er zu ihr in das Pfostenbett gekommen war, und seine Arme waren so stark, seine Haut so glatt, seine Zunge so beweglich und sein Penis so begehrlich und groß gewesen. Sie war zappelnd, feucht und sehr verlegen aus dem Traum erwacht. Für den Rest jenes Besuchs war sie Frederick aus dem Weg gegangen. Sofern er ihr sonderbares Benehmen bemerkte oder sich darüber wunderte, war er selbstverständlich zu diskret, um es zu erwähnen. (*Der Dieb erspäht eine eckige schwarze Schreibmaschine*[8] *auf einem Eichenschrank neben dem Sofa.*) Bis zum folgenden Jahr war es Helen gelungen, den Traum zu verdrängen, und sie konnte mit Frederick wieder normalen Umgang pflegen.

All die Jahre darauf dachte sie nur noch selten an den Traum, außer wenn Frederick jedes Jahr sagte: »Sie können ganz über mich verfügen, Miss Wingham. Ich werde alles tun, um Ihnen Ihren Aufenthalt angenehm zu machen. Alles.« Genau dies hatte Frederick in dem Traum gesagt, als er ihr Nachthemd anhob und seinen Mund zwischen ihren Schenkeln vergrub. (*Der Dieb bringt beide Hände auf der Tastatur in Position und tippt:* Der flinke rote Fuchs

[7] Cupidos Pfeil, 15 cm hoch, bronziert, mit kunstvollem Zifferblatt und Ansonia-Gangwerk. Helen, die ihr Leben lang im großen und ganzen unberührt geblieben war von Cupidos Pfeilspitze, liebt ihre kleine Uhr dennoch. Daß sie nie genau ging, findet sie irgendwie passend für ein Objekt der Begierde. Die Uhr ist hübsch, aber nutzlos, und Cupidos linker Flügel ist seit langem abgebrochen und verschwunden.

[8] Remington, Schreibmaschine mit Doppelgehäuse, alle Arbeitsteile aus Metall, Stahltypen, schreibt 78 Zeichen einschließlich Ziffern, Symbolen, Satzzeichen und Bruchzahlen. Trotz ihres fortgeschrittenen Alters ist die Schreibmaschine in bestem betriebsfähigem Zustand, ausgenommen die klemmenden Typen *m* und *p*. Helen benutzt sie hauptsächlich für Briefe an Rechtsanwälte und dergleichen, Geschäftskorrespondenz, die, findet sie, so offiziell wie möglich gestaltet sein sollte. Einmal hat sie versucht, die Geschichte ihres Lebens darauf zu schreiben, mußte aber feststellen, daß sie nicht wußte, wo sie anfangen sollte.

springt über den trägen braunen Hund, *aber es ist kein Papier in der Maschine, und die Worte fallen unsichtbar auf die schwarze Gummiwalze.*) Genau dies sagte er nun, als er rückwärts aus der Tür ging und Helen ihm dankte, in aufrichtiger Verbundenheit sowohl für seine Gefälligkeit als auch für alles, was er im Traum mit ihr gemacht hatte. Helen und Frederick drückten sich innig die Hand, und sie steckte ihm einen Zehndollarschein zu.

Dann packte Helen aus, machte sich frisch und ging hinunter. Sie nahm das Mittagesssen im Speisesaal des Hotels ein. (*Der Dieb ist im Flur.*) Sie bestellte Gazpacho, gefüllte Pilze, Spargelsoufflé und einen kleinen Cäsarensalat. (*Der Dieb ist in der Bibliothek.*) Zu Hause nahm sie, sofern sie überhaupt zu Mittag aß, meistens braunen Toast und Tee zu sich, manchmal ein Hörnchen mit Streichkäse und etwas von ihrer selbstgemachten Pfirsich-Paprika-Würzsauce. (*Der Dieb bewundert die Bücher auf den Borden, streicht über ihre Rücken, nimmt eins heraus, blättert kurz darin und stellt es dann wieder akkurat an seinen angestammten Platz.*) Helen wunderte sich beiläufig darüber, wieso sie immer so einen Heißhunger bekam, wenn sie in der Stadt war, und bestellte dann Crème Brulée mit Blaubeeren zum Nachtisch.

Als sie auf die Straße trat, war Helen Wingham ihr Großstadt-Ich geworden. Sie bahnte sich geschmeidig einen Weg über die wimmelnden Gehsteige, ohne jemanden anzurempeln oder direkt anzublicken; sie wand sich wippend um Bummler und übersah den einen oder anderen Odachlosen, der in einem Hauseingang lagerte. (*Der Dieb betrachtet eine große Enzyklopädie,*[9] *die aufgeschlagen auf einem schmiedeeisernen Buchständer liegt.*) Helen konstatierte erfreut, wie schnell sie sich daran gewöhnt hat, wieder in der Großstadt zu sein, wie sehr sie wohl bereits aussah wie alle anderen ringsum: zielstrebig, geschäftig und vollkommen unnahbar. Sie fühlte sich forsch und zuversicht-

[9] *Neue Illustrierte Universalenzyklopädie: Das Buch mit einer Million Fakten,* herausgegeben in Großbritannien 1923, 1280 Seiten, einschließlich 16 neuer Landkarten. Helen blättert gern in diesem Buch wegen seiner unfreiwillig komischen Einträge. Sie amüsiert sich über »Kochen im modernen Haushalt«, wo Rezepte für Köstlichkeiten wie Knochensuppe, Schafskopfsuppe, Eier für Gebrechliche, nahrhaften Salat und Hammelkoteletts im Teigmantel zu finden sind. Besonderes Vergnügen bereitet ihr »Der neue Heimdoktor«, wo neben Informationen über sehr ernste Leiden auch Heilmittel empfohlen und Ratschläge erteilt werden bei Beschwerden wie: Knöchel, schwache; Atem, schlechter; Füße, Schweiß-; Zehennagel, eingewachsen, und Krampf, Schreib-.

lich. (*Der Dieb ist im Flur.*) Durch die Stadt zu steuern war wie Fahrradfahren oder Schlittschuhlaufen: Wenn man es einmal konnte, verlernte man es nie mehr. Es war einfach eine Reihe von kniffligen Körpermanövern, die sie, im richtigen Tempo in der richtigen Folge ausgeführt, sicher durchlavierten. (*Der Dieb ist im Musikzimmer.*) Obwohl Helen nicht mehr auf Schlittschuhen gestanden oder auf einem Fahrrad gesessen hat, seit sie ein Mädchen war, bezweifelte sie nicht, daß sie diese Dinge noch beherrschen würde, wenn sie wollte. (*Der Dieb setzt sich ans Klavier, kann aber keine Noten lesen, deshalb läßt er eine Hand sachte auf der Tastatur ruhen und ist still.*) Helen vermutete zu Recht, daß die Leute aus ihrer Gemeinde sie jetzt kaum wiedererkennen würden.

Daheim hatte sie zuweilen das Gefühl, zu verträumt zu sein, wenn sie ziellos durch die Zimmer ihres soliden Hauses schwebte, in der realen Welt nur durch die Kompaktheit des Hauses selbst verankert und durch die Hochfrequenz-Resonanz der Gegenstände, mit denen sie es anfüllte. (*Der Dieb blickt durch den Sucher eines großen braunschwarzen Photoapparates*[10] *in einen goldgerahmten Spiegel an der Wand gegenüber dem Klavier.*) Manchmal stellte sich Helen das Dach ihres Hauses als einen Deckel vor, der sie davor bewahrte, ganz und gar davonzutreiben, der alles war, was zwischen ihr und einem verlockenden Stück Himmel lag, zu dem aufzufahren sie noch nicht bereit war. Manchmal vermutete Helen, daß sie sich versteckte, fest verbarrikadiert hinter den grundsoliden Mauern, wo sie gewissenhaft ihrem Tagwerk nachging und erwartete, daß alle anderen dasselbe taten.

Helen kam zu ihrer Lieblingsbuchhandlung. (*Der Dieb ist im Flur.*) Es war ein langer, schmaler Raum mit Regalen vom Boden bis zur Decke, so daß man eine altmodische Leiter auf Rollen benutzen mußte, um an die oberen Bücher zu gelangen. Die Verkäufer trugen Schuhe mit leisen Sohlen und konservative Kleidung. Sie ließen einen in Ruhe, es sei denn, man bat ausdrücklich um Beistand. (*Der Dieb steigt die Eichentreppe in den ersten Stock hinauf.*) Irgendwo nahe der Decke spielte stilvoll klassische Musik.

[10] Normandie. Photoapparat mit drehbarem Rücken, verstellbarer, federgesteuerter Mattscheibe, immer in der richtigen Stellung, niemals im Weg. Kompaktes, hochglanzpoliertes Mahagonigehäuse, Metallteile in ziselierter Ausführung.

Helen strebte der Biographie-Abteilung zu. (*Der Dieb bleibt auf dem Treppenabsatz stehen und nimmt ein kleines Gemälde*[11] *von der Wand.*) Obwohl Helen Menschen aus Fleisch und Blut nicht besonders zugetan war, las sie gern über sie, zumal, wenn sie auf kreativem Gebiet berühmt geworden waren, zumal, wenn ihr Leben qualvoll und chaotisch gewesen war. Obwohl in ihrem eigenen Leben das Verlangen nach Privatsphäre Priorität hatte, spähte Helen mit Begeisterung in die emotionalen Turbulenzen und skandalösen Verhaltensweisen, die das Leben dieser Berühmtheiten besudelten. (*Der Dieb späht in mehrere Zimmer im oberen Flur, betritt aber keines.*) Helen war besonders angetan von Biographien, die Photographien von der betreffenden Person als Baby in den Armen der Mutter, als kleines Kind in einer großen Klasse mit anderen, nicht identifizierten kleinen Kindern, als unattraktiver Heranwachsender in einer Marschkapelle enthielten; Photographien von der Person Arm in Arm mit diversen Ehe- und Liebesgefährten, von den Zimmern, in denen die Person früher geschlafen, gegessen, Geschlechtsverkehr und Gäste gehabt hatte; Photographien von den Gärten, den Kindern, den Haustieren, den Weihnachtsbäumen, den Geburtstagstorten, den Trauerkränzen. (*Der Dieb dreht den weißen Porzellantürknauf des letzten Zimmers zur Rechten.*) Wenn sie in einem dieser Bücher las, blätterte Helen hin und her zwischen den Photographien, die, dachte sie, wie die Fußnoten zu der Geschichte waren, die Stelle, wo alle Geheimnisse ans Licht gebracht werden konnten, die Stelle, wo die wahre Geschichte entziffert und schließlich die Summe des Lebens der Person gezogen werden konnte.

[11] *Angel of Furnace Ascending* von L. C. Moffat, signiert und datiert 1891, Öl auf Leinwand, 20 × 30 cm, geschnitzter Holzrahmen. Helen weiß nichts über den Menschen, der das Bild gemalt hat, weder Alter, Herkunft noch Geschlecht. Sie denkt aber, daß L. C. Moffat eine Frau gewesen sein muß. Sie schließt dies aus den Pinselstrichen, die mehrschichtig und nachdenklich sind, und aus den Farben, die kräftig und leuchtend sind. Sie weiß nicht, daß Furnace ein kleines Dorf in der Region Strathclyde in Westschottland ist. Aber sie denkt gern, dieser »Engel von Furnace« ist der Engel »of *the* furnace«, der Engel des Feuerofens, der die Menschen im Winter gütigerweise warm hält. Sie liebt diese Vorstellung von Engeln von Dingen: die Engel der Schornsteine, Straßenlaternen und Fenster; die Engel der Teekannen, Bestecke und Wasserkessel; die Engel des Spargels, Rhabarbers und der Eier. In diesen Tagen ist sie besonders dem Engel der Türknäufe zugetan.

Als Helen in der Buchhandlung mit allem fertig war, hatte sie genug Bücher beisammen, um drei Pappkartons zu füllen. (*Der Dieb tritt in Helens Schlafzimmer, das auf den Garten hinaussieht.*) In letzter Minute fügte sie noch eine gebundene fünfbändige Ausgabe mit dem Titel *Eine Geschichte des Privatlebens* hinzu, und dann erteilte sie den Auftrag, ihr die Kartons Anfang kommender Woche nach Hause zu schicken.

Wieder in ihrem Hotelzimmer, zog sie die Vorhänge zum Schutz vor der Hitze zu, schaltete den Ventilator an und schlüpfte aus ihrem Kleid. Sie zog den vom Hotel zur Verfügung gestellten Bademantel an und bestellte beim Zimmerservice ein leichtes Abendessen. (*Der Dieb öffnet den Kleiderschrank aus Eichenholz.*) Nach dem Essen machte Helen es sich im Bett gemütlich, schaltete den Fernsehapparat ein und führte sich ein Konzert mit den Bostoner Philharmonikern zu Gemüte. (*Der Dieb berührt Helens Blusen, ihre Kleider, ihre Röcke und eine Anzahl alberner Hüte, die in der unteren Schublade verstaut sind.*) Nach dem Konzert machte sie das Licht aus und schlief tief, vollkommen geborgen und zufrieden die ganze Sommernacht hindurch, ungestört von Träumen von Frederick oder sonst jemandem.

Am Morgen stand sie früh auf, wie es ihre Gewohnheit war, badete und zog sich an. (*Der Dieb öffnet die obere Schublade der Mahagoni-Kommode.*) Sie ging in die Empfangshalle hinunter, begrüßte den allgegenwärtigen Frederick und trat auf die Straße.

Nach einem halbstündigen Spaziergang durch die nahezu verlassenen Straßen kehrte Helen zum Frühstück ins Hotel zurück. (*Der Dieb berührt Helens Unterhosen und einen weißseidenen Unterrock.*) Danach verbrachte sie den größten Teil des Tages mit dem Durchstöbern der vielen Antiquitätengeschäfte in der Nachbarschaft. (*Der Dieb zieht ein ledergebundenes Buch*[12] *unter*

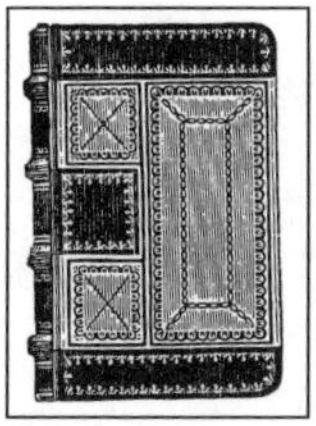

[12] Handgebunden, echtes Leder, burgunderrot und schwarz, schwarzes Seidenlesebändchen, weißes handgeschöpftes Papier bester Qualität, 300 Seiten, liniert. Es ist eigentlich kein Tagebuch, vielmehr ein Notizbuch, in das Helen im Laufe der letzten zwanzig Jahre sporadisch Einträge gemacht hat. Diese sind stichwortartige Vermerke über ihr Alltagsleben, und sie verzeichnet ungewöhnliche Tatsachen, auf die sie bei ihrer Lektüre gestoßen ist. Sie blickt gern auf diese ausgewählten Tage ihres Lebens zurück. Es macht ihr Freude, zu wissen, daß es am 28. September 1981 den ganzen Tag geregnet hat, daß sie Schweineschnitzel, Broccoli und gebackene Kartoffeln zum Abendessen hatte, einen Termin mit dem Kaminkehrer vereinbart hat, und sie vermerkte, daß der Pol der Unzugänglichkeit der Punkt in der Antarktis ist, der in allen Richtungen am weitesten von dem ihn umgebenden Meer entfernt ist.

Helens Unterwäsche hervor und sieht, daß die blaulinierten Blätter mit Helens kleiner akkurater Handschrift bedeckt sind.)

In den ersten Jahren ihrer alljährlichen Ausflüge in die große Stadt war Helen hauptsächlich auf der Suche nach Möbeln in diese Geschäfte gekommen. Jedes Jahr hatte sie vier oder fünf große Stücke gekauft und nach Hause transportieren lassen. Diese schönen Antiquitäten füllten jetzt alle Zimmer ihres Hauses. (*Der Dieb öffnet nacheinander die vier Schubladen der Mahagoni-Schmuckschatulle, läßt goldene und silberne Halsketten, Broschen, Armbänder, Ohrringe, Uhren und Ringe durch die Finger gleiten, nimmt aber nichts.*) Helen hat diese Antiquitäten wegen der Augenblicke reinen Glücks gekauft, die sie ihr jedesmal schenkten, wenn sie in ein Zimmer ging und: Da waren sie! Jeden Tag durchfuhr sie bei ihrem Anblick ein Ruck erstaunter Zufriedenheit. Dasselbe geschah jetzt, als sie bei ihrem Spaziergang durch die Straßen der Stadt in einem Schaufenster ihr eigenes Spiegelbild sah. (*Der Dieb nimmt ein großes Photoalbum*[13] *aus dem mit Glastüren versehenen Bücherschrank am Fenster.*) Beim Anblick dieser weltgewandten Frau, die mit solch anmutiger Entschlossenheit einherschritt, dachte Helen, »das ist aber mal eine gutaussehende Frau«! Sie dachte es just in dem Sekundenbruchteil, bevor sie sich erkannte.

Doch so sehr Helen ihre Besitztümer liebte, sie mußte sich eingestehen, daß selbst die ausgefallensten Objekte ihrer Zuneigung früher oder später einfach nur Möbel sein würden. (*Der Dieb hört draußen Geräusche, vielleicht ein Fahrrad, das unten ans Haus gelehnt wird, Schritte, die über die Einfahrt kommen und nach hinten in den Garten gehen.*) Dann fuhr sie wieder in die große Stadt und

---

[13] Blaues Plüschalbum, mit Photo von sechs Kindern unter Zelluloid vorne auf dem Einband, eingefärbten Blättern mit Blumenverzierungen in Gold, Einschüben für 48 Photographien. Helen hat dieses Album komplett vor fast fünfzehn Jahren gekauft. Die Menschen darin sind längst verblichene Fremde. Alles, was sie von ihnen weiß, sind ihre Namen, die säuberlich auf der Rückseite oder unter den Photos vermerkt sind: *Gertrude und Walt, Janey und Little Luke, Charlotte und Tiny (Hund).* Manchmal sind nähere Einzelheiten verzeichnet: *Lindsay vor der Hütte, Blackstone; Edith im Urlaub, England; Maurice an seinem einundzwanzigsten Geburtstag vor dem Chateau.* Jedes Bild ist ein Geheimnis. Jedes Auge, jeder Arm, jede Schüssel, jede Schublade, alles und jedes, sei es Mensch oder Gegenstand, wartet darauf, seine Geheimnisse auszustreuen wie Perlen. Helen wartet immer noch darauf, sie zu empfangen.

kaufte noch mehr. Nachdem sie das zehn oder zwanzig Jahre lang gemacht hatte, enthielt selbst Helens geräumiges Haus ungefähr alle schönen Möbel, die es fassen konnte. (*Der Dieb steht rechts neben Helens Schlafzimmerfenster und blickt hinunter auf den Gemeindejungen, der den Schlauch entrollt und anfängt, den Garten zu wässern.*) Jetzt durchstöberte Helen die Antiquitätengeschäfte nach kleineren Schätzen, kostbaren Stücken und Teilen aus dem Leben längst verstorbener Fremder, die sie sich dann aneignen konnte, ihre ganze Geschichte offen für die Vereinnahmung, all ihre Träume offen für die Phantasie.

Heute fand sie unter anderem eine kleine Spielzeugharfe mit siebzehn drehbaren Saiten, ein krokodilledernes Herren-Reisenecessaire, das noch Kamm, Zahnbürste, Rasiermesser und Streichriemen enthielt, ein Krocketspiel mit acht Kugeln, phantasievoll gestreiften Schlägern und verkupferten Toren.

Danach kehrte sie ins Hotel zurück und ruhte sich aus; sie war mit einemmal erschöpft nach den vielen Einkäufen in der Hitze. (*Der Dieb tritt vom Fenster zurück und setzt sich auf Helens Bettkante, regungslos, bis der Junge wieder auf sein Fahrrad steigt und davonfährt.*) Den Abend verbrachte sie ähnlich wie den Abend zuvor. Aber heute schlief sie nicht so schnell ein.

Heute lag sie lange wach, ermuntert durch ein aufkeimendes Gefühl von allerlei Möglichkeiten. (*Der Dieb steht auf und streicht mit beiden Händen, die leicht zittern, die Knitter aus dem weißen Lochstickerei-Überwurf.*) Hier in der großen Stadt faßte Helen Mut. Hier hatte sie das Gefühl, alles tun zu können, was ihr in den Sinn kam. Alles. Hier glaubte sie immer noch, daß ihr Leben sich ändern könnte. Es war nicht zu spät. Sie könnte jetzt jeden Tag aufwachen und feststellen, daß sie ein gänzlich anderes Leben führte.

Zu Hause zog Helen eine Veränderung nicht gern in Betracht. (*Der Dieb geht wieder hinunter in die Küche.*) Dort fand sie Trost in der Gleichförmigkeit ihrer einsamen Tage. Sie schätzte Beständigkeit, Sicherheit und Seelenfrieden. Sie ging allen und allem aus dem Weg, was Beklemmungen, Verwirrung, Enttäuschung oder Überreizung hervorrufen konnte. (*Der Dieb stellt die drei vollen Pappkartons hinten im Flur ab.*) Wenn Helen zu Hause an die Zukunft dachte, hoffte sie schlicht, für den Rest ihrer Tage genau dasselbe Leben zu führen. (*Der Dieb geht in den Garten, entrollt den Schlauch und richtet ihn auf ein kleines Blumenbeet, das der Gemeindejunge übersehen hat.*) Am Abend nahmen Helens Hoffnungen oft die Form eines Gebetes an: »Bitte, lieber Gott, laß mich einfach nur sein.«

Aber hier in ihrem Hotelzimmer lag sie stundenlang wach und sah sich in allen möglichen neuen, verblüffenden Situationen. (*Der Dieb verläßt das Haus durch die Hintertür, schließt sie hinter sich, trägt die Kartons nacheinander zu einem grauen Mittelklassewagen, der hundert Meter weiter unter einer Gruppe Hängebirken am Straßenrand parkt.*) Sie könnte reisen. Sie könnte den Parthenon, den Eiffelturm, die Pyramiden, die Sphinx besichtigen. Sie könnte auf einem langsamen Schiff nach China fahren. Sie könnte das Haus veräußern und eine Villa in Südfrankreich kaufen. Sie könnte ihr Haus im modernen dänischen Stil neu einrichten. Sie könnte sich die Haare rot färben. Sie könnte ein Buch schreiben. Sie könnte Flugunterricht nehmen. Sie könnte heiraten, um Gottes willen!

Doch am nächsten Morgen tat Helen nichts von alledem. (*Der Dieb wird beim letzten Gang zum Auto von einem braunen Kombiwagen mit zwei weinenden Kindern und einem bellenden Hund auf dem Rücksitz überholt, und die gehetzte Frau am Steuer nimmt die ihr bekannt vorkommende Gestalt, die im Sonnenschein einen Pappkarton über die Landstraße trägt, nicht wahr oder wundert sich nicht darüber.*) Am nächsten Morgen stand Helen viel später als gewöhnlich auf und verleibte sich im Speisesaal des Hotels genußvoll einen üppigen Brunch ein. Sie saß lange da, trank ihren Kaffee und ließ sich das reichhaltige Angebot des Nachspeisentisches schmecken.

Als sie sich schließlich satt gegessen hatte, ging Helen nach oben und nahm ihre Kleider aus dem Schrank, ihre Toilettensachen von dem Marmorwaschtisch und packte ihren Koffer aufs neue, tilgte all ihre Spuren aus dem Zimmer.

Ihr Bus ging erst um drei Uhr. (*Der Dieb fährt langsam davon, die Landstraße entlang und ins Stadtzentrum.*) Sie ging hinunter in die Empfangshalle, deren Einrichtung einem altmodischen Salon nachempfunden war, mit dick gepolsterten Sesseln, antiken Lampen auf blankpolierten Tischen, stark abgenutzten türkischen Teppichen auf dem Hartholzboden. (*Der Dieb fährt in die Zufahrt eines Bungalows mit blaßgelber Aluminiumverkleidung und schwarzer Umrandung, roten und weißen Geranien in den Blumenkästen, zwei gutgetrimmten Zedern beiderseits der Haustür.*) Tatsächlich glich die Empfangshalle des Hotels Helens Wohnzimmer zu Hause, nach welchem sie sich unterdessen innigst sehnte. Sie kam immer gern in die große Stadt, kehrte aber auch immer gern nach Hause zurück. Es war belebend, sich abenteuerlich und zuversichtlich zu fühlen, belebend, aber erschöpfend, und sie freute sich darauf, sich zurückzuverwandeln in ihr ureigenes, verträumtes, behagliches Ich.

In der Empfangshalle fragte Frederick, ob sie einen angenehmen Aufenthalt gehabt habe. Ja, natürlich, wie immer, alles bestens. (*Der Dieb öffnet mit der Fernbedienung im Auto das gelbe Metalltor und fährt in die Garage.*) Sie plauderten liebenswürdig über nichts, und als die Zeit von Helens Abreise nahte, hieß Frederick den Pagen ihren Koffer herunterholen, während sie sich abmeldete. Er trug den Koffer auf die Straße und rief ein Taxi. Wieder drückten sie sich innig die Hand, und Helen steckte ihm noch einen Zehndollarschein zu.

Die Busfahrt nach Hause schien wie immer schneller zu vergehen. (*Der Dieb trägt die Kartons nacheinander in die Küche des Bungalows.*) Helen sah die Landschaft jetzt in umgekehrter Reihenfolge vorbeirollen, während die Stadt sich von ihr abpellte wie ein Sonnenbrand. Sie dachte an all ihre Erwerbungen und war ungemein zufrieden.

Gegen fünf Uhr schließt Helen Wingham ihre Hintertür auf und tritt frohgemut in den Flur. Sie läßt ihren Koffer dort stehen, die Tür unverschlossen, und geht schmunzelnd in die Küche. (*Der Dieb packte die drei Kartons aus und stellte die Gegenstände in einer Reihe auf den Küchentisch.*) Helen findet es beruhigend, ihr eigenes Ich in jedem einzelnen Gegenstand gespiegelt zu sehen, und jenseits von ihr sind Spiegelbilder von all den anderen Händen, die diese unschuldigen Gegenstände berührt, all den anderen Leben, mit denen sie sich im Laufe der Zeit gekreuzt haben. (*Der Dieb öffnete mit einem Plop eines der Einmachgläser, nahm einen großen Löffel aus der Besteckschublade, kostete die Pfirsich-Paprika-Würzsauce, fand sie lecker und stellte das Glas in den Kühlschrank.*) Oh, wie schön ist es, wieder zu Hause zu sein!

Das Haus ist heiß und stickig, da es seit Freitag nicht gelüftet worden ist. (*Der Dieb schuf in dem Schrank rechts vom Ausguß Platz für das andere Einmachglas und arrangierte das Teeservice auf seinem Tablett neben den Kochbüchern auf der Anrichte.*) Helen öffnet das Küchenfenster und setzt den Wasserkessel auf. Sie nimmt das Alltagsteegeschirr aus dem Schrank und einen kleinen Löffel[14] aus einem Holzkasten an der Wand.

[14] Massives Sterlingsilber, 13 cm lang, Andenken aus Venezuela, auf dem Stiel Palmen und Ölquelle, auf der Laffe das Wort *Caracas* in Tränenform. Dieser Löffel gehört zu einer Sammlung von vierundzwanzig Stück, die Helen komplett mit Schaukasten aus Eichenholz erst letzten Sommer gekauft hat. Zu ihren Lieblingsstücken zählen neben Venezuela Pisa mit Flechtwerkstiel, auf dem der berühmte Schiefe Turm dargestellt ist, El Salvador mit Palmen und einem Mann auf einem Maultier (keine Spur von politischen Unruhen), Wales mit einem Schloß auf dem Stiel und dem eingeprägten Wappen auf der Laffe. Helen liebt es, Andenken von Orten zu besitzen, die sie nie gesehen hat und gewiß nie sehen wird.

Sie setzt sich an den Küchentisch und blickt durch die weißen Spitzengardinen auf die verlassene Straße hinaus. (*Der Dieb fummelte an der Cupido-Kaminuhr, mußte aber enttäuscht feststellen, daß sie nicht in Gang zu bringen war.*)

Verjüngt schleppt Helen ihren Koffer nach oben in ihr Schlafzimmer. (*Der Dieb ging ins Wohnzimmer.*) Sie öffnet das Fenster und sieht in den Garten hinaus. Der Gemeindejunge hat gute Arbeit geleistet. Alle Gemüsepflanzen und Blumen machen einen gesunden und kräftigen Eindruck. Sie sieht, daß ein paar Bohnen gepflückt werden müssen und daß die Zeit der Erbsen endgültig vorbei ist. (*Der Dieb, ohne Kamin, ohne Sims, stellte die Uhr auf den Couchtisch neben eine Konfektschale in Form eines Fisches und einen großen Strauß Plastikblumen.*) Helen packt ihren Koffer aus und räumt ihre Sachen weg. Sie bemerkt, daß die rechte Glastür des Bücherschranks leicht offensteht. Im Schrank sind alle Photoalben auf dem mittleren Bord umgekippt. (*Der Dieb betrachtete die Winkel des Wohnzimmers durch den Sucher des Photoapparats und stellte diesen dann neben die Uhr auf den Couchtisch.*) Als sie die Tür öffnet, um die Alben aufzurichten, merkt Helen, daß das blaue Plüschalbum nicht an seinem Platz ist. Das ist höchst ungewöhnlich.

Helen dreht sich um und blickt durchs ganze Zimmer. Sie kann sich nicht erinnern, wann sie sich das Album zuletzt angesehen hat. Sie untersucht die anderen Borde im Bücherschrank, die Nachtkonsole, den Inhalt der großen Truhe[15] am Fußende ihres Bettes. Sie hebt sogar den weißen Lochstickerei-Überwurf an und sieht unters Bett.

Sie gerät kurz in Panik, denkt an vorzeitige Vergreisung, hatte es da nicht eine Cousine mit Alzheimer gegeben, was waren die Anzeichen? (*Der Dieb ging wieder in die Küche und durchwühlte die Krimskramschublade auf der Suche nach einem Hammer und einem Nagel.*) Helen beruhigt sich, indem sie die Zehn Gebote aufsagt. Du sollst nicht töten. Du sollst nicht ehebrechen. Du sollst nicht stehlen. Du sollst nicht begehren. Ihr Gedächtnis scheint intakt zu sein.

[15] Mit Ornamenten verzierter flacher Deckel mit Metallbeschlägen, abgerundeten Kanten, gebogenen Hartholzbändern, Metallpuffern. Diese Truhe enthält nichts von Bedeutung: zwei Wolldecken, ein Leinengeschirrtuch, bedruckt mit einem Kalender für das Jahr 1964, ein Kissen mit einer Abbildung der Niagarafälle, einen ausziehbaren Spazierstock mit einem Hundekopf als Griff und einen schwarzen Kaschmirschal, den Helen nie getragen hat. Gewöhnlich setzt sie sich jeden Morgen auf diese Truhe, um ihre Strumpfhose anzuziehen.

Sie ist verschwitzt. Sie ist müde. Sie ist hungrig. (*Der Dieb nahm einen gerahmten Druck von Van Goghs* Sonnenblumen *von der Wand hinter der Couch, schlug einen neuen Nagel ein und hängte das Engelbild dort auf.*) Vielleicht machen sich hinter ihren Augen Kopfschmerzen bemerkbar. Vielleicht wird sie das Photoalbum nachher finden, wenn sie sich besser fühlt.

Jetzt will sie erst einmal ihren Koffer wegräumen und etwas essen. Sie hat Hörnchen im Gefrierfach, Streichkäse im Kühlschrank. Sie geht in den Keller, um ein Glas Pfirsich-Paprika-Würzsauce zu holen. (*Der Dieb setzte sich auf die Couch und blätterte in dem Photoalbum, blickte in die Gesichter von Fremden, die steif neben Blumenständern, Konzertflügeln und verschiedenen Haustieren posierten.*) Helen hätte schwören können, daß sie noch zwei Gläser Würzsauce übrig hatte. Aber da, wo sie sein sollten, ist nur eine Lücke auf dem Bord.

Helen wird allmählich unruhig. Sie stellt sich vor, wie die Gläser mit Würzsauce, das Photoalbum, alle anderen Gegenstände im Haus, die Bücher, die Tische, die Kommoden, das Rollpult und der Schaukelstuhl,[16] wie das alles sich während ihrer Abwesenheit in einem makabren Tanz der Unbeseelten neu angeordnet hat.

Dann sieht sie es. (*Der Dieb betrachtete lange die Photographie einer streng dreinblickenden Frau mit einem krankhaft fetten Baby.*) Das Taschenmesser auf dem Picknickkorb. Das Loch im Fliegengitter. Zuerst kann sie sich nicht rühren. Ihre Hände fahren an ihren Hals. Ihr ist plötzlich kalt in der Hitze. Es kommt ihr nicht in den Sinn, daß der Dieb noch im Haus sein könnte. Es kommt ihr nicht in den Sinn, ihr Haus zu verlassen und wegzulaufen.

Sie nimmt das Messer in die Hand und starrt es an. Sie beugt sich näher ans Fenster. (*Der Dieb nahm die schwere Enzyklopädie zur Hand, und es erwies sich, daß sie allerlei interessantes Geheimwissen barg.*) Das Loch im Fliegengitter ist ein sauberer senkrechter Schnitt, eine kleine Öffnung, durch die ihre kleine

[16] Großer Schaukelstuhl aus Eiche und Rohrgeflecht, verstrebt, Sitz mit Plüsch-Dekorationsstoff bezogen. Dies war einer von Helens ersten Möbelkäufen vor zwanzig Jahren. Hierhin setzt sie sich abends, um zu lesen, und wird unweigerlich getröstet von dem rhythmischen Knarren der Kufen auf dem Hartholzboden. Einmal hat sie geträumt, daß sie in diesem Stuhl ein Baby wiegte. Das Baby nuckelte herzhaft an ihrer linken Brust, und sie summte ein Wiegenlied. Im wirklichen Leben macht Helen sich nichts aus Babys.

Hand gerade paßt. Sie schiebt das Fenster zu und verschließt es. Sie klappt das Messer zusammen und steckt es in die Tasche. Sie geht die Kellertreppe wieder hinauf.

In der Küche sieht sie jetzt die Lücke auf dem mittleren Bord des Geschirrschranks. (*Der Dieb überflog diverse Abschnitte der Enzyklopädie, darunter »Anleitung für Hundeliebhaber, einschließlich Wörterbuch der Hundekrankheiten und Anhang über Haustiere, Geflügel- und Bienenhaltung«.*) Helen sieht, daß das Teeservice fehlt, nicht aber die Messingleuchter, die Beerenschale aus böhmischem Kristall, der Zahnstocherhalter mit Goldrand, auch nicht (gottlob!) der sehr kostbare Visitenkartenbehälter[17] mit der Bulldogge. Dieser Dieb mit den sehr kleinen Händen war offensichtlich ein Amateur, der den Wert von Antiquitäten nicht kannte. Helen hatte natürlich sofort den Gemeindejungen in Verdacht, aber was wollte der wohl mit einem achtteiligen Teeservice?

Helen fühlt, wie sich im Zuge dieser Begebenheit die Reste ihres Großstadt-Ich erheben: Sie will praktisch sein, ehe sie zusammenbricht. Sie will mit Vernunft betrachten, was geschehen ist, bevor sie sich gestattet, sich attackiert, verärgert oder verängstigt zu fühlen. (*Der Dieb betrachtete in dem Abschnitt namens »Enzyklopädie des Allgemeinwissens: Wesentliche Tatsachen zu allen bedeutenden Themen, verständlich dargestellt und genau definiert« Photographien des Vesuvs, des Stockholmer Rathauses und eines mit drei Bumerangs bewaffneten australischen Ureinwohners.*) Vor allem aber, sie will nicht weinen, sie will nicht weinen, sie will nicht weinen, noch nicht.

Helen geht von einem Zimmer zum anderen und taxiert das Ausmaß ihres Verlustes. Sie könnte die Polizei rufen, doch zuerst möchte sie genau feststellen, was fehlt. (*Der Dieb schlug das ledergebundene, mit Helens Handschrift beschriebene Notizbuch auf und nahm sich gespannt die erste Seite vor.*) Ihre Neugierde gewinnt allmählich die Oberhand.

Im Wohnzimmer sind die Cupido-Uhr und die Schreibmaschine verschwunden. In der Bibliothek sieht sie den leeren Ständer, der die Enzyklo-

[17] Verzierter versilberter Visitenkartenbehälter, Bulldogge aus getriebener Bronze am Sockel. Dies ist ein außergewöhnliches Stück, das Helen aus zwei Gründen liebt. Erstens, weil es sie daran erinnert, wieviel besser es für sie gewesen wäre, in einer früheren Zeit geboren worden zu sein, als Besucher mit Karten kamen und die Welt insgesamt ein vornehmerer Ort war. Zweitens, weil sie den einfältigen Ausdruck in dem häßlichen Gesicht der Bulldogge mag. Trotz allem, was andere Menschen denken mögen, hat Helen Sinn für Humor.

pädie gehalten hatte. Nicht ein einziges anderes Buch fehlt. Nicht ein einziges anderes Buch steht am falschen Platz. (*Der Dieb liest den ersten Eintrag vom 26. April 1975, offenbar geschrieben, kurz nachdem Helen in das Haus gezogen war:* Regen. Lammkoteletts, Erbsen, Kartoffelbrei, Apfelschnitze zum Nachtisch. Auspacken fast erledigt. Langer, ruhiger Abend. Auf dem Kopf des Menschen sind durchschnittlich 100000 Haare. Sie wachsen jeden Tag um 0,25 mm.) Im Musikzimmer fehlt nur der Photoapparat.

Helen geht nach oben. Das Engelgemälde auf dem Treppenabsatz ist verschwunden. Sie fährt mit der Hand über den Umriß auf der Tapete. (*Der Dieb blätterte weiter und las:* 20. Oktober 1979. Starker Wind, Bäume ächzen, die Äste werden entblättert. Morgen Laub rechen. Rindereintopf, zu viele Zwiebeln. Kann nicht schlafen. Kopfschmerzen. Auftrag zum Montieren der Sturmfenster erteilen. Die sieben Todsünden sind Zorn, Neid, Habsucht, Völlerei, Wollust, Hoffart und Trägheit.)

Helen blickt im oberen Flur in jedes Zimmer, aber es fehlt nichts. Das einzige Geräusch kommt von einem verwelkten Blatt, das eine große Topffeige am Ende des Flurs abwirft.

Sie geht wieder in ihr Schlafzimmer. Sie sieht die Schmuckschatulle durch. Sie stellt erleichtert fest, daß alles noch da ist, und ist besonders froh, ihre Lieblingsuhr[18] zu sehen, die sie oft an einer Goldkette um den Hals trägt. (*Der Dieb las:* 15. Januar 1983. Den ganzen Tag Schnee. Hackbraten, Bratkartoffeln, Mais in Sahne und ein Buttertörtchen. Gemütlich, lesen am Kamin. Vollkommene Stille bis auf das Geräusch der Flammen. Die sieben Tugenden sind Glaube, Hoffnung, Liebe, Klugheit, Gerechtigkeit, Tapferkeit und Mäßigkeit.)

[18] Damenaufziehuhr aus 14karätigem Gold, zwei Diamanten, drei Rubine, graviert. Auf der Vorderseite steht der Name *Beatrice* und auf der Rückseite die Inschrift *In ewiger Liebe, Edward.* Wenn Helen diese Uhr trägt, fühlt sie sich größer, schlanker, gütiger. Sie fühlt sich wie eine schöne Frau namens Beatrice, inniggeliebt von einem stattlichen Mann namens Edward. Wenn Helen diese Uhr trägt, lächelt sie mehr und ist liebenswürdig zu den Frauen, die sie in der Gemeinde auf der Straße trifft. Sie lacht mit ihnen, bewundert ein neues Kleid, erteilt Ratschläge zu Problemen mit Schädlingen im Garten, legt ihre Hand auf einen Arm, wenn sie sich nach ihren Ehemännern, ihren Kindern, ihrem Befinden erkundigt. Diese Frauen gehen mit dem heiteren Gedanken nach Hause, daß Helen Wingham am Ende vielleicht doch noch eine wird wie sie.

Sie sieht ihre Kleidungsstücke im Schrank und in der Kommode durch. Sie stellt sich die Finger des Diebes auf ihren Blusen, ihren Kleidern, ihrem kühlen seidenen Unterrock vor. Sie befühlt den Boden ihrer Unterwäscheschublade und stellt fest, daß ihr Notizbuch fehlt. (*Der Dieb las:* 24. Mai 1988. Geranien, Ziertabak, Kosmeen, Löwenmäulchen, Stiefmütterchen und sechs Tomatenstöcke gepflanzt. Gestern Haare schneiden lassen, auch Auto zur Inspektion gebracht. Lachssteak, Reis, Kopfsalat frisch aus dem Garten. Die erste Frau im Weltraum war Valentina Tereschkowa, die im Juni 1963 auf einem dreitägigen Flug ins All 48mal die Erde umkreiste.)

Helen könnte die Polizei rufen, aber sie kann den Gedanken nicht ertragen, daß die Polizisten durch ihre reinlichen Zimmer trampeln, in ihrer Habe schnüffeln, mit ihren großen rauhen Händen ihre kostbaren Gegenstände befummeln. Sie stellt sich vor, wie sie über sie und ihren Dieb lachen, alle beide ungeschickt und exzentrisch, alle beide Dummköpfe. (*Der Dieb las:* 28. Juli 1992. Hitzewelle. Blumen sehen bedrückt aus, obwohl ich sie zweimal täglich gieße. Ich bin auch einmal bedrückt gewesen, konnte aber nicht sagen, weswegen. Wegen Wasser? Nein. Stille? Vielleicht. Wolkenloser, flirrender Himmel. Zu heiß zum Essen. Käse und Cracker, Karottenstäbchen, Tomatenscheiben, Vanilleeis. Kann mich nicht an den Geruch von Schnee erinnern. Das Eis, das die Antarktis bedeckt, ist ungefähr 2000 m dick.) Helen stellt sich vor, wie die Polizisten sich lachend auf die Knie schlagen.

Sie zieht die Nachttischschublade auf und sieht erleichtert, daß der Dieb weder ihre Bibel noch ihren Revolver[19] mitgenommen hat. Sie erinnert sich, daß der Verkäufer ihr beim Erwerb der Waffe versicherte, sie sei ein reines Sammlerstück und nie abgefeuert worden, nicht ein einziges Mal. (*Der Dieb las:* 14. September 1994. Spaghetti mit Fleischklößchen, grüner Salat, Knoblauchbrot, Käsekirschkuchen, ein kleines Glas Weinbrand, weil morgen mein Geburtstag ist. Habe veranlaßt, daß meine Heizung überholt wird. Das Herz

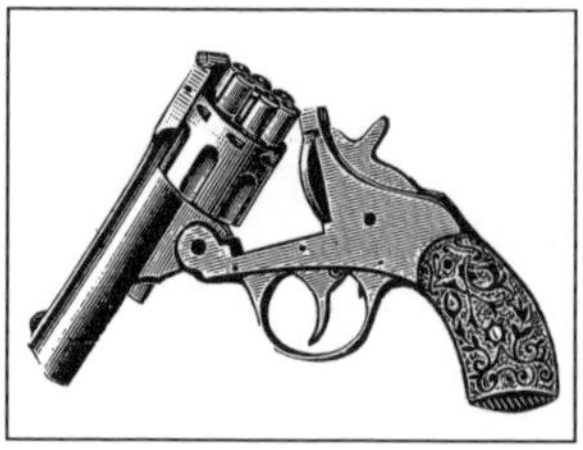

[19] Harrington & Richardson. Verbesserter Revolver mit automatischem Hülsenauswurf und durchziehbarem Abzug. Vernickelt, Griffschalen mit Elfenbein eingelegt und mit Perlmutt verziert. Akkurat und zuverlässig, treffsicher wie ein Smith & Wesson. Gewicht 570 gr; 2,5-Zoll-Lauf, 6 Schuß, 32 Kaliber, Zentralfeuerpatrone. Helen hat in ihrem Leben nie eine Waffe abgefeuert, vermutet aber, daß sie es könnte, wenn sie müßte.

eines siebzigjährigen Menschen hat mindestens 2,8 Milliardenmal geschlagen. Morgen werde ich dreiundfünfzig.)

Helen zieht sich aus und schlüpft in ihr weißes Nachthemd. Sie könnte die Polizei rufen, aber sie kann den Gedanken nicht ertragen, daß der Einbruch morgen in der Stadt in aller Munde sein wird, daß all die blasierten Frauen in ihren Küchen fröhlich über sie und ihren Dieb klatschen, daß sie ohne Zweifel sagen werden, sie habe es ja so gewollt, allein, wie sie da draußen lebe, mit niemandem befreundet, was denkt die überhaupt, wer sie ist? (*Der Dieb legte das Notizbuch hin und spannte ein leeres Blatt Papier in die Schreibmaschine.*) In diesem Augenblick hätte sie diese Frage nicht beantworten können, nachdem Teile ihres sorgsam kreierten Ich so plötzlich abgeblättert waren.

Sie ist so müde. Sie sieht in den Garten hinunter. Es ist noch nicht dunkel, aber der Mond geht auf, es ist fast Vollmond. Sie wird morgen hinausgehen und die Bohnen pflücken. (*Der Dieb brachte zwei kleine Hände auf der Tastatur in Position und tippte:* Dies ist die Geschichte meines Lebens. Dies ist die kleine Geschichte meines kleinen Lebens. Es war einmal eine Frau.) Doch jetzt will sie erst einmal ins Bett. Es ist zu heiß, um sich zuzudecken, darum legt sie sich auf den Überwurf, die kleinen Hände auf der Brust gefaltet. Sie könnte nach unten gehen und die Hintertür verriegeln, aber sie tut es nicht. Sie sollte eigentlich verängstigt sein, spürt aber, daß sie es nicht ist.

Sie stellt sich vor, wie sie Frederick nächstes Jahr in der behaglichen Empfangshalle des Hotels diese Geschichte erzählen wird, wenn er dicht neben ihr steht und seine Hand auf ihren bloßen Arm legt, wie sie seinen süßen Atem in ihrem Gesicht spüren wird.

(*Der Dieb stand vom Küchentisch auf und ging hinaus in die Garage.*) Helen liegt ganz still. Sie ist ganz ruhig.

Als die Dunkelheit hereinbricht, ist Helen fast eingeschlafen. (*Der Dieb ließ den Wagen an und fuhr rückwärts aus der Garage, aus der Einfahrt auf die Straße.*)

Zwischen Wachen und Schlafen schwebend, sieht Helen, wie sich der Knauf der Schlafzimmertür dreht. Sie kann nicht unterscheiden, ob sie träumt oder nicht. Sie denkt an den Engel der Türknäufe. Eine Gestalt steht in der Tür, geht auf sie zu. Eine kleine Hand berührt ihr Nachthemd, ihre Schulter, ihre Haare. Sie spürt einen süßen Atem im Gesicht. Sie sollte eigentlich verängstigt sein, spürt aber, daß sie es nicht ist.

(*Der Dieb beobachtet das Haus.*)

(*Der Dieb geht durch das vordere Gartentor und hinten herum in den Garten.*)

(*Der Dieb ist im Garten.*)

(Der Dieb steht im Mondlicht und sieht hinauf zu Helens Schlafzimmerfenster. Die Nacht ist mild und hell. Die weißen Spitzengardinen flattern gegen das Fliegengitter. Gleich wird der Dieb nun ihren Namen rufen.)

Gleich wird der Dieb nun ihren Namen rufen.

Die geräumigen Kammern ihres Herzens

Das Herz eines erwachsenen Menschen mißt 13 Zentimeter in der Länge, allerhöchstens 9 Zentimeter in der Breite und $6\frac{1}{2}$ Zentimeter in der Dicke. Beim Manne bewegt sich das Gewicht zwischen 280 und 340 Gramm, beim Weibe zwischen 230 und 280 Gramm. Das Verhältnis des Gewichts zum Körper beträgt beim Manne 1 zu 169, beim Weibe 1 zu 149. Das Herz nimmt bis ins fortgeschrittene Alter beständig an Gewicht zu, ebenso an Länge, Breite und Dicke.

Gray's Anatomie, 1901

Evangeline Clark liebte vier Dinge, und nur vier Dinge allein. Da ihr Herz nur vier Kammern hatte, mochten sie auch noch so geräumig sein, hatte sie sich darauf beschränkt, vier Dinge zu lieben.

Erstens, die Musik.

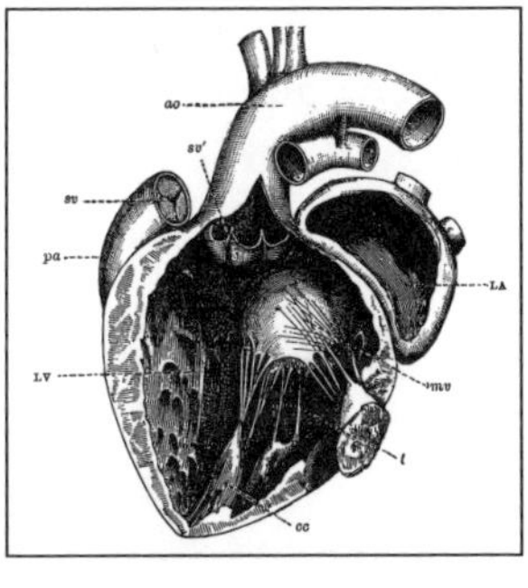

Das **Rechte Herzohr** ist ein bißchen größer als das linke, seine Wandungen sind etwas dünner und messen etwa zwei Millimeter, und seine Höhle hat ein Fassungsvermögen von etwa 0,05 Liter.

Diese Liebe hatte sie gelernt und übernommen von ihrer Mutter, die Pianistin war, seit langem verstorben, aber für Evangeline noch immer eine Inspiration. Das Heim ihrer Kindheit war stets von Musik erfüllt, ihre Mutter saß den ganzen Morgen und den ganzen Nachmittag am Klavier. Die Mahlzeiten waren schluderig, das Haus war ein Chaos, doch die Luft in den vollgestopften, stickigen Zimmern war gesättigt von Schönheit, Wahrheit und purem Pläsier. Manchmal, wenn ihre Mutter vom Gewicht der Welt auf ihren schmalen Schultern an Schlaflosigkeit litt, spielte sie mitten in der Nacht Mendelssohns *Lieder ohne Worte,* und die Musik drang sachte zu Evangeline, die behaglich in ihrem Bettchen lag; die hohen Töne rieselten rings um sie herab wie Konfetti, die tiefen Töne wie ein Wolkenbruch im August, Regentropfen, so groß wie ein Vierteldollar, auf warmem Asphalt.

In dem entscheidenden Augenblick ihres Lebens, als ihre Mutter Konzertpianistin hätte werden können, war sie statt dessen ihre Mutter geworden. Denn so wurden die Dinge in jenen Tagen gehandhabt: das eine oder das andere, nicht beides; mehrfache Lieben waren in jenen Tagen dazu verurteilt, sich gegenseitig auszuschließen. Bedauern und Unmut, ebenso wie Untreue, waren keine tragbaren Bekundungen der Mütterlichkeit. Hierfür war Evangeline dankbar.

Obwohl sie selbst kein musikalisches Talent besaß und daher nie gelernt hatte, ein Instrument zu spielen, war auch Evangeline darauf bedacht, die Luft in ihrem Haus stets mit Musik anzufüllen, Musik jeder Art. Country und Western zum Schmachten, Rock and Roll zum Tanzen, Jazz für die Nerven, Blues für Trübsal, Klassisches für Katzenjammer. Und vor allem Mendelssohn für mitten in der Nacht, um die Runzeln im Gesicht der Welt zu glätten.

Zweitens, die Farbe.

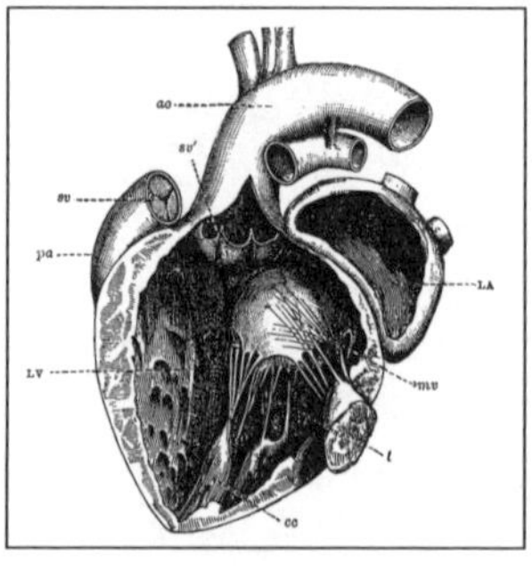

Die **Rechte Kammer** ist von dreieckiger Gestalt und erstreckt sich vom rechten Herzohr bis fast zur rechten Herzspitze. Ihre vordere Oberfläche ist abgerundet und konvex und bildet den größeren Teil der Herzvorderseite … Die Wandungen der rechten Herzkammer sind dünner als die der linken, das Verhältnis zwischen ihnen beträgt 1 zu 3 … Die Höhle ist von derselben Größe wie die der linken Herzkammer und hat ein Fassungsvermögen von etwa 0,08 Liter.

Diese Liebe lernte und übernahm Evangeline von ihrem Mann, der Maler war, ein sehr guter Maler, dessen überlebensgroße leuchtende Leinwände im ganzen Land ausgestellt wurden. *Brillant* und *elektrisierend* waren die

von den Kritikern am meisten verwendeten Wörter, die sie, so schien es, unterschiedslos benutzten, um sowohl den Mann selbst wie auch seinen provokativen und durchdringenden Gebrauch der Farben zu beschreiben. Ihr Ehemann war in der Tat ein brillanter und elektrisierender Mensch, ein lebhaftes Genie, das immerzu in seinem Atelier malte oder malen wollte. Evangeline entdeckte rasch, daß er die meisten Manöver und Mechanismen des Alltagslebens als prosaisch, wenn nicht gar als regelrechte Zeitverschwendung betrachtete.

Von ihm lernte sie, daß alle Dinge, ob Tier, Pflanze oder Mineral (ebenso Plastik, Polyester oder Nylon), von wesentlichem Wert sind, nicht wegen ihrer Funktion, sondern wegen ihrer Farbe, die ohnehin alles ist, woran dem bloßen Auge von Natur aus liegt. Er verbrachte viel Zeit mit dem Mischen von Farben, versuchte, das wahre Grün des Grases, das wahre Blau des Himmels, das wahre Rot des Blutes und die wahre unbeschreibliche Farbe der Sonne zu schaffen, die keineswegs gelb ist, wenngleich wir von zartem Alter an zu dem Glauben verleitet werden, daß sie es sei. Diese Suche nach der wahren Farbe von allem war, sagte er, wie das Bemühen, in einem Reagenzglas Leben zu erschaffen. Aber was ist Leben, was ist Wahrheit, was ist die Farbe des Atems im Sommer, was ist die wahre Farbe des Fleisches?

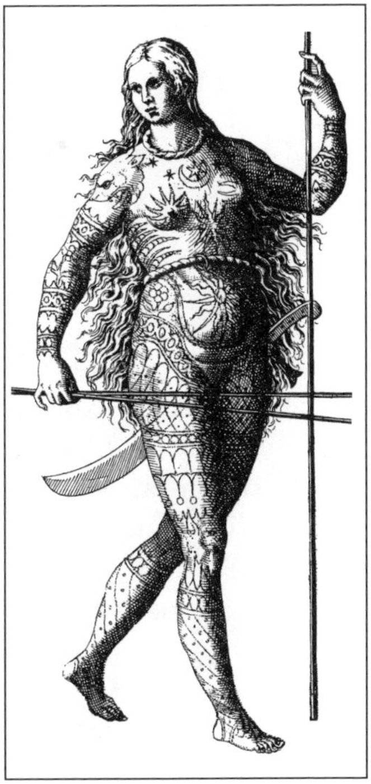

Obwohl sie selbst kein künstlerisches Talent besaß und daher nie von irgend etwas ein Bild gemalt hatte, war Evangeline darauf bedacht, ihr Haus (sein Haus, ihrer beider Haus) mit Farbe zu füllen. Sie ließ im Badezimmer ein Buntglasfenster einsetzen, so daß ihres Mannes bloßer Körper (und auch sein bloßes Auge) unter der Dusche glühte wie ein beleuchtetes Prisma. Das beruhigte ihn beträchtlich; denn alles Klare (gewöhnliches Glas, Frischhaltefolie oder Wasser) quälte ihn unerträglich, weil es unnachahmlich war. Sie kleidete sich mit Bedacht in knallig bunte Farben (gelber Schal, grüne Bluse, blauer Rock, rote Strumpfhose, lila Schuhe); denn ihr Mann betete sie förmlich an, wenn sie so vor ihm erschien, wenn die Farbstreifen ihren Körper umringten wie ein Regenbogen aus hübschen Bändern, wundersame Bandagen vom Kopf bis zu den Füßen.

Jeden Morgen saß ihr Mann in seinem blauen Hemd am Frühstückstisch, umgeben von dem Stilleben, das sie so sorgsam arrangiert hatte: die gelben Eigelbe, die rote Marmelade, der braune Kaffee, der lila Flieder auf der Fensterbank, seine roten Lippen, weißen Zähne, kauend und lächelnd. Und während er den von Sonnenlicht durchfluteten Orangensaft bewunderte, war Evangeline atemlos und berauscht von der Freude an ihrer eigenen Macht. Natürlich äußerte sie dies nicht so zu ihrem Mann. Sie sagte vielmehr, sie lächle, weil sie glücklich sei.

Drittens, die Sprache.

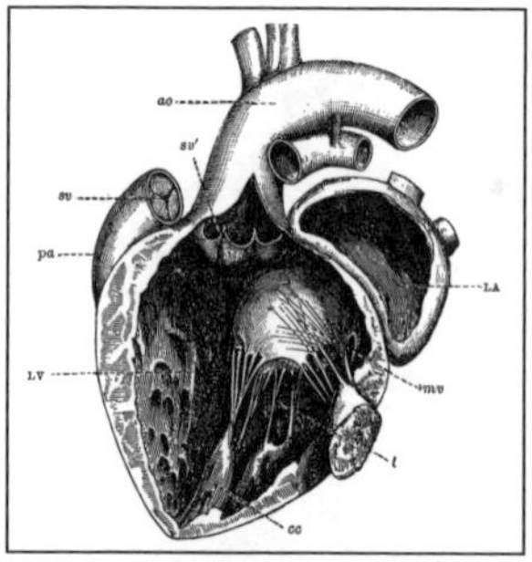

Das **Linke Herzohr** ist um etliches kleiner als das rechte; seine Wandungen sind dicker und messen etwa 3,2 Millimeter; es besteht wie das rechte aus zwei Teilen, einer Haupthöhle, *Sinus,* und einem *appendix auriculae.*

Diese Liebe war aus eigenem Antrieb zu Evangeline gekommen, aus heiterem Himmel (lange bevor sie heiratete und die Bedeutungen und Botschaften von Himmelblau, Babyblau, dem blauen Wunder oder irgendeiner anderen Abwandlung von Blau entdeckte). Diese Liebe lehrte und gab sie weiter (hoffte sie) an ihren Sohn, der gerade lesen lernte. Er folgte ihr auf Schritt und Tritt und fragte: »Was steht da? Was steht da?« Denn wenn man es recht betrachtete, waren alle Zimmer mit dem gedruckten Wort angefüllt. Neben all den Büchern, die jede ebene Fläche bedeckten, gab es Frühstücksflockenschachteln, beschriftete Blechbüchsen, Shampooflaschen, Zahnpastatuben, Postkarten und Merkzettel für sich selbst, die am Kühlschrank hafteten, bedeckt mit Anleitungen, Inhaltsstoffen, Ermahnungen, Namen und Warnungen. Er kam mit kleinen Büchern aus der Schule nach Hause, die sie ihm

jeden Abend nach dem Essen vorlas. Sie weinte beinahe vor Glück, als er lernte, ganz allein Wörter herauszulesen: der, die, das, du, so, na, Paps, Haps, Haps in Paps. Sie schrieb in Druckbuchstaben Listen mit Reimwörtern wie Buch, Tuch, such, Fluch, und sie umarmten sich vor Aufregung. Wenn sie an all die vielen Wörter dachte, die es in der Sprache gab, mußte sie staunen über das Wunder, daß jemand überhaupt jemals lesen lernte. So gesehen waren sie alle Genies.

Obgleich sie selbst kein literarisches Talent besaß und daher nie eine Geschichte, einen Roman, ein Gedicht geschrieben hatte, war Evangeline darauf bedacht, das ganze Haus mit Büchern anzufüllen. Es gab Bücherschränke in jedem einzelnen Zimmer, sogar im Badezimmer. Die Mahlzeiten waren schluderig, und das Haus war ein kunterbuntes Chaos; denn wenn Evangeline nicht eine andere Musik auflegte oder die neuen lila und türkisblauen Handtücher im Badezimmer arrangierte, dann las sie. Sie hatte eigens einen kleinen Buchständer, den sie im Haus mit sich herumtrug, so daß sie lesen konnte, während sie kochte, während sie aß, während sie Geschirr spülte, Staub saugte, die bunten Böden wischte. Oft ging sie mit Kopfschmerzen ins Bett (und mußte daher zu ihrem Mann sagen: »Heute abend nicht, Liebster, ich habe Kopfschmerzen«), die zweifellos von der Überanstrengung der Augen herrührten. Aber in ihren wunderlicheren Momenten zog sie es vor, zu denken, daß sie von dem Gewicht all der Wörter herrührten, die sie in ihr Gehirn gestopft hatte, wo sie wirbelten und zwirbelten, Zauberkunststücke vollführten und sich in Position jonglierten.

Manche Wörter waren besser als andere, das wußte sie unterdessen. Nicht alle Wörter waren gleich. Alle Wörter waren mehr als die Summe ihrer Teile. Ein Wort wie *wieder* war zum Beispiel besser als *wie* oder *der. Solistin* war besser als *Solei* oder *ist. Synergie* war besser als *Sühne* oder *Energie.* Einmal war besser als keinmal. Ihr hyperaktiver

Mann grunzte gewöhnlich und riet zu Aspirin oder Therapie, aber sie sagte, sie wolle lieber leiden.

Schließlich das Licht.

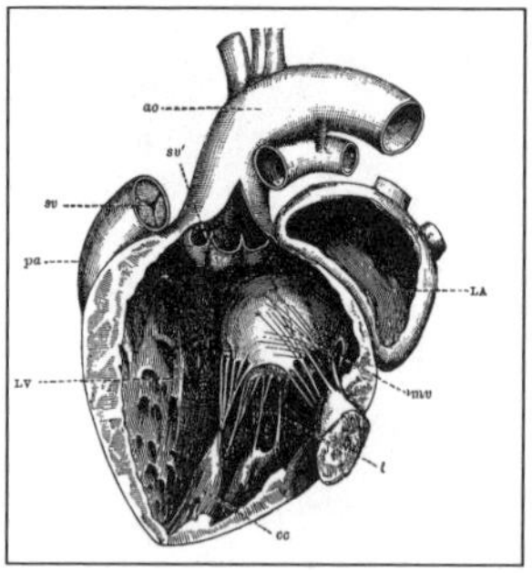

Die **Linke Herzkammer** ist länger und konischer geformt als die rechte Herzkammer, und im Querschnitt zeigt ihre Höhle einen ovalen oder fast kreisrunden Umriß ... Da sie weiter vorsteht als die rechte Herzkammer, bildet sie auch die Herzspitze. Ihre Wandungen sind viel dicker als die der rechten Seite, das Verhältnis beträgt 3 zu 1 ... werden zur unteren Seite hin allmählich dünner und auch zur Spitze hin, die der dünnste Teil ist.

Dies war ihre heimliche Liebe, die sie ganz allein gelernt und angenommen hatte. Über Jahre hatte sie sie heimlich gehegt, verliebt in das gedämpfte pazifische Licht ihres Schlafzimmers am Morgen, wenn es über Nacht geschneit hatte. Oder das liebliche rosa Licht eines klaren Sommermorgens (sie weigerte sich zu glauben, daß dies, wie ihr Mann warnte, in Wirklichkeit eine Folge der vielen Verunreinigungen der sterbenden Luft sei). Oder das schnell schwindende Licht eines Spätnachmittags zur Wintersonnenwende, das ihre Beine schwach werden ließ vor Mattigkeit. Oder das grell gespenstische Licht eines flammenden Sonnenuntergangs, ein Klischee, gewiß, aber dennoch aufregend und unvergeßlich. Oder die Frühlingssonnenstrahlen auf dem Küchenboden, dem grünen Linoleum, wohin ihr Sohn sich als kleines Kind gern setzte und dann lächelte wie ein kleiner Buddha.

All dies explizite und exquisite Licht hatte sie festgehalten, nicht mit bloßem Auge, sondern vielmehr mit bloßem Herzen, das, so stellte sie sich vor, ganz ähnlich funktionierte wie ein primitiver Photoapparat, ein Löchlein in der Mitte, durch das die beleuchteten Bilder geschleust und dann vergrößert wurden.

Sie hatte von einer Studie an einem Universitätskrankenhaus gelesen, bei der ermittelt worden war, daß die Wahrscheinlichkeit, daß eine Herztransplantation abgelehnt wurde, bei Frauen viermal größer ist als bei Männern. Dafür muß es einen guten Grund geben.

Mit zunehmendem Alter wurde ihr Herz schwerer (auch länger, breiter, dicker), und der Lichtfleck wurde ebenfalls größer. Dieser Vorgang erforderte kein Talent. Er erforderte nur Geduld und das unwägbare Vergehen der Zeit.

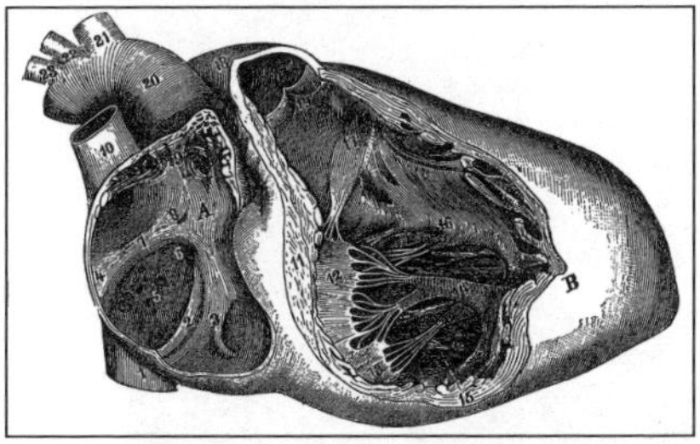

Eben jetzt, dachte sie sich, hatte er ungefähr die Größe einer normalen Glühbirne von sechzig oder vielleicht hundert Watt.

Bald würde er die Größe eines Scheinwerfers haben, ein vollendet runder klarer Strahl. Dann würde er zu einer Stroboskoplampe mutieren und alle Bewegungen roboterhaft und hektisch wiedergeben. Alsdann würde er sich in einen Suchscheinwerfer verwandeln, dessen weitreichender Strahl die geheimsten Winkel von allem und jedem findet. Als nächstes würde er sich zur Größe eines Flutlichts ausdehnen, das alle Buntheit und Wirrnis innerhalb seiner unendlichen Reichweite auslöscht.

Am Ende würde das Licht ihres Lebens seine Spitze erreichen, sich unerbittlich und unendlich ausdehnen, um all die geräumigen Kammern ihres Herzens zu erleuchten.

Anleitung zum Verfassen eines ernsthaften Romans über die Liebe

Beginnen Sie mit einem Mann und einer Frau. Viele berühmte Romane beginnen mit dieser geläufigen Konstellation. Mag es Ihnen zunächst auch ziemlich abgedroschen vorkommen, sind Sie erst einmal in Fahrt, wird bald ersichtlich, daß Ihnen eine stattliche Reihe von Möglichkeiten zur Verfügung steht.

Zuallererst brauchen der Mann und die Frau einen Namen. Überlegen Sie sich die Wahl sehr genau. *Vinny* und *Ethel* können unmöglich dieselbe Geschichte erleben wie *Alphonse* und *Olivia*. Dem Leser dürfte es schwerfallen, das Schicksal von *Mitzi* und *Skip* ernst zu nehmen. Manchmal sind neutrale Namen die besten. Nach vielem Hin und Her entscheiden Sie sich, Ihre Charaktere *John* und *Mary* zu nennen. Schlagen Sie sich den Gedanken an Johannes den Täufer, Maria Magdalena, Mary Poppins oder die Jungfrau Maria aus dem Kopf. Vermutlich schreiben Sie keinen Roman über irgendeinen von ihnen, noch nicht.

Beschreiben Sie John.

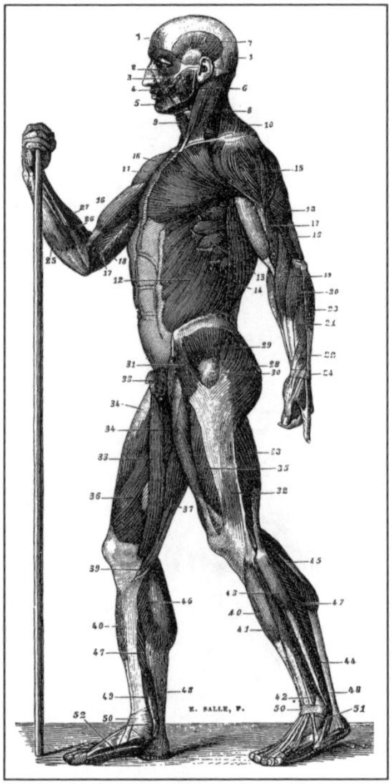

John hat braune Haare und braune Augen. John hat blonde Haare und blaue Augen. John hat schwarze Haare und grüne Augen. John hat keine Haare und keine Augen. Treffen Sie die Wahl. Machen Sie John klein oder groß, dick oder dünn, blaß oder rotwangig. Hat John eine behaarte Brust? Wie groß sind Johns Ohren, Füße, Nase, Penis? Verwenden Sie ein paar Gedanken auf Grübchen, Gesichtsbehaarung, Muttermale, Narben und Tattoos. Sieht Johns Adamsapfel aus wie eine im Kehlkopf steckengebliebene Weinbeere?

Gehen Sie von der Beschreibung der Figur zu den Gewohnheiten über. John trägt eine graue Jogginghose mit einem Loch im Schritt. John trägt Schwarz, immer Schwarz, auch eine schwarze Baskenmütze. John trägt ungemusterte weiße Boxershorts. John trägt rote Tangas. Schwört John auf Mundwasser, Deodorant, Fußpuder, Eau de Cologne? Was sieht John, wenn er in den Spiegel blickt? Wie denkt John über die Form seines Kinns, die Farbe seiner Zähne, die Größe seines Penis?

Machen Sie John nicht vollkommen. Der Leser, der nicht vollkommen ist, verliert sonst das Interesse. Und Sie, ebenfalls nicht vollkommen, verlieren Ihre Glaubwürdigkeit als Schriftsteller/Schriftstellerin. Bedenken Sie, dies soll ein ernsthafter Roman werden. Vor allem, machen Sie John menschlich.

Beschreiben Sie Mary.

Wiederum Haare, Augen, Größe, Gewicht. Achten Sie darauf, daß die Wahl, die Sie für Mary treffen, gut abgestimmt ist auf diejenige, die Sie für John getroffen haben. Wie groß sind Marys Lippen, Hände, Augen, Brüste? Verwenden Sie ein paar Gedanken auf Wangenknochen, Krähenfüße, Leberflecke, Gesichtsbehaarung und Tattoos. Wie lang ist Marys Hals? Wie anmutig sind ihre Arme, wenn sie sie um John schlingt oder ihn fortstößt?

Gehen Sie von der Beschreibung der Figur zu den Gewohnheiten über. Mary wandert ungeschminkt in die Welt, ihre Wangen sind glatt und glänzend geschrubbt. Mary bringt jeden Morgen eine ganze Stunde damit zu, mit einer raffinierten Batterie von Wässerchen, Lotionen, Stiften und Pinseln ein neues Gesicht zu kreieren. Mary schläft in einem langärmeligen, hochgeschlossenen Nachthemd aus Baumwollflanell. Mary schläft nackt. Rasiert Mary sich Achselhöhlen und Beine? Rasiert Mary sich die Beine nur bis zum

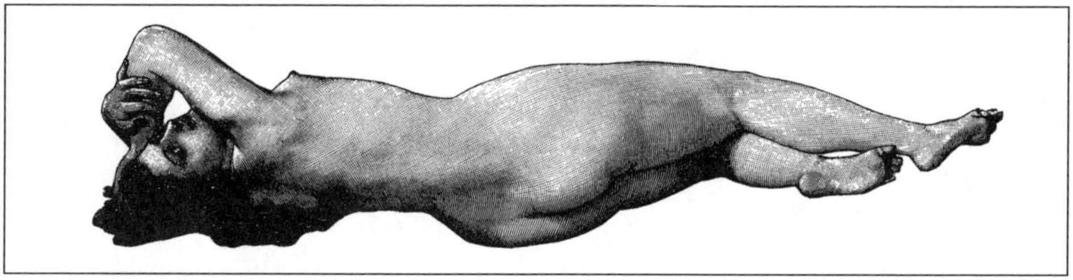

Knie oder bis ganz oben? Schwört Mary auf Schönheitschirurgie, Aromatherapie, Aerobic, Vitamine, Gott? Hat Mary eine geringe Selbstachtung? Liebt Mary sich selbst mehr als irgend jemanden auf der großen weiten Welt? Liebt Mary sich selbst mehr als John?

Sie müssen John und Mary so detailliert beschreiben, weil die Leser ein Bild von ihnen im Kopf haben wollen. Apropos Kopf...

Entscheiden Sie, aus wessen Sicht Sie die Geschichte erzählen wollen, in wessen Kopf dem Leser Zugang gewährt werden soll. Entscheiden Sie, an wessen Gehirn Sie am meisten interessiert sind, wessen Gedanken die Handlung unterstreichen, interpretieren und auf sonstige Art erhellen werden. Diese berichtende Person mag die Wahrheit oder Lügen erzählen. Die Entscheidung liegt bei Ihnen.

Vermeiden Sie die Formulierung *dachte sie für sich.* Der Leser wird sich fragen, für wen sie denn sonst gedacht haben könnte. Bedenken Sie, einerlei, wie witzig, intelligent oder scharfsinnig John und Mary sein mögen, sie können ihre gegenseitigen Gedanken nicht lesen. Wenn Sie beschließen, die Geschichte aus Marys Sicht zu erzählen, bedenken Sie, daß sie nicht durch Wände sehen kann. Sie kann nicht genau wissen, was John tut, wenn er außerhalb ihres Blickfelds ist. Sie kann es nur vermuten. Sie kann nicht einmal genau wissen, was John im Zimmer gleich nebenan tut, es sei denn natürlich, die Wände sind durchsichtig. Bedenken Sie, daß jeder Blickwinkel seine Begrenzung hat.

Wenn Sie sich dieses Handicap vom Hals schaffen wollen, wählen Sie den allwissenden Blick. Wie Gott sieht dieser Erzähler alles, er weiß alles und ist so frei, auch alles zu berichten. Dieses Auge am Himmel sieht, was in der

Äußeren Mongolei, in Brooklyn und Brasilien geschieht, und ist zudem vertraut mit den Gedanken von John und Mary und jedem, der zufällig daherkommt. Der allwissende Erzähler kennt auch die Zukunft und die Vergangenheit, also seien Sie auf der Hut.

Einerlei, wer ihre Geschichte und/oder ihre Zukunft erzählt, John und Mary müssen auf alle Fälle irgendwo leben. Treffen Sie diese Entscheidung nicht leichtfertig. Für John und Mary wird Ihre Wahl von weltbewegender Wichtigkeit sein.

Wenn Sie Ihre Geschichte zum Beispiel auf dem Land ansiedeln, werden die Buchseiten sich mit dem Geruch frisch gepflügter Erde, dem Knattern von Traktoren und Mähdreschern, dem Blöken von Ziegenbabys, dem Glitzern der Sterne am weiten schwarzen Himmel füllen. Die Morgenluft wird gefärbt sein vom jungen Grün knospender Bäume. Marys Lippen sind rotgefleckt von Himbeersaft. John trägt Baumwollatzhosen und Gummistiefel. Sie schließen ihre Türen nie ab. Mary bäckt Apfelkuchen in der sonnigen Bauernküche. John hackt Hühnern die Köpfe ab. Sie sitzen stundenlang auf geradlehnigen Holzstühlen auf der Veranda vor dem Haus, spähen zum ländlichen Abendhimmel hinauf, beten um Regen.

Wenn Sie sich dagegen entscheiden, Ihren Roman in einer Stadt anzusiedeln, werden die Kapitel gewürzt sein mit den Auspuffgasen des Berufsverkehrsstaus, dem Surren von einer Million Klimaanlagen, dem dringlichen, beängstigenden Heulen von Sirenen, dem Klappern von hohen Absätzen auf Beton, dem Stöhnen und Seufzen ungeduldiger Kunden, die an ratternden Registrierkassen Schlange stehen, dem gefälligen Säuseln von Männern und Frauen in maßgeschneiderten Anzügen und Kostümen, die in hermetisch abgeriegelten Gebäuden über Hochfinanz verhandeln. Abends glühen die Bürotürme wie radioaktive Monolithen.

John und Mary führen ein Schnellspurleben. Sie arbeiten hart, um die Eigentumswohnung, die Alarmanlage, die Putzfrau, das Segelboot, den Weihnachtsurlaub in der Schweiz zu finanzieren. John ist Firmenanwalt. Mary ist Anlageberaterin. Sie fahren einen silbernen BMW. Während John am Steuer sitzt und über den Verkehr flucht, klappt Mary ihren Laptop auf und verschickt Faxe in alle Welt.

John fängt damit an, am Donnerstagnachmittag mit seiner Sekretärin zu schlafen. Das ist nicht sehr originell. Nach acht Monaten macht er Schluß. Mary kommt nie dahinter. Nichts hat sich verändert.

In der Stadt sind John und Mary an den Wochenenden immer beschäftigt. Sie haben viele Freunde, aber nie Zeit, sie zu sehen. Sie besuchen Kino, Theater, Oper, Ballett, Kunstausstellungen und Antiquitätenauktionen. Sie verzehren raffinierte internationale Gerichte in exklusiven eleganten Restaurants.

Natürlich sind sich John und Mary voll darüber im klaren, daß nicht alle in der Stadt so privilegiert sind wie sie. Sie wissen alles über Armut, Verbrechen, Drogen, Obdachlose, Machtlose, Hilflose, entführte und mißbrauchte Kinder, vergewaltigte und verprügelte Frauen, grundlos ermordete unschuldige Menschen. Sie sehen es in den Abendnachrichten. Sie lesen alles darüber in der Morgenzeitung. Sie sind geziemend erschüttert. Manchmal sehen sie die Beweise in unmittelbarer Nähe: ein Mann, der in einem Hauseingang schläft, ein Einschußloch in einer Fensterscheibe, ein Blutfleck auf einer weißen Wand, einmal der Kreideumriß eines Opfers wie ein Hüpfekästchenspiel auf dem Gehsteig. Aber sie wissen auf beiläufige Weise von diesen Dingen, so wie sie von Hurrikanen, Hungersnot und Krieg wissen. Sie sehen sie durch eine Wand aus bruchsicherem Glas.

Wenn Ihnen klar ist, daß Sie viel über das Stadtleben und buchstäblich nichts über das Landleben wissen, entscheiden Sie sich, Ihren Roman in der Stadt anzusiedeln. Schließlich hat man Ihnen immer gesagt, man solle über das schreiben, was man kennt.

Siedeln Sie Ihren Roman in einer kleinen alten Stadt am Ufer eines großen verschmutzten Sees an, einer sauberen, ansehnlichen Stadt mit Kalksteinhäusern, Erbgrundstücken, Segelbooten und Yachten im Hafen, einer angesehenen Universität, einer großen psychiatrischen Klinik und mehreren Gefängnissen für Männer wie für Frauen. Dies alles kennen Sie. Ändern Sie die Namen, um Unschuldige zu schützen.

Geben Sie zu, daß Sie nicht viel von Rechtsanwälten, Anlageberatern, BMWs oder einem Schnellspurleben verstehen. Geben Sie zu, daß Sie nie eine Putzfrau, ein Segelboot oder Urlaub in der Schweiz hatten. Am Wochenende erledigen Sie die Hausarbeit und kaufen Lebensmittel im Einkaufszentrum. Dann ruhen Sie sich aus.

Lassen Sie John und Mary gewöhnliche Menschen sein. Lassen Sie Mary Lehrerin, John Angestellter bei der Eisenbahn sein. Bedenken Sie, daß alle gewöhnlichen Menschen auf gewisse Art außergewöhnlich sind. Bedenken Sie, daß *gewöhnlich* nicht *einfältig* bedeutet. Wenn Sie wollen, können Sie John und Mary frei nach real-existierenden Menschen gestalten. Wenn Sie eine Frau sind, können Sie Mary nach sich selbst und John nach einem Mann gestalten, mit dem Sie einmal ein Verhältnis hatten. Dem real-existierenden John mag das nicht gefallen, aber andererseits mag er geschmeichelt sein, wenn er sich in einem gedruckten Werk verewigt sieht. Der Leser wird mit Vergnügen Mutmaßungen anstellen über die wahre Identität von John und Mary und der kleinen alten Stadt, in der sie leben. Wenn Reporter Sie später fragen, ob Ihr Roman autobiographisch sei, sagen Sie: »Nein, nicht direkt«, und lächeln rätselhaft.

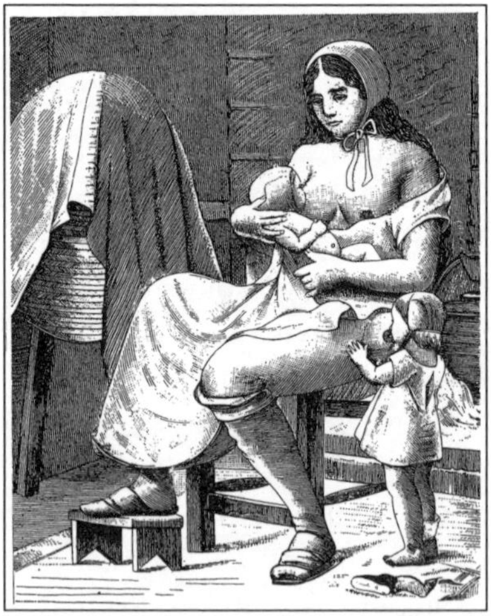

John und Mary können Kinder haben oder nicht. Dies ist im Roman wie im wirklichen Leben ein schwerwiegender Entschluß. Bedenken Sie, daß Kinder im Roman wie im wirklichen Leben gleichzeitig wunderbar und unmöglich sind, mit einer unheimlichen Macht, in den liebevollen Erwachsenen das Beste und das Schlechteste zum Vorschein zu bringen. Bedenken Sie, daß der Eintritt eines oder mehrerer Kinder in das Dasein eines Paares im Roman wie im wirklichen Leben absolut alles vollkommen verändern wird.

Behalten Sie stets im Sinn, daß in einem ernsthaften Roman nur Schwierigkeiten interessant sind. Hiermit sind Spannungen, Hindernisse, Konflikte, Gefahr und Begierde gemeint. Dies ist die Handlung. Wenn John und Mary am Beginn des Buches glücklich sind, müssen sie später unglücklich werden. Am Ende dürfen sie wieder glücklich oder immer noch unglücklich sein, einer von ihnen kann – es können auch beide sein – sterben. Ein vollkommen glückliches Leben ist zweifellos in der Wirklichkeit etwas Wunderbares, aber im Roman ist es langweilig.

Vergessen Sie den Bösewicht nicht. Jeder Roman braucht einen Bösewicht. Ob männlich oder weiblich, machen Sie den Bösewicht verachtenswert, aber interessant, lasterhaft, aber aufregend, böse, aber lieb zu Kindern und kleinen Tieren. In einem ernsthaften Roman tragen die schlechten Kerle keine schwarzen Hüte. Achten Sie darauf, daß der Bösewicht nicht interessanter ist als John und Mary.

Obgleich die Liebe das dominierende Thema Ihres Romans sein darf, ist es angebracht und oftmals nützlich, Nebenhandlungen einzuflechten, die einer oder mehreren der klassischen Konfliktkategorien zuzuordnen sind. Dies können sein: Mensch gegen Mensch, Mensch gegen Natur, Mensch gegen Gesellschaft, Mensch gegen Gott und Mensch gegen sich selbst. (Behalten Sie im Sinn, daß diese Kategorien vor langer Zeit ersonnen wurden, als es üblich war, von der gesamten Menschheit als *der* Mensch zu sprechen, so daß jede dieser Konstruktionen *Mann* und *Frau* meint.)

In einem Roman, der in der Stadt angesiedelt ist, könnte es zum Beispiel sehr interessant sein, eine Variante des Konflikts Mensch gegen Natur einzuflechten. Dies würde eine Nebenhandlung mit Abenteuern, Gefahren und potentiellen Heldentaten möglich machen, zu denen der durchschnittliche Stadtbewohner nicht oft Zugang hat.

An einem Wochenende geht John mit seinen Arbeitskollegen auf die Jagd. Mary hat eine Abneigung gegen die Jagd. Sie streiten sich vorher deswegen. Mary sagt, sie werde, wenn John mit einem toten Tier auf dem Dachträger nach Hause kommt, es weder ausweiden noch kochen, noch essen. Sie sagt, sie werde dann vielleicht auch nicht mehr mit John schlafen. John sagt: »Schön. Wie du willst.« Er reinigt sein Gewehr, verstaut drei Kästen Bier im Kofferraum und setzt seine flotte orangerote Jagdkappe auf, um zu verhindern, daß ihn einer seiner Freunde mit einem Elch verwechselt und versehentlich in den Kopf schießt.

Am ersten Tag geht alles gut. Keiner der Männer erlegt etwas, aber es macht ihnen Spaß, den ganzen Tag durchs Gebüsch zu stapfen, und dann trinken sie eine Menge Bier und erzählen sich Geschichten von all den anderen Jagdausflügen, an denen sie teilgenommen haben. Das nennt man *Männerkumpanei.*

Am zweiten Tag bricht John früh auf, als die anderen sich noch stöhnend in ihren Daunenschlafsäcken winden und das viele Bier ausschlafen. John geht tief in den Wald hinein. Er hört es im Unterholz rascheln und schnauben. Verstohlen bewegt er sich auf die Geräusche zu. Johns Gewehr zittert vor Aufregung.

Plötzlich bricht ein riesiger Braunbär aus dem Busch und stellt sich keine zwei Meter von John entfernt auf die Hinterbeine. John läßt sein Gewehr fallen.

Er versucht sich vorzustellen, wie er den Bären mit bloßen Händen niederringt. Er versucht sich vorzustellen, wie er dem Bären mit dem Messer, das er sich in seinem Gürtel vorzustellen versucht, die brummende Kehle aufschlitzt. John hat weder das Messer noch den Mut.

John macht kehrt und rennt zurück ins Lager. Ein paar Minuten lang kann er hinter sich den Bären durch den Wald stürmen hören. Er stellt sich vor, wie er Stück für Stück lebendig gefressen wird. Die Geräusche hinter ihm fallen zurück und verstummen dann ganz, aber John rennt weiter, so schnell er kann, bis er bei den anderen Jägern ankommt. Er springt auf den ersten Schlafsack, den er sieht, und klammert sich fest. Alsbald beschließen die Jäger heimzukehren.

Als er heil und gesund wieder zu Hause ist, erzählt John Mary die Geschichte mit dem Bären. Er zeigt ihr den Kratzer an seiner rechten Wange, den, sagt er, die Bärin ihm verpaßt hat, als sie ihre Riesentatze ausstreckte und sein Gesicht berührte, sanft, ganz sanft wie eine Liebkosung. In Wirklichkeit hat er sich den Kratzer zugezogen, als er Fersengeld gab und ein Ast ihm ins Gesicht schlug. So oder so, Mary zeigt kein Mitgefühl. Sie sagt, es geschehe ihm recht für die Jägerei. Immerhin holt sie Heftpflaster und Jod. John bemüht sich, nicht zu zucken, als sie den Kratzer säubert. Es gibt Pizza zum Abendessen, und Mary schläft nicht auf der Couch.

Diese Szene enthüllt deutlich nicht nur etwas über Natur und Bären, sondern auch eine große Menge über John und Mary. Es ist nicht nötig, diese Enthüllungen unmittelbar anschaulich zu machen. Dem Leser ist es vielleicht nicht recht, wenn er mit der Nase auf etwas gestoßen wird. In einem ernsthaften Roman müssen Sie subtil sein.

Innere Qual ist ein wesentlicher Bestandteil eines ernsthaften Romans. Die Leserin wird sich gut mit einer Figur identifizieren, die emotionale Probleme hat, die manchmal nicht weiß, was sie will, die spürt, daß in ihrem Leben etwas fehlt, aber nicht genau ergründen kann, was.

Mary hat alles, was eine Frau begehrt. Sie ist verheiratet mit dem einzigen Mann, den sie je geliebt hat. Er liebt sie so sehr wie sie ihn. Er ist ein guter Ernährer. Er wird weder körperlich, verbal oder emotional ausfallend. Er vergißt nie, ihr am Hochzeitstag Blumen mitzubringen. Er vergißt nie, den Müll rauszutragen, die nassen Handtücher aufzuhängen oder seine schmutzigen Socken in den Wäschepuff zu werfen. Er saugt unaufgefordert Staub. Sie wohnen in einem hellen, geräumigen Vorstadthaus in einer ruhigen, sicheren Sackgasse. Sie sind nicht reich, aber sie haben ihr Auskommen. Beide lieben ihre Arbeit. Ihre Kinder sind gesund, klug und wohlerzogen. Mary ist eine gute Köchin und pflegt viele Hobbys, darunter Stricken, Briefmarkensammeln und Bowling. John liebt Golf, Schwimmen und Holzschnitzen. John ist ein guter Liebhaber, und Mary hat oft Mehrfachorgasmen. Mary hatte nie ein gebrochenes Herz und auch nie gebrochene Knochen. Ihre Kinder haben keine Allergien oder Lernschwierigkeiten. John hat keinen hohen Cholesterinspiegel, und in seiner Familie gibt es keine erblichen Herzkrankheiten. Mary leidet nicht an Migräne oder maßlosen Menstruationsschmerzen. Ihre Freundinnen beneiden sie. Sie sagen, sie führe ein zauberhaftes Leben.

Mary weiß, daß ihre Feundinnen recht haben. Und doch ... Und doch ...

Mary weiß, daß sie nicht so glücklich ist, wie sie sein sollte. Manchmal ist sie frustriert, unzufrieden, unausgefüllt, leer und gelangweilt. Manchmal hat sie es satt, zu geben, zu umsorgen, sich zu kümmern; sie hat es satt, Anrichten, Tische, Nasen und Hintern zu putzen, hat es satt, Kleider, Fußböden, Geschirr und die Haare ihrer Kinder zu waschen. Manchmal hat sie es sogar satt, ihre eigenen Haare zu waschen. Manchmal ist sie es leid, immer vernünftig, verläßlich und verantwortlich sein zu müssen.

Mary fühlt, wie der Kessel der Unzufriedenheit in ihr brodelt. Manchmal wünscht sie, sie wäre Akrobatin geworden statt der perfekten Ehefrau und Mutter. Sie stellt sich ein knappes goldenes Kostüm mit Pailletten vor, einen erregenden Trommelwirbel, und die Menge hält den Atem an, während sie vor ihren Augen todesverachtende Kunststücke vollführt. Sie stellt sich vor, wie sie hinterher triumphierend auf einem edlen weißen Hengst durch die Manege reitet. Die Mähne des Pferdes und ihre langen blonden Haare fliegen im Wind. Die tobende Menge wirft ihr Blumen und Kußhände zu.

Oder vielleicht wünscht Mary auch, sie wäre Künstlerin geworden. Sie hätte in einem Dachstübchen leben, sich exotisch kleiden und auf glanzvolle Bohème-Partys gehen können. Sie hätte sich für Kurse, Kreuzfahrten und Geliebte beiderlei Geschlechts entscheiden können. Sie stellt sich vor, ihr Kopf wäre vor Kreativität geschwollen. Nachdem sie berühmt geworden wäre, würden ihre Bilder in exklusiven Galerien hängen, und ihre Vernissagen würden von berühmten Leuten aus aller Welt besucht.

Im wirklichen Leben fühlt Mary sich jetzt gefangen. Mary weiß, daß *Sackgasse* nur eine phantasievolle Umschreibung für Ausweglosigkeit ist.

Im Roman wie im wirklichen Leben wünschen die meisten Menschen, daß ihr Dasein auf etwas hinausläuft, auch wenn sie nicht wissen, worauf.

Der Kessel der Unzufriedenheit wird jetzt jede Minute überkochen. Mary wird entweder aus ihrem Leben ausbrechen oder aufstehen und sich eine Kanne Tee machen.

In einem ernsthaften Roman dürfen derartige innere Konflikte des langen und breiten untersucht werden. Je komplexer die Probleme, desto besser die Geschichte. Erforschen Sie die Ängste und Neurosen Ihrer Figuren. Lassen Sie Mary im Wäschegeschäft im Einkaufszentrum einen Angstanfall haben. Schicken Sie John durch eine Midlife-crisis. Lassen Sie Mary sich vor Spinnen, Hühnern, Pferden, Fischen, großen blonden Männern mit Bart fürchten. Lassen Sie John impotent sein. Wenn Sie mit Ängsten, Phobien, Neurosen oder Impotenz nicht sonderlich vertraut sind, holen Sie sich aus der Leihbibliothek viele Bücher zu diesen Themen. Das nennt man *Recherchieren.* Wenn die Bibliothekarin Sie komisch ansieht, erklären Sie ihr, daß Sie ein Buch schreiben.

John und Mary werden natürlich viele Erinnerungen haben, die im Zusammenhang mit ihrem gegenwärtigen Leben gelegentlich an die Oberfläche kommen. Im Roman nennt man das *Rückblicke.* Deren Funktion besteht im allgemeinen darin, Ihrer Geschichte historischen Hintergrund und Tiefe zu verleihen. Das hilft dem Leser zu verstehen, wie John und Mary wurden, was sie heute sind.

Im Roman wie im wirklichen Leben kann ein Rückblick durch eine beliebige Kleinigkeit ausgelöst werden:

Der Anblick eines Spiegeleis auf einem blauen Teller, ein schwarzer Regenschirm, der in der Garderobe vor sich hin tropft, eine alte Frau mit einem Kopftuch, die in ihrem Garten Unkraut jätet. Das Geräusch einer Schaufel auf dem Pflaster nach einem Schneesturm, ein Lied im Radio beim Friseur, quietschende Reifen in der Nacht. Der Geruch von Shampoo an einer fremden Frau in einem überfüllten Fahrstuhl, eine Zigarette, die an einem Winterabend im Freien angezündet wird, eine Wolljacke im Regen. Die Berührung einer Kinderhand an einem Arm, eine dicke Katze auf einem Schoß, ein Seidenschal an einer Wange. Der Geschmack einer Apfelsine, eines Granatapfels, von Bitterschokolade, Süßkartoffeln, des rosa Radiergummis am Ende eines Bleistifts.

Jedes von diesen Dingen kann Ihre Figur zurückgeleiten durch den Torweg der Zeit. Der Leser wird sich gern in das Labyrinth der Vergangenheit entführen lassen.

In einem Roman ist die Zeit von entscheidender Bedeutung. In einem ernsthaften Roman sind die Fäden, die Vergangenheit, Gegenwart und Zukunft miteinander verknüpfen, anschaulich und gegliedert. Nur im wirklichen Leben kann es sein, daß man sich ständig an dieselben klebrigen Fasern klammert. Ihre Leser werden sich wahrscheinlich im früheren Leben von John und Mary viel wohler fühlen als in ihrem eigenen.

In einem Roman ist die Zeit begrenzt. Überlegen Sie, welchen Zeitraum Ihr Roman umfassen wird: einen Tag, eine Woche, einen Monat, ein Jahr, zwei Jahre, zehn, hundert? Alle Geschichten müssen irgendwo anfangen und aufhören. Dasselbe läßt sich vom individuellen Leben sagen, wenn auch nicht unbedingt von der Zeit selbst. Im Roman haben Sie, anders als im wirklichen Leben, die Zeit unter Kontrolle. Nicht die Zeit hat Sie unter Kontrolle.

Wann immer es möglich ist, versuchen Sie, die Träume von John und Mary in Ihre Geschichte einzubeziehen. Das wird Ihren Roman über die Banalitäten der Realität erheben, während Elemente des Surrealismus, der Spiritualität und des Okkulten geschickt eingefügt werden. Für viele Menschen mögen Träume durchaus der einzige bleibende Hinweis sein, daß ein gewöhnliches Leben mehr in sich hat, als sich dem gewöhnlichen Blick bietet.

Lassen Sie John von Rüben, Löwenzahn, einem Alligator, einem Akkordeon, einer Windmühle und dem Grabtuch von Turin träumen. Lassen Sie Mary von Grashüpfern, Rhabarber, Schmutzwäsche, einem Schirm, einem Rhinozeros und einer Engelschar träumen, die vom Himmel niederschwebt und in ihrem Garten landet.

Geben Sie ihnen Träume mit Hintergrundmusik wie im Film, Träume, die sich entrollen wie Bänder, wie eine Autobahn, Träume mit dem Geruch von Zimt, Schwefel oder Benzin. Geben Sie ihnen Träume, in denen die gewöhnliche Kontinuität von Raum, Zeit, Identität, Geschlecht und Substanz durcheinanderpurzelt wie ein Turm aus hölzernen Buchstabenklötzchen. Geben Sie ihnen Träume, in denen nichts als selbstverständlich gelten kann.

Beginnen Sie damit, daß Sie von John und Mary träumen. Sprechen Sie ihre Namen laut im Schlaf. Wenn Sie Glück haben, werden John und Mary vielleicht von Ihnen träumen.

Erfundene Träume zu konstruieren ist verzwickter, als Sie sich vielleicht vorstellen. Das Vokabular der Traumwelt hat wenig Ähnlichkeit mit der alltäglichen Sprache und Szenerie des Wachzustands. Wenn Sie merken, daß Sie keine überzeugenden Träume ersinnen können, verwenden Sie Ihre eigenen. Schreiben Sie sie zur sicheren Verwahrung in ein Buch. Pressen Sie sie zwischen die Seiten wie herbstliche Ahornblätter, und wenn Sie das Buch Jahre später aufschlagen, werden sie Ihnen in den Schoß fallen, erstaunliche kleine Wunder, mysteriöse Glaubenssprünge.

Ob Sie über die Traumwelt oder die Wachwelt schreiben, denken Sie daran, sich einer konkreten Sprache zu bedienen. Seien Sie präzise. Geben

Sie allen Gegenständen die Würde ihrer Bezeichnungen. Das zumindest sind Sie ihnen schuldig.

Vermeiden Sie ungenaue, schlaffe Wörter wie *gut, schlecht, hübsch, nett.* Seien Sie besonders vorsichtig mit dem Wort *nett.* In einem ernsthaften Roman ist wenig oder gar kein Raum für einen netten Mann und eine nette Frau, die an einem netten Tag ein nettes Picknick machen. Selbst wenn Sie sagen, daß die Frau hübsch ist, der Mann gut, das Insekt schlecht, ist das nicht genug. Sie können es besser machen.

Vermeiden Sie vor allem den Gebrauch von Klischees. Wenn Sie in Ihrem Roman Metaphern und Vergleiche verwenden wollen (natürlich wollen Sie das – das wollen alle), müssen Sie nach originelleren Bildern suchen.

Die beste Methode, welche zu finden, ist es, sich in ein ruhiges, verdunkeltes Zimmer zu legen und den Geist aus dem Gefängnis des Alltagsdenkens zu entlassen. Vergessen Sie das Geschirr, das gespült, den Hund, der Gassi geführt, den Rasen, der gemäht, Ihre Familie, die wieder und wieder verköstigt werden muß. Konzentrieren Sie sich. Schieben Sie die naheliegenden Entscheidungen, die einfachen Lösungen weit von sich. Verzichten Sie auf Frauen, die hübsch sind wie Gemälde, auf Lippen wie Kirschen, Augen wie Diamanten und Haut weiß wie Schnee. Verzichten Sie auf Männer, die schlau sind wie Füchse, stark wie Stiere, flink wie Wiesel, dick wie Ziegelsteine oder langsam wie Gottes Mühlen. Verzichten Sie ganz und gar auf alle Ideen, die so alt sind wie Methusalem. Trainieren Sie statt dessen Ihren Geist, auf eine höhere Ebene zu schweben, wo alles Denken erneuert wird.

Um zum Herzen der Sache vorzudringen, müssen Sie alles vergessen über Herzen, die aussehen wie Valentinskarten und schlagen wie Hämmer.

Begeben Sie sich dorthin, wo Johns Herz ist wie ein Stück Sellerie: knackig, saftig, eine hellgrüne Stange, durchzogen mit Fasern, an denen Mary ersticken wird, wenn sie nicht aufpaßt. Begeben Sie sich dorthin, wo Marys Herz ist wie eine Handtasche, ein weicher Lederbeutel, in dem sie ein Sammelsurium aus kleinen, aber unentbehrlichen Dingen mit sich herumträgt. Wenn sie ihn nicht braucht, hängt sie ihn an den Knauf der Schlafzimmertür.

Begeben Sie sich dorthin, wo *Liebe* nichts mit Herzen, Blumen, Geigen, Pralinen oder Hochzeiten zu tun hat. Begeben Sie sich dorthin, wo *Liebe* ist wie Holzkohle, Aprikosen, ein Hubschrauber, Pfefferminz, das Geräusch von Fingernägeln auf einer Schultafel, ein Bottich mit Blut unter dem Bett. Dies ist der Ort, an dem gutes Schreiben wächst.

Lernen Sie, die Sprache zu lieben. Sie ist schließlich das Werkzeug und das Ausgangsmaterial, mit dem Sie arbeiten müssen. Zum Glück erweist sie sich als nachwachsender Rohstoff. Machen Sie sich eine Liste von allen Wörtern, die Sie lieben, und benutzen Sie sie dann. Wörter wie: *Scheinbild, vormals, üppig, wahnsinnig, Hinterhalt, heilsam, Heiligtum, Brust.* Lassen Sie die Macht der Verben nicht außer acht: *entzünden, hätscheln, brüllen, galvanisieren, kapitulieren, sinken, satteln, erlöschen.*

Bedenken Sie, daß Gewöhnlichkeit nur im Auge des Betrachters liegt. Bedenken Sie, daß *gewöhnlich* nicht *einfältig* oder *fade* bedeutet. Sie als Schriftsteller/Schriftstellerin haben die Macht, das Außergewöhnliche aufzudecken, das innerhalb (hinter, unter, jenseits) des Gewöhnlichen liegt. Achten Sie auf die Details. Feilen Sie an Ihrer Sichtweise. Entfachen Sie das Erstaunliche, das Unschuldige und/oder das Bedrohliche des Banalen aufs neue. Alle Gegenstände haben ein Erscheinungsbild. Studieren Sie die Besonderheiten von Tischen, Bürgersteigen, Zimmerdecken, Ziegelsteinen, Gardinen, Steingut, Messern. Schauen Sie eine Stunde lang aus dem Küchenfenster. Beobachten Sie alles. Halten Sie Ihren Blick die ganze Nacht zum Himmel gerichtet.

Wenn Sie eine gewöhnliche Tasse Tee lange genug betrachten, wird auch sie zu einem Produkt Ihrer Phantasie. Denken Sie an den Kessel der Unzufriedenheit kurz vorm Überkochen.

Beschreiben Sie die klare heiße Flüssigkeit, die die Tasse füllt, den weißen Dampf, der an einem strahlenden Donnerstagnachmittag im März in der Küche aufsteigt. Beschreiben Sie die Tasse: das weiße Knochenporzellan, so dünn, fast durchscheinend, die vollendete Biegung des Henkels, das zierliche Muster in

Rot und Gold rund um die Untertasse. Beschreiben Sie, wie Mary einen Löffel voll Honig in ihren Tee rührt und dann den heißen Löffel ableckt. Beschreiben Sie die Form ihrer Lippen, wenn sie den ersten süßen Schluck trinkt und mit geschlossenen Augen den duftenden Dampf einatmet. Beschreiben Sie das Geräusch der Tasse, wenn sie vorsichtig auf die Untertasse zurückgestellt wird. Dann beschreiben Sie die Stille.

Denken Sie an alles, was Sie über Tee, über Tassen, über Tee in Tassen wissen. Denken Sie an Teeblätter, an die Zukunft.

Fragen Sie sich, warum Mary nicht bei der Arbeit ist. Sie sollte jetzt vor ihrer vierten Klasse stehen, sie über das Sonnensystem unterrichten, über die Namen der neun Planeten der Reihe nach, die Position der Erde im größeren System der Dinge. Warum ist Mary zu Hause? Ist sie krank? Hat sie im Zuge der letzten Budgetkürzungen ihre Stelle verloren? Ist sie wegen Unbotmäßigkeit entlassen worden?

Mary, die ihren Tee trinkt, hat einen sehnsüchtigen Gesichtsausdruck. Bedenken Sie, daß es möglich ist, Sehnsucht nach allem zu empfinden. Es ist sogar möglich, Sehnsucht nach Schmerz zu empfinden, vor allem nach einem alten Schmerz, verursacht durch große Liebe, großen Verlust.

Wenn Mary ihren Tee getrunken hat, spült sie die Tasse und läßt sie auf dem Abtropfbrett trocknen. Beschreiben Sie das Abtropfbrett und das Geräusch, wenn das warme Wasser in das Edelstahlspülbecken läuft. Bedenken Sie, daß warmes Wasser ein anderes Geräusch macht als kaltes Wasser.

Wo ist John, während Mary ihren Tee trinkt? Mary vermutet richtig, daß John bei der Arbeit ist. Sie stellt sich den Bahnhof vor: den hallenden Lärm der Menge, all die Menschen, die tschüs und hallo rufen, die Züge, die rattern und Dampf ablassen, die Ankündigungen von Abfahrts- und Ankunftszeiten, die Lautsprecherstimme so verzerrt, daß niemand verstehen kann, was durchgesagt wird; trotzdem schauen alle zu der hohen Kuppeldecke hinauf, von der die Stimme zu kommen scheint.

Mary stellt sich vor, wie John zu der riesigen Uhr an der Bahnhofsmauer hinaufsieht: Es ist bald Zeit, nach Hause zu gehen. Freut sich John aufs Nachhausekommen? Kommt John nach Hause, weil er will oder weil er muß? Mary weiß es nicht, und es ist ihr nie eingefallen, danach zu fragen.

Wenn John nach Hause kommt, hüpft er als erstes unter die Dusche. Mary studiert in *Freude am Kochen,* während sie in der Küche mit Töpfen und Tiegeln klappert. Sie wird heute abend etwas Neues ausprobieren: Estragonhuhn in Wein. Sie muß das Huhn zerlegen und es dann in einer Mischung aus Estragon, Schalotten und trockenem Weißwein marinieren. Sie wird es mit Reis, Broccoli und frischem grünem Salat servieren. John, hofft sie, wird sich freuen.

John kommt in die Küche. Er trägt eine schlabbernde graue Jogginghose mit einem Loch im Schritt. Er trocknet sich mit einem dicken rosa Handtuch die Haare. Er fragt: »Was gibt's zum Essen, Schatz?«

Mary kann sich eine Minute lang an nichts erinnern. Was macht sie da? Wie schmeckt Estragon? Wie zerlegt man ein Huhn? Wer ist dieser Mann in ihrer Küche, der wissen will, was es zum Essen gibt, dieser halbnackte Mann, der »Schatz« zu ihr sagt? Mary starrt John an, als hätte sie ihn noch nie gesehen. Sie starrt auf den spärlichen Haarwuchs auf seiner Brust, auf die Muskeln seiner Arme, als er sich mit dem rosa Handtuch den Kopf rubbelt.

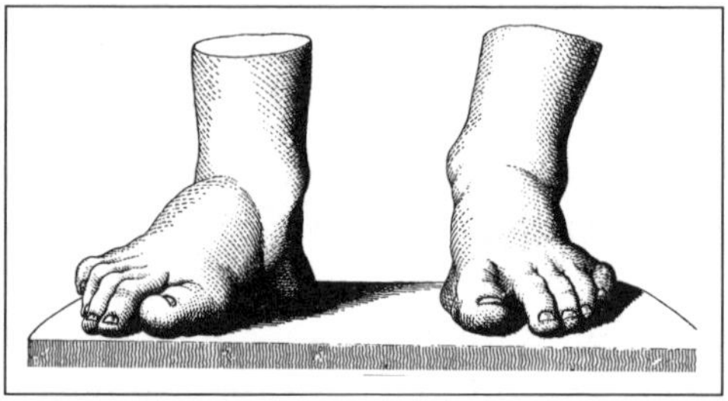

Mary sieht auf Johns bloße Füße auf dem grünen Linoleum hinunter. Sie sind noch rosig vom Duschen. Seine Zehen sind rundlich, und seine Zehennägel sind sehr klein. Seine kleinen Zehen sind einwärts gebogen und sehen aus wie rosa Nacktschnecken.

Mary starrt auf Johns bloße Füße, bis sie begreift.

Plötzlich weiß Mary alles, was es über diesen Mann in ihrer Küche zu wissen gibt, und in diesem kurzen Moment kann sie die Zukunft in seinen Füßen sehen, als wären sie eine Kristallkugel. Dies nennt man eine *Erleuchtung*. Aus Marys Gesichtsausdruck wird nicht deutlich, ob sie angewidert, enttäuscht oder erleichtert ist.

John fragt: »Was hast du?«

Mary sagt: »Nichts. Estragonhuhn in Wein. Es gibt Estragonhuhn in Wein.«

John sagt: »Mann, das hört sich gut an«, und dann geht ihr Leben weiter.

Beschreiben Sie die Küche, den Himmel draußen, der langsam dunkel wird, den Estragongeruch, der den Raum erfüllt. John schließt die Fensterläden und deckt den Tisch. Beschreiben Sie die Fensterläden, die Platzdeckchen, das Geschirr. Mary heißt John ein Hemd anziehen, bevor sie sich zum Essen setzen. Beschreiben Sie das Hemd. John sagt, das Estragonhuhn in Wein schmecke lecker. Nach dem Essen lassen sie Wasser über das Geschirr laufen und räumen es in die Spülmaschine. Dann gehen sie ins Wohnzimmer, um ein bißchen fernzusehen. Es ist Donnerstag. Sie werden sich *Seinfeld* ansehen und laut lachen. Vielleicht wird das Telephon klingeln. Vermerken Sie, daß Johns bloße Füße leise Patschgeräusche auf dem Fußboden machen, wenn John und Mary nach den Nachrichten durch den Flur ins Schlafzimmer gehen. Nutzen Sie diese Gelegenheit, um sich ausführlich über die Natur der Liebe auszulassen.

Nutzen Sie diese Gelegenheit, um Ihre vor kurzem aufgepumpten Metaphermuskeln spielen zu lassen. Denken Sie sich die Liebe als einen Heißluftballon. Sobald die Liebenden diese wundersame Apparatur bestiegen haben, werden sie weit über den Bereich der gewöhnlichen Welt hinausgetragen.

Stellen Sie sich vor, wie die Erde zurückweicht, wie sich Zorn, Ehrgeiz und alles Elend zu winzigen Punkten und Linien weit unten verkleinern. Stellen Sie sich die atemberaubende Sicht vor. Aber vielleicht wird der Ballon zusammenfallen, und einer von den Liebenden wird – oder beide werden – gezwungen sein, mit dem Fallschirm auf die Erde zurückzukehren. Vergessen Sie nicht, wie leicht ein Ballon platzen kann. Vergessen Sie nicht, daß ein Mensch, der voll heißer Luft ist, nicht jemand ist, dem man sein Leben anvertrauen sollte.

Bedenken Sie, daß Liebe blind macht. Das ist Ihnen bekannt.

Bedenken Sie, daß alles mit einer gewöhnlichen Tasse Tee angefangen hat. Sehen Sie, wie weit Ihre Geschichte von da aus gegondelt ist. Fragen Sie sich, wohin sie von hier aus treiben wird. Bedenken Sie, daß Sie, während Ihr Roman sich entfaltet, ständig bestrebt sein müssen, Spannung und Dramatik zu erzeugen. Das ist es, was den Leser bewegt, die Seiten umzublättern, immer neugierig, was als nächstes geschieht. In einem ernsthaften Roman bedeutet *Dramatik* keine Verfolgungsjagden, Killertomaten, keinen frei herumlaufenden Massenmörder. Es dürfte auch besser sein, auf Aliens, UFOs, sprechende Tiere, Gespenster und Vampire zu verzichten, weil diese Elemente in einem ernsthaften Roman selten angebracht oder glaubhaft sind. Ein Mord ist in Ordnung, solange er nicht als künstliche Sensation präsentiert wird.

Der emotionale Aufbau Ihrer Geschichte ist es, der den Leser voranbringt. Gestatten Sie sich unterwegs die Freiheit, den Leser die Skala von Freude, Überraschung, Widerwillen, Zorn, Fassungslosigkeit, Mitgefühl, Kummer, Begierde und so weiter durchlaufen zu lassen. Das, worin die Handlung Ihres Romans unerbittlich gipfeln muß, nennt man die *Krise*. An diesem Punkt werden die diversen Spannungs- und Gefühlsstränge zur Reife gelangen. Mag eine katastrophale Krise auch dramatischer sein, unbedingt notwendig ist sie nicht. John und Mary müssen nicht damit enden, daß sie sich oder einander die Haare ausreißen. Denken Sie an den Unterschied zwischen *Kalamität* und *Katastrophe*.

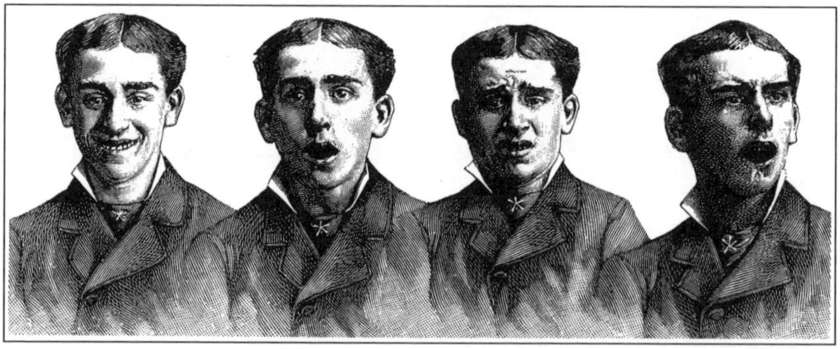

Im Roman folgt, im Gegensatz zum wirklichen Leben, auf die Krise das, was man die *Auflösung* nennt, mittels deren die losen Enden der Geschichte miteinander verknüpft werden. In einem ernsthaften Roman dürfen Sie die zahlreichen Enden nicht zu säuberlich verknüpfen. Der Leser wird Ihnen das schwerlich abnehmen, weil die Dinge im wirklichen Leben dazu neigen, einfach weiterzugehen.

Schließlich wird der Tag kommen, an dem Ihr Roman fertig ist. Jahre sind vergangen. Sie haben sich mit den Kommata geplagt, das Wort *nett* siebzehnmal durchgestrichen, alle Wörter eingearbeitet, die Sie lieben, und noch ein paar dazu, Wörter wie: *Permanenz, Paradigma, Abakus, sanguinisch, frugal, stark.*

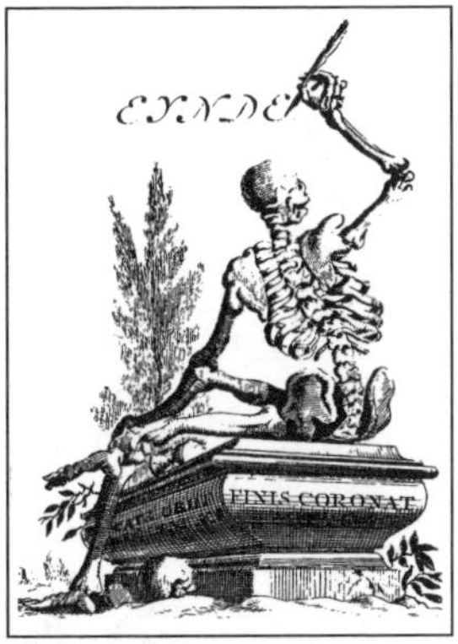

Sie haben umgeschrieben, umgearbeitet, umgewandelt, soviel Sie konnten. Sie haben Ihrer Katze das ganze Buch vorgelesen. Sie wissen, daß dieser Roman so gut geworden ist, wie er nur werden konnte. Sie wissen, daß es Zeit ist, aufzuhören. Auf die letzte Seite der letzten Fassung tippen Sie das Wort *ENDE*. Dies ist unterdessen das Wort geworden, das Sie am meisten lieben.

Lehnen Sie sich zurück und bewundern Sie Ihr Manuskript. Stoßen Sie die vielen Blätter zu einem ordentlichen Stapel und streicheln Sie ihn liebevoll. Betten Sie Ihr Haupt darauf, grinsen Sie. Packen Sie Ihr Manuskript in einen stabilen Karton, schicken Sie es an einen renommierten Verlag. Rufen Sie alle Bekannten an. Mit etwas Glück werden sie Sie ausführen, um zu feiern. Essen Sie Garnelen, trinken Sie Champagner.

Etwa einen Monat lang glauben Sie, daß Sie brillant sind. Lehnen Sie sich zurück und bewundern Sie sich. Beschließen Sie, was Sie anziehen werden, um den Nobelpreis in Empfang zu nehmen. Warten Sie jeden Morgen auf den Briefträger. Widerstehen Sie dem Bedürfnis, ihn zu ermorden, wenn er Ihnen Ihr Manuskript im nun ramponierten Karton zurückbringt. Schicken Sie es in einem neuen, stabileren Karton an einen anderen (vielleicht nicht ganz so renommierten) Verlag.

Machen Sie sich bewußt, daß Sie das Schreiben mehr lieben als alles andere auf der Welt. Lesen Sie die Zeitschriften *People, National Geographic* und das *Guinness Buch der Rekorde*. Lesen Sie keine anderen ernsthaften Romane über die Liebe.

Beschließen Sie, das Badezimmer zu streichen. Betrachten Sie tagelang die abblätternde Farbe. Unternehmen Sie viele Gänge zum Heimwerkermarkt. Gestehen Sie sich ein, daß es eine Erleichterung ist, mit den Händen zu arbeiten statt mit dem Kopf. Während Sie auf der Leiter stehen und die Decke streichen, gestehen Sie sich ein, daß Sie in Ihrem Roman von John und Mary kaum an der Oberfläche der Liebe gekratzt haben. Machen Sie sich bewußt, daß Sie jetzt mehr über die Liebe wissen als damals, als Sie anfingen, die Geschichte von John und Mary zu erzählen. Einen Teil dieses Wissens haben Sie von ihnen.

Machen Sie sich bewußt, daß Sie viel mehr zu sagen haben. Denken Sie an Seismologie und die Macht der Liebe. Spüren Sie, wie Ihre Adern sich wieder mit Wörtern füllen. Denken Sie an all die Wörter, die Sie lieben und noch nicht verwendet haben. Wörter wie: *fulminant, ikonoklastisch, Ehestand, Perpendikel, Labyrinth, Pestilenz, Mark.* Machen Sie sich bewußt, daß Sie einen neuen Roman schreiben müssen. Was bleibt Ihnen anderes übrig?

Beginnen Sie mit einem Mann und einer Frau. Viele berühmte Romane beginnen mit dieser geläufigen Konstellation. Mag es Ihnen zunächst auch ziemlich abgedroschen vorkommen, sind Sie erst einmal in Fahrt, wird bald ersichtlich, daß Ihnen eine stattliche Reihe von Möglichkeiten zur Verfügung steht.

Eine Frage der Perspektive

Die Maya glauben, daß wir Menschen am Anfang der Geschichte, als die Götter uns das Leben schenkten, über den Horizont hinaussehen konnten. Wir waren damals neu auf der Welt, und die Götter warfen uns Staub in die Augen, auf daß wir nicht zu mächtig würden.

Eduardo Galeano, *The Book of Embraces*

Der Horizont ist ein gedachter Zustand, eine optische Täuschung, jener mythische Ort, auf den wir uns, dessen sind wir uns sicher, zubewegen. Aber wenn wir uns ihm nähern, weicht der Horizont stets zurück, und der Fluchtpunkt wird der Strudel, in den eingesogen zu werden wir begehren.

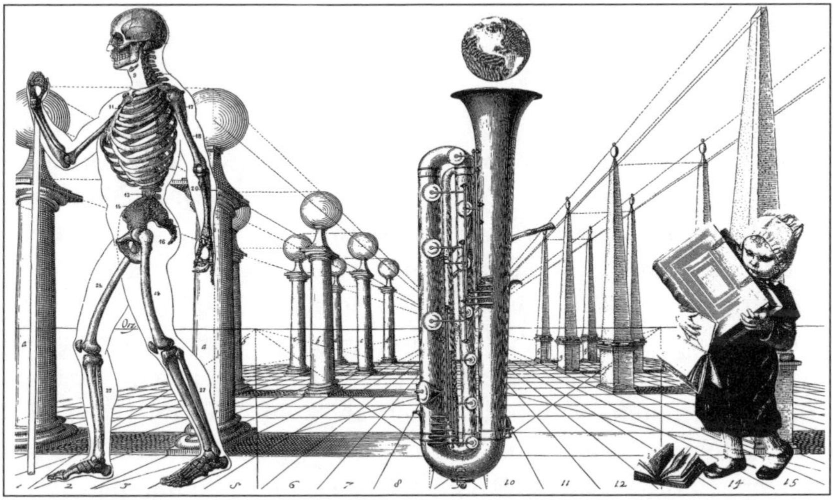

Es ist heute Allgemeinwissen, daß die Erde eine Kugel ist, die um ihre eigene Achse rotiert, während sie sich um die Sonne dreht: Dennoch bleibt es leichter, zu glauben, daß die Welt flach und unbeweglich ist. Wir nehmen die Perspektive als selbstverständlich, als wären wir mit dem Wissen geboren, daß alle zurückweichenden parallelen Linien am Horizont zusammenlaufen müssen, als sei der Fluchtpunkt der Goldtopf am Ende des Regenbogens. Alles, was aufsteigt, muß zusammenlaufen.

Alles hängt von der Geometrie ab, der Hierarchie von Punkten und Linien, Winkeln und Flächen: vertikal, horizontal, geneigt, schräg, spitz, stumpf. Je weiter ein Objekt entfernt ist, desto kleiner erscheint es. In diesem Zusammenhang bedeutet *Objekt* auch die Oberfläche der Erde, das Meer, den Himmel und alle Lebewesen. In diesem Zusammenhang bedeutet das Wort *entfernt* auch *vergangen*. Objekte und ihre Spiegelungen haben stets denselben Fluchtpunkt. Es ist uns oft genug gesagt worden, daß sehen glauben heißt, aber die Wahrheit ist, daß wir die Dinge nie sehen können, wie sie wirklich sind. Es kommt immer darauf an, wie man etwas betrachtet.

Mit den Prinzipien der Perspektive konfrontiert, bin ich verwirrt von dem nicht endenden Versuch, die Dinge in den richtigen Blickwinkel zu rücken. Ich bin von Höhenangst geplagt. Ich altere in demselben Verhältnis wie alle anderen. Ich fürchte, einer jener Menschen zu werden, die ständig fragen: »Was soll aus dieser Welt noch werden?« Als wären sie nicht mehr Teil von ihr. Als wären ihnen die Hände gebunden. Der Reflektionswinkel ist gleich dem Einfallswinkel.

Im Bestreben, meinen Horizont zu erweitern, habe ich einmal eine Reise zu einer tropischen Insel gemacht, wo die Luft so warm war wie Badewasser, die Feuchtigkeit fest wie Fisch. Sie stupste an meine Schultern und knabberte an meinen Schenkeln. Zu Hause sind Lachse meine Lieblingsfische. Wenn das feste rote Fleisch meinen Schlund hinunterrutscht, denke ich gern daran, wie sie sich stromaufwärts kämpfen, um zu laichen: drängend, archaisch, besessen, aber nicht hysterisch. Die meisten Fische schlafen nie. Sie bleiben immer in Bewegung, mit offenen Augen. Aber von einigen Fischen weiß man, daß sie schlafen, während sie sich an Steine stützen oder auf ihren Schwänzen stehen. Um das ungefähre Alter eines Fisches zu bestimmen, untersuche man die Wachstumsringe, die von seinen Schuppen gebildet werden. Man tue dies, bevor man ihn kocht. Genauso funktioniert es bei Bäumen, nur muß man sie vorher fällen.

Auf die Insel reiste ich mit leichtem Gepäck. Ich trug tagelang dasselbe rosa Sommerkleid. Jeden Abend wusch ich im Waschbecken des Hotelbadezimmers mein Höschen aus. Jeden Morgen war es noch feucht, aber ich zog es trotzdem an. Ich wünschte, ich hätte einen Hut mitgenommen, um meinen Kopf vor der Sonne zu schützen, die hier näher war und damit natürlich größer, runder, weiß. Am fünften Tag kaufte ich bei einem Mann in der Empfangshalle des Hotels einen Hut, aber es war zu spät. Mir war bereits den ganzen Tag schwindlig, und nachts drehte sich das Bett. Der große Ball, der über meinem Kopf hing, war ein ständiges Summen in meinem Schädel geworden. Sogar um Mitternacht war die Farbe hinter meinen Augenlidern weiß.

Der Mann, der mir den Hut verkaufte, sagte, daß genau an dieser Stelle vor zweihundert Jahren ein Massaker stattgefunden habe. Er sagte, Tausende von Eingeborenen seien getötet worden, aber er sagte nicht, warum oder von

wem. Bei solchen Gegebenheiten nimmt man automatisch an, daß die Angreifer Weiße waren. Er sagte, es seien Knochen unter dem Säulengang. In dieser Nacht träumte ich von Musik und Knochen, die eine ohne Melodie, die anderen ohne Kontext. Die Musik war schrill, die Knochen waren glatt und ausgeblichen wie Treibholz.

In allen Richtungen war der Horizont nichts weiter als das Meer, das sich mit dem Himmel vereint. Zu bestimmten Tageszeiten war es schwer zu sagen, wo das Meer aufhörte und der Himmel anfing. Vielleicht war dies der eigentliche Grund, weshalb ich auf die Insel gekommen war. Zu Hause ist der Horizont immer verdunkelt von großen Gebäuden, hohen Bäumen, von Erinnerungen, guten und schlechten. Selbst wenn ich mich auf den Kopf stelle, kann ich ihn nicht sehen.

Auf der Insel war in der Ferne oft ein Geräusch wie von aufheulenden Düsenmotoren, einem Flugzeug, das landet oder startet, als ob jetzt jede Minute Hunderte von Menschen abreisen oder ankommen würden.

Über meiner Schulter tickte immer eine Uhr.

Die Zeit ist immer der Affe auf unserem Buckel gewesen. Ob zuviel oder zuwenig, zu schnell oder zu langsam, die Zeit ist und bleibt eine Einbahnstraße. Wir können nur vorwärts gehen, wir können nie zurückgehen, außer in Gedanken, die, wie das Wetter, die Regierung und die Liebe, unzuverlässig und oft zum Verzweifeln sind. Die Zeit ist, wie die Schwerkraft, unwiderlegbar, eine durchsichtige Glaskugel, die eine silberne Schräge hinabrollt. Erinnerung ist nichts mehr und nichts weniger als der unablässige Versuch, die Kugel wieder bergauf zu schieben.

Ich stelle mir vor, ich reise dorthin, wo vor dreißig Jahren mein Zuhause war, um dann zu entdecken, daß es nicht mehr da ist. Die Stelle, wo es stand, ist jetzt ein freies Grundstück, überwuchert mit Löwenzahn, Kreuzkraut und Goldrute. Jemand hat ein altes grünes Sofa und einen Fernsehapparat mit zerschmettertem Bildschirm und heraushängenden Eingeweiden abgeladen. Ich setze mich auf das Sofa und tue so, als sähe ich mir am Sonntagabend mit meinen Eltern die *Ed Sullivan Show* an. Die Nachbarn, die ich kannte, sind entweder gestorben oder inzwischen erwachsen und weggezogen, so wie ich. Ihre Häuser sind jetzt von Fremden bewohnt, die mich mißtrauisch von der Seite beäugen. Dort, wo ich Softball gespielt habe, ist jetzt ein Parkplatz. Der Eckladen, wo ich bei einer alten Dame mit einem Haarnetz Abenteuercomics und Eis am Stiel gekauft habe, gehört jetzt einer Schnellimbißkette. Solche Dinge passieren immerzu. Dies ist das Wesen des Fortschritts.

Alles ist kleiner, ausgenommen die Bäume, die größer, aber spärlicher und krank sind. Die Straße, die ich nicht überqueren durfte, ist jetzt so schmal, daß ich, wenn ich in der Mitte stehe, fast mit ausgestreckten Armen die Autos berühren kann, die auf der anderen Seite parken. Auch dies ist eine Frage der Perspektive. Die Vergangenheit ist, wie jedes andere Objekt, mit der Distanz und dem Vergehen der Zeit geschrumpft. Dies ist das Wesen der Nostalgie.

Man blicke zurück mit Staunen. Man blicke zurück, so weit das Auge sehen kann. Alle Erinnerungen haben ihren eigenen Fluchtpunkt. Ich drehe mich um und gehe fort. An diesem Punkt erkenne ich, daß ich Augen im Hinterkopf habe.

Natürlich habe ich mich auch verändert. Ich bin älter, größer, grau meliert und (vermutlich, womöglich) auch etwas klüger. Veränderung ist schwer zu ertragen für die meisten Menschen. Ich bin keine Ausnahme. Es gibt immer noch einige elementare Illusionen und Erwartungen, an denen ich mit Freuden festhielte, wenn die Zeit mich nur ließe.

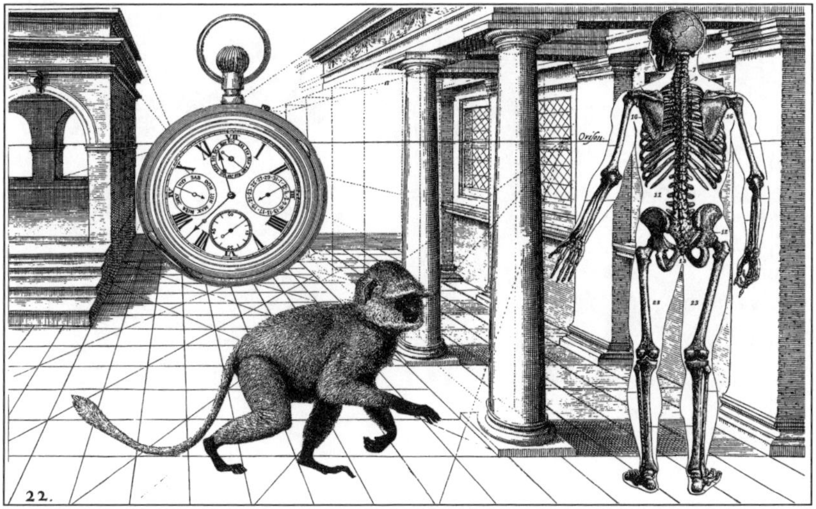

Meine eigene Vergangenheit scheint jetzt wenig mehr zu sein als eine raffinierte Bauchrednerei. Die meiste Zeit dünkt mich die Gegenwart ein gebrochenes Versprechen. Ich bin nicht die, die ich, wie man mich glauben machte, werden würde. Und in diesem Augenblick weiß ich nicht mehr über die Zukunft als zuvor.

Es muß mehr am Leben sein als die Zukunft, mehr an jedem gegenwärtigen Augenblick als die Vorstellung von dem stattlichen Mann, den wir heiraten, den herrschaftlichen Häusern, die wir bewohnen, den glänzenden Autos, die wir fahren, den hübschen Babys, die wir gebären werden: schmerzlos, blutlos, perfekte Babys, geboren mit weit offenen Augen und intakten Träumen. Wir nähern uns der Zukunft ganz so, wie die Zukunft sich uns nähert. Wir befinden uns auf Kollisionskurs.

Jahre vergehen. Ich versuche, geduldig zu sein. Ich versuche, mich nicht selbst zu überholen. Ein kosmisches Jahr ist die Zeitspanne, welche die Sonne braucht, um sich um die Milchstraße zu drehen – annähernd 225 Millionen Erdjahre. Ich frage mich, wie lange die Zukunft brauchen wird, um mich zu finden.

Meine Freundin Delores hat vor zwei Monaten ein Baby bekommen, ein Mädchen, ihr erstes. Delores erzählt mir, daß sie jetzt jede Nacht von dem Baby träumt, dem Baby, das klein wie eine Kartoffel oder groß wie ein Kahn

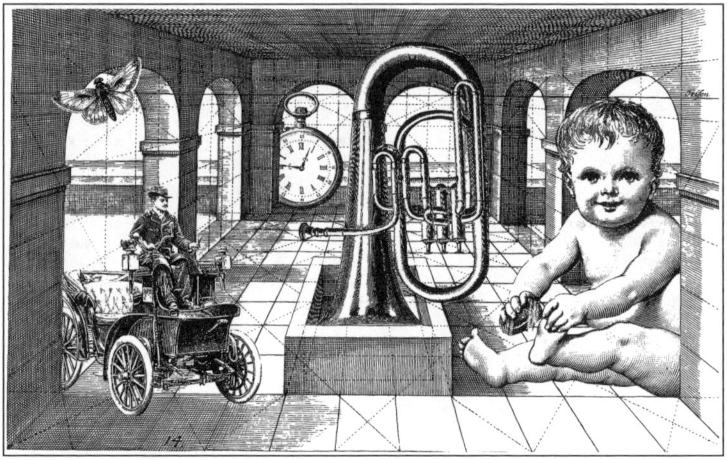

geworden ist. Obwohl sie dies in selbsttadelndem Ton sagt, ist Delores sehr stolz auf sich, und ich werde bitter vor Neid. Ich sage zu ihr, solche Träume seien vermutlich bei jungen Müttern gang und gäbe. Sie macht ein bedrücktes Gesicht. Ich habe ein schlechtes Gewissen, weil ich ihre kleine Parade aus Windeln, Brüsten, Hormonen und Mutterinstinkten miesgemacht habe. Ich habe ein schlechtes Gewissen, bin aber zu neidisch, um mich zu entschuldigen.

Nachts meine ich manchmal das Baby ein paar Straßen weiter leise weinen zu hören. Die Nächte sind warm, die Fenster offen. Träume ich von Delores' Baby groß wie ein Kahn, hält es einen mysteriösen Gegenstand in der rechten Hand. Wenn ich näher hinsehe, entpuppt sich dieser Gegenstand bald als ein Anker, bald als ein Roastbeef-Sandwich oder ein Stück glitschige gelbe Seife. Träume ich von Delores' Baby klein wie eine Kartoffel, entsprießen seinen Augen weiße Wurzeln, und sein Lächeln ist unergründlich. Wieder tickt eine Uhr, eine rote in Gestalt einer leeren Gebärmutter.

Ich wache fiebernd auf und denke daran, daß kleine Kinder weinen, wenn man ihnen eine Zeichnung von einem Menschengesicht mit drei Augen und einem umgedrehten Mund zeigt. Vielleicht erklärt dies meine lebenslange Abneigung gegen Clowns. Es ist noch dunkel, im Schlafzimmer wimmelt es vor gestaltlosen Schatten. Ich liege im Bett und starre an die Decke: weißer Anstrich, ein paar Risse im Gips, vier tote Fliegen im Lampenschirm. Die Nacht schlüpft zum Fenster hinaus. Der Sonnenaufgang ist erstaunlich.

Der Horizont ist immer in Augenhöhe, ob man oben steht oder unten sitzt. Ich frage mich, wohin der Horizont geht, wenn niemand da ist, um ihn zu betrachten. Trotzdem kann ich den Wald vor lauter Bäumen nicht sehen. Jedermann braucht etwas, um daran zu glauben. Wenn alles gesagt und getan ist, wird die Qualität des Lebens davon bestimmt, was und wen man geliebt hat – und wie sehr.

Uns allen ist viele Male gesagt worden, daß Liebe blind macht. Aber ich habe festgestellt, daß das nicht ganz korrekt ist. Mir scheint, wenn man sich verliebt, dann sieht man Dinge, die andere Menschen nicht sehen können. Dinge wie: Aufrichtigkeit, Rechtschaffenheit, Klugheit, Courage, eine Zukunft, in der man endlich reich, berühmt und glücklich ist, eine Zukunft, in der man endlich die Person ist, die zu sein einem von vornherein bestimmt war. In eine hehre, klare Höhe weit über jener erhoben, wo sich alle anderen schlicht Sterblichen dumpf durch ihr triviales Leben schleppen, wird man als Liebender zum Visionär. Alles und jedes wird bedeutend. Man ist, jedenfalls vorübergehend, mit der vollkommenen Vision gesegnet. Man navigiert furchtlos durch die sichtbare wie die unsichtbare Welt. Nie war man geschickter oder klüger.

Als meine Freundinnen meinen neuesten Liebsten kennenlernten, waren sie höflich, doch im stillen entsetzt. Hernach riefen sie: »Aber was siehst du in ihm?« Ich konnte gelassen eine Million Dinge aufzählen: der verblichene Baumwollstoff, der seine Lenden eng umspannte, der Winkel seines Halses, wenn er sich neigte, um mich zu küssen, die Sonne auf seinen Händen, wenn er mir ein Glas Wein reichte, einen Teller mit Lachs, eine Schale mit Nüssen, eine Zukunft, in der ich endlich bekommen würde, was ich verdiente.

Meine Freundinnen schüttelten besorgt die Köpfe und fragten: »Hast du den Verstand verloren?« Ich lächelte überlegen und sagte: »Es kommt ganz darauf an, wie man es betrachtet.« Das Gesicht dieses Liebsten war, so schien es, immer schon in meinem Hinterkopf, sein Name auf meiner Zungenspitze. Ich war fertig mit dem Warten. Ich war endlich bereit für das Glück. Meine Freundinnen ermahnten mich, auf der Hut zu sein, aber ich sah nicht

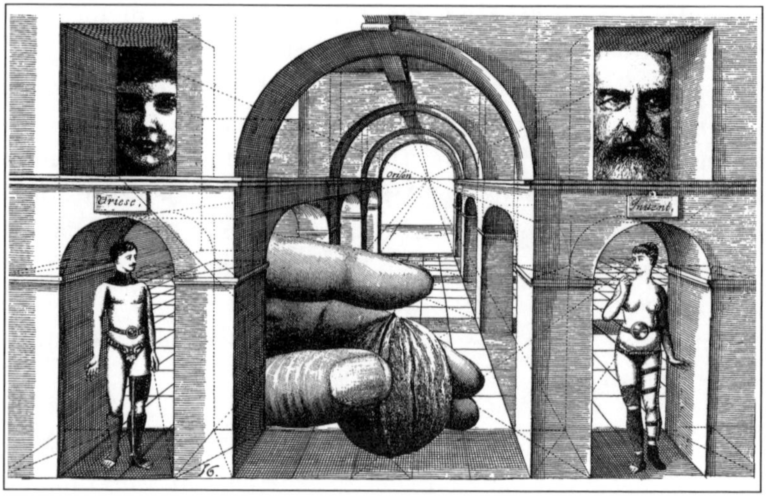

ein, warum. Sie waren alle glücklich. Warum sollte ich es nicht noch einmal versuchen? So weit ich sehen konnte, hatte dieser neue Liebste entschieden Potential. So weit ich sehen konnte, würden alle meine Träume wahr werden. Ich sagte: »Es ist mehr an ihm, als man mit bloßem Auge sehen kann.«

Unser beider Leben stellte ich mir als Parallelen vor, die Arm in Arm, Hals an Hals dem Horizont zustrebten, wo sie schließlich zusammenlaufen würden, und dann würden wir gemeinsam entschwinden in das Land des immerwährenden Glücks. Das war nach meiner Reise zu der Insel. Da der Horizont zu Hause immer noch verdunkelt war von Gebäuden, Laubwerk und Erinnerungen, war jener tropenblaue Halbmond aus Meer und Himmel mein Bezugspunkt. Ich konnte weder schwimmen noch fliegen, aber ich sah darin kein Problem. Ich war so erleuchtet vor Liebe, daß ich glaubte, alles tun zu können. Jede Nacht lag ich neben ihm im Bett und zählte seine Rippen wie die Schuppen eines Lachses, die Ringe eines Baumes. Ich war überzeugt, daß ich, wenn ich ihn nur fest genug liebte, die Unsterblichkeit erlangen würde. Ich war bereit, den Horizont hinter mir zu lassen. Er schlief friedlich weiter, während ich ihn anbetete.

Am Ende entschwand einer von uns wahrhaftig, aber nicht so, wie ich es erwartet hatte.

Dieser neue Liebste entpuppte sich als ein weiterer falscher Alarm, ein weiterer gewöhnlicher Schuft wie alle übrigen, die mich geliebt und verlassen hatten. Ach, ein weiteres gebrochenes Herz. Nein. *Dasselbe* Herz, wieder gebrochen. Trotzdem war ich nicht willens zuzugeben, daß Liebe blind macht. Als meine Freundinnen (mitfühlend) meinten: »Wir haben es dir gesagt«, beharrte ich vielmehr darauf, daß die Liebe einen Dinge sehen läßt, die nicht da sind. Dinge wie: Aufrichtigkeit, Rechtschaffenheit, Klugheit, Courage, die Zukunft und so weiter. Liebe ist nicht Blindheit. Liebe ist eine Halluzination, die äußerste Verzerrung der Wirklichkeit, durch die alle Parallelen, an die man so lange geglaubt hat, Kurven werden und jegliche Perspektive verlorengeht. Die Liebe entläßt einen in einen Teil der Welt, wo die Atmosphäre zu dünn ist, um menschliches Leben lange zu erhalten. Dennoch kann man nicht um die nächste Ecke sehen, und der Horizont wird eine Luftspiegelung.

Man kann nie alle Seiten eines Objekts auf einmal sehen. Manchmal bleibt keine Zeit, um alle Winkel auszurechnen. Dank etlicher schlechter Erfahrungen, die ich früh im Leben machte, bin ich chronisch unfähig, einem schönen Mann in die Augen zu schauen. Ich bin eine Meisterin des Seitenblicks. Historisch gesehen war seine glatte Haut nichts als ein Scharfstellen der Stäbchen und Zapfen meiner Netzhaut. Ich bin mir der Unzulänglichkeiten der peripheren Sicht vollkommen bewußt.

Die Logik liegt, wie die Schönheit, im Auge des Betrachters. Ich versuche, Schlußfolgerungen zu ziehen, wie ich es in der Schule gelernt habe. Manche gültigen Beweisführungen enthalten nur richtige Behauptungen.

Alle Tiger sind Säugetiere.

Alle Säugetiere haben Herzen.

Daher haben alle Tiger Herzen.

Tiger! Tiger! Gib nur acht / Hell brennt es im Wald der Nacht. Wo ist der Wald? Wie lang ist die Nacht?

Eine Beweisführung, die falsche Behauptungen enthält, kann ebenfalls gültig sein:

Alle Vögel sind Säugetiere.

Alle Säugetiere haben Flügel.

Daher haben alle Vögel Flügel.

Taubenmutter, flieg heimwärts geschwind / Dein Haus steht in Flammen / Tot ist dein Kind. Besser ein Spatz in der Hand als eine Taube auf dem Dach. Wessen Hand? Wessen Dach?

Manche gültigen Beweisführungen haben richtige Schlußfolgerungen und manche nicht. Manche richtigen Schlußfolgerungen können aus falschen

Behauptungen gezogen werden. Die Gültigkeit einer Beweisführung garantiert nicht die Richtigkeit ihrer Schlußfolgerung oder ihrer Behauptungen.

Wem soll ich meine Beweisführung anbieten?

Meine Freundin Angela vermutete, daß ich in der Midlife-crisis steckte. Sie kam herüber, um mich zu retten. Sie machte mir eine Tasse Tee und tätschelte meine Hände, meinen Rücken, meine Schultern, meine Haare. Angela hatte stets einen Hang zur Frömmigkeit. Sie sagte, sie habe sich nach Schutzheiligen für mich umgesehen, denn gerade jetzt könne ich offenbar einen gebrauchen. Sie meinte, alles in allem gesehen sei entweder Gregor der Wundertäter oder die heilige Rita am besten für mich geeignet: beide könnten in verzweifelten Situationen angerufen werden. Gregor, um 213 v. Chr. in der heutigen Türkei geboren, war berühmt für seine spektakulären Wunder, darunter die Veränderung eines Flußlaufes, das Versetzen eines Berges und seine eigene Verwandlung in einen Baum. Rita führte ein sehr tragisches Leben, aber nach ihrem Tod im Jahre 1457 erschien sie wieder, buchstäblich nach Rosen duftend, und heute wird sie angerufen bei Unfruchtbarkeit, Einsamkeit, unglücklicher Ehe und Tumoren aller Art. Ritas duftender Leib ist in einem Glaskasten im Augustinerkloster in Cascia, Italien, ausgestellt, das könnte, meinte Angela, das ideale Ziel für meinen nächsten Urlaub sein, da die tropische Insel mir offensichtlich nicht besonders gutgetan habe.

Ich hörte zu, sagte aber nichts. Ich sah aus dem Küchenfenster. Die Sonne wollte nicht aufhören zu scheinen, so heftig ich auch wünschte, es würde regnen. Mein Nachbar gegenüber hatte einen rosa Plastikflamingo in seinem Blumenbeet im Vorgarten. Ich fragte Angela, ob sie wüßte, daß die rosa Farbe der Flamingos von den krabbenartigen Geschöpfen kommt, die sie fressen. Wird ihnen dieses Futter entzogen, werden ihre Federn weiß. Angela sagte, das habe sie nicht gewußt. Aber sie wußte, daß der heilige Gallus der Schutzheilige der Vögel war, weil er einmal einem jungen Mädchen einen Dämon ausgetrieben hatte und dieser in Gestalt einer Schwarzdrossel aus ihrem Mund geflogen war. In letzter Zeit sind alle unsere Gespräche wie dieses gewesen: lächerlich, rührselig und ungemein unnütz.

Schließlich fragte Angela, was es denn genau sei, weswegen ich so deprimiert war. Ich sagte: »Ich war damit beschäftigt, die Dinge in eine Perspektive zu rücken, und was ich sehe, gefällt mir nicht.« Sie betrachtete die Teeblätter in meiner Tasse, bis sie einen Vulkan und ein Stück Spitzenstoff sah. Der Vulkan, erklärte sie mir, symbolisiere schwelende Leidenschaften, die jeden Augenblick ausbrechen und mein Leben ruinieren könnten. Die Spitze sage prekäre Probleme voraus, die meinen Horizont verfinstern könnten. Angela sieht keinen grundlegenden Widerspruch darin, sein Leben sowohl nach Bildern im Tee als auch nach den Vorbildern der Heiligen zu richten. Wenn es nach ihr ginge, nahm man am besten Hilfe in Anspruch, wo immer man sie finden konnte.

Schließlich schrieb sie mit rotem Lippenstift den Namen eines guten Therapeuten auf ein weißes Tischtuch. Sie sagte, so sehr sie mich liebe, es gebe nichts mehr, was sie für mich tun könnte.

Mein Leben lang war ich draußen und habe nach drinnen geschaut. Das da ist mein Gesicht am Fenster, meine Nase, an die Scheibe gedrückt. Mein Leben lang habe ich geglaubt, daß es eines Tages jemanden geben würde, der mich mitnähme, wohin ich auch wollte. Inzwischen sollte ich lieber nicht mehr fragen, wem die Stunde schlägt.

Im Rückblick sind alle meine Irrtümer klar und geradezu gewaltig. Es ist, als hätte ich in einem Land gelebt, wo sich die Prinzen in Frösche verwandeln, wenn man sie zu oft küßt. Jahrelang habe ich versucht, hinter das Wesen der Liebe zu kommen. Dies scheint mir ein unnötig gut gehütetes Geheimnis zu sein. Entweder kennen es alle anderen schon und verraten es nicht, oder niemand kennt es, und alle bluffen. Jahrelang wollte ich nur sein wie alle anderen. Jahrelang habe ich gesucht, während ich die Augen in die Sonne hielt.

Ich weiß, daß man nicht in die Sonne sehen soll: Man hat uns gewarnt, daß wir blind werden, daß uns die Augäpfel aus dem Kopf gebrannt werden. Am Nachmittag der Sonnenfinsternis läßt man die Schulkinder während der Pause drinnen bleiben. Nicht einmal sie, so wird vermutet, werden der Versuchung widerstehen können, hinzusehen.

Man sagt uns, daß die Temperatur der Sonnenoberfläche 5500 Grad C beträgt. Man sagt uns, daß wir zum Glück 149,60 Millionen Kilometer von ihr entfernt sind. Ein bißchen näher, und wir würden knusprig gebraten. Sogar ein Diamant verbrennt, wenn man ihn in eine Lötlampe hält. Im Zentrum der Sonne soll die Temperatur unvorstellbare 15 Millionen Grad betragen. Wie können wir das wissen? Wie kann man die Hitze der Sonne messen und überleben? Man denke an die Geschichte von Ikarus. In frühchristlicher Zeit

wurde ein Mann, der am Sabbath bei der Arbeit erwischt wurde, vor die Wahl gestellt: Verbrennungstod durch die Sonne oder Erfrierungstod durch den Mond.

Infolge der ungeheuren Entfernung von ihrer Lichtquelle wird angenommen, daß die Strahlen der Sonne parallel verlaufen. Ob es sich tatsächlich so verhält, kann nur aus der Perspektive der Engel erkundet werden.

Ich versuche jetzt, mein ganzes Leben aus einer Luftperspektive zu betrachten. Das ist wie der Versuch, auf einer Luftaufnahme von der Stadt das eigene Haus zu finden. Aus diesem Blickwinkel ist der Fluchtpunkt nirgends nahe dem Horizont, und alle meine popeligen Probleme fallen von mir ab.

Einerlei, wie lange man still gestanden zu haben glaubt, man bedenke, daß die Erde sich mit einer durchschnittlichen Geschwindigkeit von 29,8 Stundenkilometern um die Sonne dreht.

In der Luftperspektive haben Schatten im natürlichen Licht fast keine Perspektive. Aus dieser Sicht gibt es faktisch keinen Beleuchtungswinkel.

Der Trick ist, sich daran zu erinnern, daß der Horizont in der Natur zwar eine Kurve ist, wir aber jeweils nur ein so kleines Stück davon sehen, daß er eine ebene, gerade Linie zu sein scheint. Ein einziges Objekt (das Objekt der Begierde) mag Kilometer über Kilometer von dieser Linie verbergen. Es mag sogar den Horizont ganz verdecken. Dies rührt von der Verzerrung namens *Verkürzung* her. Die tatsächliche Größe eines solchen Objekts kann nur im Rückblick exakt bemessen werden. Man stelle sich einen Grashalm von der Größe einer Palme vor, einen Fisch von der Größe eines Zeppelins, einen Menschenkopf von der Größe eines ganzen Erdteils. Nicht alle Dinge sind gleich. Demokratie ist eine Regierungsform, nicht ein Lebensstandard oder eine Frage der Perspektive.

Ich habe die äußere Grenze erreicht. Es ist nicht so, daß dieser letzte Liebste schlimmer war, dieses gebrochene Herz mehr geblutet hat als die übrigen. Es ist nur so, daß ich es satt habe, dieselben Dinge wieder und wieder zu tun, während ich immer noch ein anderes Ergebnis erwarte. Ich fange an, den Mechanismus von Ursache und Wirkung zu verstehen.

Ich werde mich weiter auf den Horizont, den Fluchtpunkt, die Zukunft zubewegen. Mein Leben wird aus eigener Kraft vorwärts gehen, angetrieben von seinem eigenen Erzählschwung. Der Trick ist, sich zu erinnern, daß die Theorie der Perspektive auf der Tatsache beruht, daß von jedem Punkt eines observierten Objekts ein Lichtstrahl in gerader Linie zum Auge geht. Man muß die Lichtgeschwindigkeit nicht kennen, um dies zu verstehen und sein Leben entsprechend zu ändern.

Ich stelle mir vor, daß ich, wenn ich genau genug (weit genug, tief genug, lange genug) schaue, am Ende imstande sein werde, die Linien zu sehen, die in präzisen Winkeln von jedem Objekt ausstrahlen bis hin zum Fluchtpunkt. Sie müssen wie die Fäden eines Spinnennetzes sein, nur in einem bestimm-

ten Licht zu bestimmten Zeiten des Tages aus einem bestimmten Winkel sichtbar. Sie haben sie gesehen: diese seidigen Gespinste, gespannt zwischen Zweige, Zaunpfähle, gelegentlich quer über die Toreinfahrt oder die Tür. Sie haben sie morgens im Gesicht gespürt und fortgewischt.

Ich lerne, ohne Sehnsucht zu leben. Das bringt mich an die Schwelle unkartierten Territoriums. Man sagt, das einzige noch unerforschte Gebiet der Erde seien die 362 Millionen Quadratkilometer Meeresboden. Alles in allem fällt es mir schwer, das zu glauben.

Das meiste von dem, was wir für unser Überleben für unentbehrlich halten, hat die Proportionen gesprengt. Früher dachte ich, ich würde sterben, wenn ich nicht tanzen könnte. Ich habe mich schließlich dazu aufgerafft, mir nichts mehr zu wünschen, was ich nicht haben kann. Wohin ich auch gehe, die Erde scheint sich von mir fortzuneigen. Wenn die Sonne die Größe eines Basketballs hätte, dann wäre die Erde ein Stecknadelkopf.

Ich lerne mit dem Paradox zu leben, daß der Horizont, wenn ich ihn endlich erreiche, wahrscheinlich ganz und gar nicht so ist, wie ich ihn mir vorgestellt habe.

Ich rechne fest damit, daß, wenn ich ankomme, mein Gleichgewicht wiederhergestellt sein wird und ich imstande sein werde, das Drahtseil des Horizonts in vollkommener Balance zu überqueren. Dann werde ich wissen, was aus dieser Welt noch werden wird – und warum.

Man stelle sich einen Zug vor, der geradewegs an der Horizontlinie entlangfährt. Die Rauchfahne der Lokomotive hebt sich wie eine Feder vor dem klaren blauen Himmel ab. Ich werde in diesem Zug sein, und ich reise mit leichtem Gepäck.

Es muß mehr am Leben sein als die Liebe. Es muß Schlimmeres geben, als allein zu sein. Der Trick ist vielleicht, sich zu erinnern, daß sich selbst die Winkel und Schatten eines kleinen leeren Zimmers nach dem Protokoll der Perspektive richten müssen. Man untersuche die absolute Trägheit der Ecken, wo alle drei rechten Winkel zusammenlaufen müssen.

Aus meinem Küchenfenster kann ich Ziegelhäuser, gelbe Tulpen, den rosa Flamingo meines Nachbarn und ein blaues Auto sehen, das in nördlicher Richtung fährt. Ich kann sogar die Rückseite eines Mietshauses drei Straßen weiter sehen. Ich kann einen kleinen braunen Vogel in einem großen grünen Baum sehen. Ich kann die vielen Stromkabel sehen, durch die wir alle miteinander und mit dem Rest der Welt verbunden sind. Aber ich kann von hier aus nicht einen Schimmer vom Horizont sehen.

Ich habe irgendwo gelesen, daß Cupido der Sohn von Mars war und von Venus, der Göttin der Liebe. Dem wurde später in einer anderen Quelle widersprochen, in der es hieß, Cupidos Vater sei tatsächlich Merkur gewesen, der Götterbote. Ich persönlich ziehe die erste Lesart vor, daß Cupido vom Gott des Krieges gezeugt wurde. Das ist für mich absolut plausibel.

Die Oberfläche des Planeten Mars ist mit Schluchten und Vulkanen bedeckt, deren höchster der Mount Olympus ist, viel höher als irgendein Berg auf Erden. Über viele Jahre haben die Menschen geglaubt, auf dem Mars könne es Leben geben, aber heute wissen wir, daß die Temperatur zu niedrig und die Luft zu dünn ist. Mars empfängt genügend ultraviolette Strahlen von der Sonne, um jedes Lebewesen zu töten.

Auf der Venus wurde sogar nachts eine Oberflächentemperatur von 480 Grad C gemessen. Die Atmosphäre der Venus ist nahezu reines Kohlendioxid, und die Wolken bestehen aus Schwefelsäure. Fast alle geographischen Merkmale auf der Venus wurden nach Frauen benannt, die zugleich real und mythologisch waren: Ischtar, Aphrodite, Earhart, Nightingale, Kleopatra und Colette.

Mars und Venus sind *niedere Planeten.* Das ist kein Werturteil. Es bedeutet nur, daß ihre Umlaufbahnen innerhalb derjenigen der Erde liegen, die gemäß diesem System der Dinge noch immer der Mittelpunkt des Universums ist. Von hier aus sind Venus und Mars nur zwei weitere Kugeln am Himmel.

Nun, da endlich der ganze Staub aus meinen Augen ist, entdecke ich, daß ich alle Zeit der Welt habe. Der Trick ist, sich zu erinnern, daß der Horizont, wie die Zukunft, immer dort draußen ist: selbst wenn es Mitternacht ist und man mit geschlossenen Augen den Atem anhält, selbst wenn man jahrelang nicht imstande war, ihn zu erblicken. Der Trick ist, sich zu erinnern, daß, obgleich gemäß den Regeln der Perspektive alle zurückweichenden Parallelen am Horizont zusammenlaufen müssen, sie es in Wahrheit gemäß den Regeln des wirklichen Lebens nicht tun.

Wann haben Sie sich das letzte Mal gefragt:
Wie heiß ist die Sonne?
Wie alt ist der Mond?
Wer hat das Rad erfunden?
Wer hat die Lichtgeschwindigkeit entdeckt?
Wer ist der Schutzheilige der Verheißungen?
Was war mein erster Irrtum?

Wie tief ist der Fluß?

Zug A und Zug B fahren aus entgegengesetzten Richtungen auf dieselbe Brücke zu. Die Brücke überspannt einen breiten, tiefen Fluß, in dem im Frühling vor zwei Jahren drei junge Frauen ertrunken sind. Zug A befindet sich 124 Kilometer westlich der Brücke und fährt mit einer Geschwindigkeit von 138 Kilometern pro Stunde in östlicher Richtung. Zug B befindet sich 99 Kilometer östlich der Brücke und fährt mit einer Geschwindigkeit von 119 Kilometern pro Stunde in westlicher Richtung. Welcher Zug wird die Brücke als erster erreichen?

(Angenommen, die Züge A und B fahren auf zwei Gleisen, so daß die Gefahr eines Frontalzusammenstoßes nicht gegeben ist. Angenommen, die Züge A und B sind beide auf dem neuesten technischen Stand, beide Lokomotivführer sind gut ausgebildet, gut ausgeruht und nicht betrunken. Angenommen, die Brücke ist gut konstruiert und genügt allen Sicherheitsvorschriften. Angenommen, es ist August.

Angenommen, wenn irgendeiner der Fahrgäste in den Zügen A und B in Gefahr ist, hat es nichts mit ihrer Anwesenheit hier auf den glänzenden

Stahlschienen zu tun, die auf die Brücke zuführen. Angenommen, keinem von ihnen wird im Verlauf dieser Fahrt etwas Schlimmes zustoßen.)

Dies ist wie eine von den Textaufgaben im High-School-Matheunterricht, in denen Häppchen von angeblich sachdienlichen Informationen gegeben waren und dann eine mysteriöse Frage gestellt wurde.

Das Auge eines Elefanten befindet sich 3,15 Meter über dem Erdboden. Der Steigungswinkel einer Maus auf der Erde zum Auge des Elefanten beträgt 46°. Wie weit ist die Maus vom Elefanten entfernt?

Diese verzwickten Aufgaben waren nur zu lösen, wenn man die Information manipulierte, zweckdienliche Mutmaßungen anstellte und dann rasante Meisterstücke mathematischer Magie vollbrachte.

Ein Vogel sitzt auf einem Baumwipfel. Eine Katze sitzt unten auf der Erde. Der Neigungswinkel vom Vogel zur Katze beträgt 58°. Die Katze ist 12,09 Meter vom Fuß des Baumes entfernt. Wie hoch ist der Baum?

Diese Aufgaben haben das Gehirn entweder ausgeleert oder es mit anderen Fragen gefüllt, ungestellten, die nicht zu beantworten waren, die nicht zur Sache gehörten und sich dennoch zwangsläufig ergaben. Haben Elefanten Angst vor Mäusen? Wie hungrig ist die Katze?

Einige dieser Aufgaben waren um Alltagssituationen konstruiert, von denen man annahm, daß High-School-Schüler sich damit identifizieren konnten.

Wenn Melanie einkaufen geht, schlägt ihr Herz etwa 100mal pro Minute, und sie holt 21mal pro Minute Atem. Wie oft schlägt Melanies Herz während eines Bummels zum Einkaufszentrum, der 130 Minuten dauert? Wie oft holt sie Atem? Wie schnell schlägt Melanies Herz, wenn sie endlich genau die Bluse findet, von der sie in den letzten drei Monaten geträumt hat? (Angenommen, Melanie hat genug Geld, um die Bluse zu kaufen. Angenommen, die Bluse ist blau.) Wie oft wird Melanie den Atem anhalten, während sie die Bluse anprobiert und betet, daß sie ihr im wirklichen Leben so gut steht wie in ihren Träumen?

Die Lösungen dieser Aufgaben standen immer hinten im Buch. Aber nie wurde eine Erklärung geliefert, wie man zu der Lösung gelangte, warum die Fragen überhaupt gestellt wurden oder wozu die Lösungen gut sein könnten, wenn man sie erst einmal hatte.

Julie geht in westlicher Richtung auf der Markham Street. Sie bleibt stehen, um ihrer Freundin Karen zuzuwinken, die sich aus dem Fenster ihrer Wohnung im fünften Stock beugt. Die senkrechte Entfernung zwischen Julie und Karen beträgt 28 Meter. Der

Steigungswinkel von Julie zu Karen beträgt 79°. Wie weit ist Julie von dem Wohnhaus entfernt? (Angenommen, Julie und Karen sind sechzehn beziehungsweise siebzehn Jahre alt. Angenommen, Karen fällt nicht aus dem Fenster. Angenommen, Julie trägt ihre roten Lieblingscowboystiefel. Angenommen, es ist Samstagmorgen.) Wird Karen Julie zu einem Besuch heraufbitten? Wird Julie Karen dann ein Geheimnis verraten, das ihr gestern abend von ihrer gemeinsamen Freundin Melanie anvertraut wurde, ein Geheimnis, das niemandem weiterzusagen Julie Melanie versprochen hatte? (Angenommen, Julie hat die Hand aufs Herz gelegt und Schweigen gelobt. Angenommen, Melanie hatte ihre neue blaue Bluse an.)

Welches von diesen drei Mädchen, Julie, Karen und Melanie, wird schwanger werden und die Schule abbrechen? Welche wird Tierärztin? Welche wird am Ende in Zug B sein, der sich 99 Kilometer östlich der Brücke befindet und mit einer Geschwindigkeit von 119 Kilometern pro Stunde in westlicher Richtung fährt?

Zug A ist voll mit Freitagnachmittagsreisenden. Alle haben ihre mehr oder weniger komfortablen Behausungen in Stadt X verlassen und sind nun unterwegs nach Stadt Y. Die Bevölkerungszahl von Stadt X ist zwanzigmal größer als die Bevölkerungszahl von Stadt Y. Einige Einwohner von Stadt X halten diese für den Mittelpunkt der Welt. Sie sind nicht mehr vollständig überzeugt, daß der Rest des Landes noch existiert. Falls ja, tun ihnen die Leute leid, die dort leben müssen. Für sie steht fest, daß in der rückständigen Ödnis jenseits der Grenzen von Stadt X niemals etwas Bedeutendes, Interessantes oder Denkwürdiges geschieht. Sie sind nie in Stadt Y gewesen. Sie sind nicht unter den Fahrgästen in Zug A, der sich jetzt der Brücke nähert.

Andere Bewohner von Stadt X sehnen sich ständig danach, fortzuziehen, sind aber durch ihre Arbeit, ihre Ehegatten, die Arbeit ihrer Ehegatten oder ihre eigene Trägheit gebunden. Stadt X leidet unter all den sozialen Problemen, die sich in einer Metropole dieser Größe ergeben. Solche Probleme heißen heute Fragen und stürmen durch die Straßen von Stadt X. Neben alledem stinken die Straßen von Stadt X in der Augusthitze, und der Smog hängt über ihr, gefangen in tiefliegenden Feuchtigkeitsschwaden, die gegenwärtig über die Stadt hinziehen. An diesen und anderen, persönlicheren Fragen liegt es, daß manche Bewohner von Stadt X chronisch unzufrieden sind. Aus diesem Bevölkerungsanteil stammen die meisten Fahrgäste in Zug A. Sie sind so froh, zu entkommen, und sei es nur fürs Wochenende.

Wie ist das Verhältnis der Menschen, die Stadt X lieben, zu denen, die sie nicht lieben? (Angenommen, manche Menschen sind unschlüssig, launisch und unberechenbar; sie lieben die Stadt heute und hassen sie morgen. Angenommen, manche Menschen sind eben nie zufrieden.) Wie hoch ist der Anteil derjenigen, die Stadt X heute lieben und ihre Meinung ändern werden, wenn eine oder mehrere dieser lokalen sozialen Fragen sich direkt auf ihr Leben auswirken? Wie hoch ist der Anteil derjenigen, die Stadt X heute hassen und schließlich genug Mumm aufbringen werden, sie zu verlassen?

Die Stimmung in Zug A ist unleugbar übermütig. In jedem der sechs vollbesetzten Waggons surrt es geradezu vor Vorfreude und unbändiger Urlaubslaune. Fremde fangen angeregte Gespräche an, leihen einander Zeitungen und weisen auf interessante Eigenheiten in der vorbeiziehenden Landschaft hin: Kühe, Scheunen, Enten in einem Teich, einmal ein weißschwänziges Reh, das graziös ins Gebüsch stürmt, als es den Zug hört. Vor allem aber kommt es hierauf an: keine Hochhäuser, keine Verkehrsstaus, keine Luftverschmutzung, keine Neonbeleuchtung, keine sozialen Fragen. Sie fahren jetzt durch Wildnis, zumindest durch eine Gegend, die in diesem überzivilisierten Teil des Landes als Wildnis gelten kann. Gelegentlich wird ihre Idylle durch das Auftauchen der Autobahn unterbrochen, vier Spuren Asphalt, parallel zu den Bahngleisen verlaufend. Es herrscht reger Verkehr in beiden Richtungen, glänzende Personenwagen und schmutzige Lastwagen flitzen neben ihnen her wie aufgezogene kleine Spielzeugautos. Doch bald schon schwenkt die Autobahn wieder ab und verschwindet.

Auf der anderen Seite der Wildnis wartet Stadt Y. Im Vergleich zu Stadt X ist sie kaum eine Stadt zu nennen; ihre Straßen im Zentrum sind sauber und sicher, häufig für den Verkehr gesperrt, um Raum für Bänkelsänger, Festspiele, Straßenfeste und diverse Umzüge zu schaffen. (Angenommen, Stadt Y leidet unter einigen der sozialen Fragen, die Stadt X plagen, so sind diese wohlverborgen und müssen den sorglosen Wochenendgast nicht bekümmern.) Stadt Y liegt am Ufer eines großen Sees, und viele der sommerlichen Veranstaltungen drehen sich ums Wasser. Es gibt Segelregatten, Angelwettbewerbe und kostenlose Hafenrundfahrten. Es gibt sogar einen Strand, wo das Wasser noch so sauber ist, daß man darin schwimmen kann. Im Park am Wasser gibt es Handwerksmessen, Hundeausstellungen, Jongleure und Possenreißer, Würstchenbuden, Eiswagen und Kapellen, die den ganzen Tag spielen, manche mit Dudelsäcken, manche ohne.

Keiner von den Fahrgästen in Zug A denkt im Moment an die Brücke, wie weit sie von ihr entfernt sind, wie bald sie sie erreichen werden, oder an den Fluß und daran, wie diese armen jungen Frauen ertrunken sind, wie die Strömung sie ergriffen und fortgetragen hat. Die Fahrgäste in Zug A werden die Brücke einfach überqueren, wenn sie hinkommen.

Eben jetzt denken die Fahrgäste in Zug A ans Mittagessen. Der Schaffner schiebt sich mit dem Servierwagen durch den Gang. Überall im Waggon ziehen die Fahrgäste die Plastiktabletts heraus, die in den gepolsterten Armlehnen zwischen den Sitzen verborgen sind. Obwohl sie sehr wohl wissen, daß Zugverpflegung nichts Aufregendes ist, lächeln sie den näher kommenden Schaffner erwartungsvoll an. Geschickt teilt er auf beiden Seiten des schwankenden Gangs Speisen, Getränke, Plastikmesser und -gabeln und kleine Tütchen mit Salz und Pfeffer aus.

Der Schaffner hat eingeschweißte belegte Brote in drei Varianten anzubieten: Schwarzbrot mit kaltem Truthahn, Hörnchen mit Schinken und Käse, Weißbrot mit Eiersalat. An Getränken sind sieben Varianten Limonade, drei Sorten Saft, drei Marken Bier, vier Arten Spirituosen, zwei Sorten Wasser in Flaschen zu haben.

Diejenigen, die längere Zeit nicht mit der Eisenbahn gefahren sind, wundern sich, daß man für diese belegten Brote, früher eine »leichte Mahlzeit, im Fahrpreis inbegriffen«, jetzt bezahlen muß. Im Preis inbegriffen sind nach wie vor die alkoholfreien Getränke und wahlweise ein kleines Päckchen mit gesalzenen Erdnüssen oder zwei Schokosplitterplätzchen. Wie viele Fahrgäste, die ein Hörnchen mit Schinken und Käse genommen hätten, wenn es wie früher kostenlos wäre, werden sich jetzt mit einem Päckchen Erdnüsse begnügen? (Angenommen, bis der Schaffner zwei Drittel des Weges durch den Waggon hinter sich hat, werden ihm Schinken und Käse sowieso ausgegangen sein. Angenommen, jedes kostenlose trockene eingeschweißte belegte Brot ist appetitlicher als eines, das 3,25 Dollar kostet. Angenommen, der Schaffner hat es gründlich satt, sich die Klagen der Leute über die Preise anzuhören.) Wenn siebenundzwanzig Personen in diesem Waggon Hörnchen mit Schinken und Käse und siebzehn Personen Schwarzbrot mit kaltem Truthahn genommen haben, wie viele Personen haben Weißbrot mit Eiersalat genommen? Warum bleiben immer sechs Brote mit Eiersalat übrig?

Nach der insgesamt unbefriedigenden Ablenkung durch den Mittagsimbiß kommt der Schaffner wieder und sammelt in einem großen schwarzen Plastiksack den Abfall ein. Die Fahrgäste lassen ihre Tabletts wieder in den Versenkungen verschwinden. Manche Leute bestellen noch ein Bier. Es herrscht Andrang ganz hinten im Waggon, wo die Leute vor den Toiletten eine Schlange bilden. Sie stehen in dem winzigen Vorraum und schauen durch die Glastür auf die Schienen, die sich einschläfernd vor ihnen entrollen. Manche von diesen Leuten, die mit vollen Blasen auf die Schienen starren, verspüren einen deutlichen Drang zu springen. (Angenommen, es gelingt jedem, diesen Impuls zu unterdrücken.) Wie hoch ist die Wahrscheinlichkeit, daß, sobald ein beliebiger Fahrgast endlich in der Toilette ist und es sich auf dem Kunststoffklositz bequem gemacht hat, Zug A eine besonders holprige Schienenstrecke oder eine scharfe Rechtskurve erreicht?

Sobald die Fahrgäste auf ihre Plätze zurückgekehrt sind, können sie sich wieder mit dem bevorstehenden Wochenende befassen. Während die Fahrgäste von Zug A Stadt Y besuchen, werden sie viele verschiedene Dinge tun. Einige werden mit Vergnügen Souvenirs einkaufen, T-Shirts, Schlüsselanhänger und Kaffeebecher. Andere werden den ganzen Tag im Park verbringen und Plastikfraß mampfen, während wieder andere segeln, Wasserski fahren, angeln oder schwimmen. Alle werden sich prächtig amüsieren.

(Angenommen, niemand aus Stadt X wird während des Besuchs in Stadt Y ausgeraubt, vergewaltigt, erstochen, von einem Auto überfahren, von einem Hund gebissen oder von einem Bettler bespuckt. Angenommen, niemand wird an Lebensmittelvergiftung, Blinddarmentzündung, einem Schlaganfall, einer Arterienerweiterung oder einer schwerwiegenden allergischen Reaktion auf Meeresfrüchte erkranken. Angenommen, niemand wird an einer Fischgräte ersticken. Angenommen, niemand wird ertrinken, nicht im See, nicht in der Badewanne oder in einer Tränenpfütze.)

Zug B ist ebenso voll mit ausgelassenen Wochenendreisenden wie Zug A. Die Fahrgäste in Zug B fahren ebenso freudig nach Stadt X, wie die Fahrgäste in Zug A sie verlassen. (Angenommen, dieses scheinbare Paradox ist ein Beweis für die Behauptung, daß das Gras anderswo immer grüner ist. Angenommen, das Fehlen von Gras in vielen Gegenden von Stadt X steht der Gültigkeit dieser Behauptung nicht im Wege.) Obwohl die meisten, die sich in Zug B befinden, ausgesprochen gern in Stadt Y leben, werden sie doch zuweilen rastlos. Stadt Y ist so ruhig, so sicher, so langweilig, so *engstirnig*. Einige Bewohner sehnen sich nach der Geschäftigkeit der Großstadt, dem Pulsschlag, der Vitalität, der Kultur, dem Elan. Wenn sie in Stadt X zu Besuch weilen, fühlen sie sich wieder lebendig.

Andere Einwohner von Stadt Y sind nicht im mindesten beeindruckt von Stadt X. Diese Leute sind felsenfest überzeugt, daß sie, sollten sie sich jemals in diese verstopften, stinkenden Straßen wagen, ein entsetzliches urbanes Übel befallen würde, und sie könnten von Glück sagen, wenn sie mit dem Leben davonkämen. Welche Gruppe dieser Leute hat recht?

Den Reisenden in Zug B wurde soeben genau der gleiche Mittagsimbiß serviert wie den Reisenden in Zug A. Der Schaffner hat den Abfall eingesammelt und mehrere Leute gescholten, weil sie ihre Plätze getauscht haben, als er gerade nicht hinsah. Jetzt machen es sich die Fahrgäste für den Rest der Fahrt gemütlich. Sie ruckeln sich in eine bequemere Stellung, dösen oder kramen Zeitungen, Kreuzworträtselhefte und dicke Taschenbuchromane von Stephen King und Danielle Steel hervor. Viele sehen geistesabwesend aus dem Fenster, suchen immer noch vergebens nach beginnenden Anzeichen von Zivilisation. Noch nichts: nur Felder und Bäume, Kühe und Vögel, ein wolkenloser Augusthimmel. Sie seufzen ungeduldig und befassen sich wieder mit ihren Plänen für das bevorstehende Wochenende.

Ihren jeweiligen Neigungen entsprechend, werden sie reichlich von den vielen Annehmlichkeiten Gebrauch machen, die Stadt X zu bieten hat. Einige werden in Einkaufszentren so groß wie Flughäfen einkaufen, bis sie erschöpft und pleite sind. Mit einem solchen Warenangebot konfrontiert, werden einige übererregt sein. Ihre Herzen werden zu schnell schlagen, und sie werden hyperventilieren, während sie sämtliche Kreditkarten bis zur Obergrenze ausschöpfen. Andere werden, von Unentschlossenheit gelähmt, mit leeren Händen, schmollend und betrübt in einem Anfall von unbefriedigtem Konsumrausch von dannen ziehen.

Manche Leute werden den ganzen Tag in Museen und Kunstgalerien verbringen und Kultur aufsaugen wie Schwämme. Am Abend werden sie in teuren Restaurants speisen und dann ins Theater, in die Oper, ins Ballett oder zu einer Lyriklesung gehen. Wie viele von diesen Leuten mögen Lyrik eigentlich gar nicht? Wie viele von ihnen würden lieber bei einem Baseballspiel, in einem Striptease-Lokal oder einem nicht jugendfreien Film sein?

Familien mit kleinen Kindern werden in den Zoo gehen, in einen Vergnügungspark, in eine Nachmittagsvorstellung mit zwei Meter hohen Katzenmarionetten und einem als Elefanten verkleideten Mann, der Geige spielt.

Wie viele von diesen Kindern werden sich in die Hose machen oder sich übergeben, während sie in einer Schlange warten, um sich die Gesichter schminken zu lassen?

Die Fahrgäste in Zug A und B kommen aus allen Bevölkerungsschichten. Dies ist schließlich eine der Annehmlichkeiten des Reisens. Unterwegs verharren die Menschen in einem vorübergehenden Schwebezustand, sie sind zeitweilig befreit von allen Verpflichtungen und Hemmnissen, die ihnen gewöhnlich auferlegt sind durch Klasse, Rasse, Religion, Geschlecht und all die Zweifel, die sie sonst gegenüber dem Rest der Menschheit hegen mögen. Unterwegs erzählen die Menschen oft völlig Fremden Dinge, die sie ihren besten Freunden nicht erzählt haben.

In Zug A sitzt zum Beispiel eine ältere Frau mit blauen Haaren neben einem Teenager mit grünen Stachelhaaren und drei Ringen in der Nase. Sie unterhalten sich über ihre Haarfärbemittel-Lieblingsmarken und wie schwer es ist, einen Friseur zu finden, dem man wirklich vertrauen kann. (Angenommen, der Teenager wird sich am Ende zwar die Haare blau, die ältere Frau sich ihre aber niemals grün färben. Angenommen, die ältere Frau wird sich auch nie die Nase, die Zunge, die Brustwarzen piercen lassen.)

Auf der anderen Seite des Gangs versichert eine bekehrte Christin mit einer Bibel in der Handtasche einem unglücklich dreinsehenden jungen Mann mit schwerer Akne und schlechten Zähnen, daß all seine Probleme gelöst werden, wenn er sich nur dem Herrn hingibt. Wie viele Jahre werden vergehen, bis die Akne dieses jungen Mannes sich plötzlich wie durch Zauber verflüchtigt, ohne daß eine einzige Narbe zurückbleibt? Wie viele Jahre werden vergehen, bis er in der Lotterie gewinnt und einen Teil des Geldes verwendet, um sich die Zähne in Ordnung bringen zu lassen und den Rest anonym dem Göttlichen Tempel der Höchsten Tugend zu stiften? (Angenommen, Gottes Wege sind wunderbar.)

Ähnlich ist es in Zug B, wo ein grauhaariger Mann in einem dreiteiligen Anzug aufmerksam einer hübschen drallen Frau mit rauher Stimme zuhört, die in allen Einzelheiten beschreibt, wie ihr jetzt von ihr getrennt lebender Ehemann auf ihre verspätete Eröffnung reagierte, daß sie ihr Leben als Mann begonnen hat. (Angenommen, der Ehemann wird nach Jahren intensiver Therapie darüber hinwegkommen. Angenommen, der grauhaarige Mann im Anzug wird nicht darüber hinwegkommen. Angenommen, er wird für den Rest seines Erdenlebens erotische Träume von dieser Frau haben.)

Auf der anderen Seite des Gangs, drei Reihen weiter, stellt sich eine blasse Frau in einem grünen Kleid schlafend, um jede weitere Unterhaltung mit der Frau in der mauvefarbenen Bluse neben ihr zu vermeiden. Die Frau im grünen Kleid sei Frau A. Die Frau in der mauvefarbenen Bluse sei Frau B. Seit die beiden am Bahnhof von Stadt Y in Zug B gestiegen sind, hat Frau B ununterbrochen geredet. Sie ist zehn Jahre älter als Frau A, die jetzt im selben Alter ist, in dem Frau B war, als ihr jüngstes Kind geboren wurde. Frau A ist jetzt fünf Jahre älter als Frau B war, als sie heiratete. Wie alt ist Frau A? Wie lange ist Frau B verheiratet? Warum ist Frau A so unfreundlich? (Angenommen, das älteste Kind von Frau B ist jetzt im selben Alter, in dem Frau A war, als sie ihre Unschuld verlor. Angenommen, Frau A war sehr verliebt in den Jungen, der sie entjungfert hat. Angenommen, sie haben vier Jahre später geheiratet. Angenommen, der Ehemann von Frau A weiß nicht, daß sie jetzt in Zug B auf dem Weg nach Stadt X ist. Angenommen, er glaubt, sie sei ins Einkaufszentrum gegangen und werde rechtzeitig zu Hause sein, um ihm sein Abendessen zu machen. Angenommen, bis jetzt hat Frau A immer getan, was von ihr erwartet wurde.)

Während Zug B sich zügig der Brücke, dem Fluß und der Stadt X näherte, hat Frau B Frau A alles über den Zottelteppichboden erzählt, mit dem sie unlängst ihr Wohnzimmer auslegen ließ, über die vielen interessanten Verwendungsmöglichkeiten, die sie für Pilzcremesuppe gefunden hat, und über

die Farben, in denen sie im Herbst die Schlafzimmer zu streichen gedenkt. Sie hat sich ausführlich über die Midlife-crisis ihres Mannes vor zwei Jahren verbreitet, während deren er ein Verhältnis mit seiner Sekretärin hatte – die Sekretärin sei Frau C – und sie, Frau B, vorgegeben hat, keine Ahnung davon zu haben, bis ihr Mann endlich genug hatte und Frau C entließ, und jetzt ist ihre Ehe gefestigter denn je, und Weihnachten wollen sie auf die Bermudas.

Jetzt wünscht Frau A, sie hätte den Mut, Frau B zu sagen, sie solle den Mund halten. Die Einzelheiten von Frau Bs Leben blubbern in ihre Ohren, füllen ihre Nase, ihren Mund, ihren Rachen, ihre Lungen. Sie fürchtet, daß sie, wenn sie Frau B noch länger zuhört, entweder schreien oder von dem Schwall fortgeschwemmt und in sie verwandelt wird. Wie hoch ist die Wahrscheinlichkeit, daß sie recht hat? (Angenommen, Frau B stellt alles dar, wovor Frau A davonläuft. Angenommen, Frau C hat ihre eigenen Probleme.)

Frau A, die Frau im grünen Kleid, ist Karen, die ihrer Freundin Julie einst aus ihrer Wohnung im fünften Stock an der Markham Street in Stadt Y zugewinkt hat. (Angenommen, seitdem sind Jahre vergangen. Angenommen, es war Melanie, die schwanger wurde und nicht nur die Schule, sondern auch den Kontakt abbrach. Angenommen, das Geheimnis, das Melanie Julie erzählt hat, die es dann Karen erzählte, war, daß sie sich ihrem Freund Joe endlich ganz hingegeben hatte.

Angenommen, diese Geschichte hat sich auf vorhersehbare Weise abgespielt: Melanie schwanger, Joe verschwunden, Melanies Eltern entsetzt, aber gegen Abtreibung, Melanie – fortgeschickt in ein Heim für ledige Mütter –, beabsichtigt, das Kind zur Adoption freizugeben, überlegt es sich aber in letzter Minute, Melanies Eltern verstoßen sie, Karen oder Julie haben nie wieder von Melanie und ihrem Kind gehört.

Angenommen, Julie hat die High-School mit guten Noten abgeschlossen, hat die Universität besucht, ist weit fortgezogen von Stadt Y und Tierärztin geworden. Angenommen, Julie hat Tiere immer geliebt.)

Jetzt stellt Karen in Zug B unterwegs nach Stadt X sich schlafend, bis ihre geschwätzige Sitznachbarin selbst einnickt und mit halboffenem Mund leise schnarcht. Karen macht die Augen auf und sieht aus dem Fenster. Der Himmel bewölkt sich. Sie sind immer noch in der Mitte von Nirgendwo. Wenn das Nirgendwo eine Mitte hat, hat es dann auch einen Anfang und ein Ende? Welche Formel ist anzuwenden, um die Dimensionen des Nirgendwo zu messen? Welche weiteren Merkmale des Nirgendwo lassen sich genau bestimmen? Ist Nirgendwo Pflanze, Tier oder Mineral, ein Festkörper, eine Flüssigkeit oder ein Gas? (Angenommen, Nirgendwo ist vermutlich überwiegend wie Wasser: eine die Form wechselnde Flüssigkeit, die sich auch als Festkörper oder als Gas verkleiden kann. Angenommen, in welcher Form man ihm auch begegnet, Nirgendwo kann, wie Wasser, tödlich sein.

Angenommen, es ist Karens Hang zur Betrachtung dieser und anderer metaphysischer Fragen, der zumindest teilweise zu ihrer wachsenden Unzufriedenheit mit ihrem ruhigen, normalen Leben in Stadt Y und folglich zu dem Kauf einer einfachen Fahrkarte nach Stadt X geführt hat. Angenommen, ihre jüngste Erkenntnis, daß ihr Mann ein dummer, langweiliger, unsensibler Mensch ist, der im Bett so egoistisch ist wie überall, war ebenfalls ein bestimmender Faktor für ihre Flucht.)

Karen sitzt vollkommen still und läßt sich von Zug B vorwärts tragen. Sie läßt sich sanft von allen Möglichkeiten, allen Verheißungen, allen Freiheiten und der Zukunft überspülen. Seit den High-School-Tagen, als sie mit ihren Eltern an der Markham Street in Stadt Y wohnte, hat Karen darauf gewartet, daß ihr wirkliches Leben anfing. Jetzt stellt sie sich vor, daß sie in Stadt X ein ganz neues Leben finden und es leben wird, glücklich immerdar. Sie denkt, sie wird nie wieder gelangweilt, verloren oder verlassen sein. Sie denkt, in Stadt X wird sie sich endlich selbst finden.

(Angenommen, sobald Zug B die Brücke überquert, wird Karen sich vorstellen, wie diese und alle anderen ähnlichen Brücken hinter ihr in jubelnde Flammen ausbrechen werden. Angenommen, Karen wird nie zurückblicken.)

Tatsächlich ist es Zug A, der die Brücke als erster erreicht. Am rechten Ufer des Flusses sind vier kleine Jungen mit Angelruten. Unter Berücksichtigung der Hitze, der Jahres- und der Tageszeit – wie viele Fische werden sie voraussichtlich fangen? (Angenommen, keiner von diesen Jungen hat je von den drei jungen Frauen gehört, die im Frühling vor zwei Jahren in diesem Fluß ertrunken sind. Angenommen, soweit es diese kleinen Jungen betrifft, gibt es unter der Wasseroberfläche nichts als viele verlockende Fische, die sich nicht fangen lassen, und mehrere alte Traktorreifen, die der Besitzer einer nahe gelegenen Farm gesetzeswidrig dort abgeladen hat. Angenommen, wenn die Angelschnüre der Jungen sich verheddern, dann in einem von diesen Reifen auf einem Stein oder einem Ast, nicht in einer vor langer Zeit versunkenen Leiche, die noch immer darauf wartet, aus der Tiefe gehoben zu werden.)

Viele Leute in Zug A bewundern den Fluß, die Jungen, das malerische, anheimelnde Bild, das sie abgeben. Die Jungen am Ufer winken dem Zug zu. Die Fahrgäste lächeln und denken selige wäßrige Gedanken. Sie denken daran, wie sie sich mit geschlossenen Augen stundenlang auf dem Rücken treiben lassen, an warme Wellen, die an Sandstrände plätschern, blaue Seen, still und klar wie Fenster, Aquarien voll anmutiger, bunter tropischer Fische. Sie denken an murmelnde Bäche, das Löschen eines quälenden Durstes, an Wasserjungfrauen, Segelboote, das Meer.

Nur die bekehrte Christin mit der Bibel in der Handtasche denkt an die Ertrunkenen. Sie bekreuzigt sich und denkt an die vier Flüsse des Paradieses, die vier Flüsse der Hölle, das läuternde Sakrament der Taufe, daran, daß in alter Zeit die der Hexerei Bezichtigten in Wasser getaucht wurden, und wenn sie an der Oberfläche trieben, wurden sie für schuldig befunden, aber wenn sie untergingen, wurden sie für unschuldig und gerettet erklärt. Sie stellt sich die Seelen der Unschuldigen vor, die zu den wartenden Armen des Herrn emporfliegen. (Angenommen, diese Frau wird eines Tages unter ihnen sein. Angenommen, sie kann jetzt schon fühlen, wie ihr Flügel wachsen.)

Als Zug A die Brücke überquert hat, fährt er an Zug B vorbei, der kurz angehalten hat, um Zug A die sichere Weiterfahrt zu ermöglichen. Dann fährt Zug B auf die Brücke. Die Jungen am Flußufer angeln noch. Wieder blicken sie auf und winken dem Zug zu. Wie groß ist die Wahrscheinlichkeit, daß einige unter den Fahrgästen in Zug B beim Überqueren der Brücke genau dieselben wäßrigen Gedanken haben, wie die Fahrgäste in Zug A vor wenigen Minuten? (Angenommen, die Beobachtung, daß man nicht zweimal in denselben Fluß steigen kann, ist noch gültig.) Wieviel Prozent der Fahrgäste in Zug B hegen Gedanken über Haie, Abwässer, Flutwellen, Überschwemmungen, Wasser im Gehirn, Wasser im Knie, zuviel Wasser unter der Brücke?

Frau B, die geschwätzige Sitznachbarin von Karen, ist vom Anhalten und Anfahren des Zuges aufgewacht. Kaum hat sie die Augen geöffnet, fängt sie wieder an zu reden. Warum ist es nicht erstaunlich, daß Frau B alles über die drei jungen Frauen weiß, die ertrunken sind? Karen möchte nicht an sie denken. Karen möchte daran denken, daß man seinen Körper nicht mehr fühlen kann, wenn man in ruhigem Wasser von genau der richtigen Temperatur treibt. Frau B redet drauflos, sichtlich aufgebracht über die drei jungen Opfer, weil sie so achtlos, so dumm, so egoistisch waren, einfach hinzugehen und zu ertrinken. Was haben sie überhaupt da draußen in dem kleinen Boot gemacht, da der Fluß offensichtlich gefährlich war, bei der Überschwemmung nach den schweren Regenfällen in der Woche zuvor, und überall hatte man Warnschilder aufgestellt? Warum haben sie nicht wenigstens Schwimmwesten angezogen? Was, will sie wissen, was um alles in der Welt haben sie sich dabei gedacht?

(Angenommen, sie haben nicht an den Tod gedacht. Angenommen, sie dachten an Fische, Sonne, Sex, Einkaufen, Schule, den Kasten Bier auf dem Bootsboden. Angenommen, sie haben nicht an Wasser als Symbol für Fruchtbarkeit und Vergessen gedacht, an Wasser als Ursprung allen Lebens und seines Endes, an den Fluß als Übergang von einem Leben zum nächsten. Angenommen, sie dachten wie Karen, daß ihr ganzes Leben noch vor ihnen läge.)

Ein kleines Boot treibt umgekippt in der Mitte eines breiten, tiefen Flusses, der von einer Eisenbahnbrücke aus Beton überspannt ist. (Angenommen, jemand hat eine grelle Zeichnung von einer nackten Frau auf die Seite der Brücke gesprüht. Angenommen, die Zeichnung ist nur vom Fluß aus zu sehen, nicht von einem Zug aus, der die Brücke überquert.)

Wie hoch ist die Brücke?

Das Boot ist aus Holz, weiß. (Angenommen, auf beiden Seiten des Bugs sind in roten Blockbuchstaben die Worte JESUS RETTET DICH) gemalt. *Wie groß ist das Boot?*

Am linken Ufer des Flusses hat sich Leiche A 10,3 Meter vom Boot entfernt in den Wurzeln eines Baumes verfangen. (Angenommen, dieser Baum in der Mitte von Nirgendwo ist eine Trauerweide. Angenommen, Leiche A, die mit dem Gesicht nach unten im Schilf schaukelt, wird als erste gefunden.) *Wie alt ist der Baum?*

Auf dem Grund des Flusses liegt Leiche B. Der Neigungswinkel vom Boot zur Leiche beträgt 53°. (Angenommen, bald wird der Fluß Leiche B ausspucken, die alsdann in einem großen schwarzen Sack abtransportiert wird.) *Wie viele Männer sind erforderlich, um den Sack zu heben?*

Leiche C ist nirgends zu sehen. (Angenommen, bis man sie findet, werden sich ihre Haare in Tang verwandelt haben, ihre Augenhöhlen werden mit Muscheln gefüllt sein, und ihren Füßen werden silbergrüne Flossen entsprossen sein. Angenommen, bis man sie findet, wird niemand mehr da sein, um sie zu identifizieren.) *Wie viele Kilometer ist Leiche B flußabwärts getrieben?*

Die Oberfläche des Flusses funkelt in der Sonne. (Angenommen, sie wird nur von springenden Fischen, tauchenden Enten, dem sanften Zittern des Windes gestört.)

Wie tief ist der Fluß?

Tieferer Einblick in den Körper des Mannes

I.

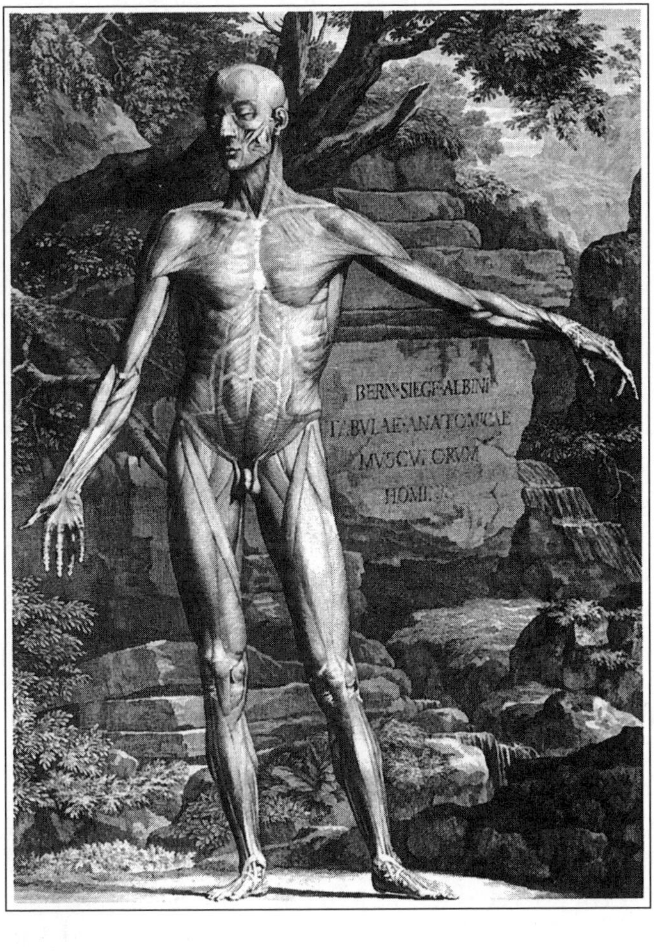

Er hat unbestritten seine Reize, der Körper des Mannes.

Beginnen wir mit dem Hals. Am besten ist ein Hals, der schlank genug ist, um einem nicht sofort das Wort *Stier* in den Sinn kommen zu lassen. Er soll auch lang genug sein, um nicht den Eindruck zu erwecken, der Kopf sei direkt am Leib befestigt. Männer ohne Hals findet man am häufigsten in Football- oder Hockeytrikots. Es fällt schwer, sie sich in normaler Kleidung mit Kragen und Schlips vorzustellen.

Bei einem guten Hals ist der Adamsapfel erkennbar, aber nicht spitz. Er zieht keine Aufmerksamkeit auf sich, indem er zu weit vorsteht oder zuviel herumhüpft. Er soll nicht zernarbt sein von zu vielen Malheurs beim Rasieren. Die großen Adern an der Seite des Halses sind sichtbar, sollen aber nicht hervortreten, außer in extremen Streßsituationen. Manchmal kann man sehen, wie das Blut in diesen Adern pulsiert. Das sollte Sie mit Zärtlichkeit erfüllen, nicht mit Übelkeit, Abscheu oder Mordabsichten. Halten Sie sich vor Augen, daß eine von diesen Adern die verwundbare Stelle ist.

Unter dem Hals sind die Schultern, die unentbehrlich sind zum Stemmen schwerer Sachen wie Klaviere, Kühlschränke und das Gewicht der Welt. Die Oberkörperkraft ist beim Mann dreimal größer als bei der Frau. Diese breiten, sensiblen Schultern sind wie geschaffen, um beim Schlafen, Weinen oder Langsamtanzen den Kopf daran zu lehnen. Nichts geht über zwei gute, starke Schultern, um Ihnen das Gefühl zu geben, zart, gehätschelt und geborgen zu sein.

Ebenfalls gut zum Ausweinen geeignet ist die Brust. Häufig hat eine Männerbrust in der Mitte eine kleine Kuhle, wo sich, wenn Sie lange genug weinen, Ihre Tränen in einer salzigen Pfütze sammeln. Die Brustmuskeln sollen gut entwickelt und so klar modelliert sein, daß sie nicht mit Brüsten zu verwechseln sind. Manche Männer können ihre Brustmuskeln einzeln spielen und auf und ab hüpfen lassen wie Hündchen. Das ist ebenso beunruhigend wie Männerbrüste, die schöner geformt sind als Ihre eigenen.

Obwohl die Brustwarzen des Mannes keine nennenswerte Funktion haben, sind sie auf ihre Art attraktiv. Eine Brust ohne Warzen wäre wie ein Gesicht ohne Augen.

Das Thema Brustbehaarung ist eine Sache des persönlichen Geschmacks. Gewöhnlich ist eine Brust, die zwischen den beiden Extremen liegt, die beste Wahl. Eine komplett unbehaarte Brust ist zu glitschig und kann peinliche Sauglaute erzeugen, wenn Sie Ihre eigene verschwitzte Brust an sie drücken. Andererseits ist ein dickes schwarzes Pelzgewirr im Sommer unangenehm.

Ein Mann, dessen Brusthaare oben aus dem Hemd herausschauen, hegt sehr wahrscheinlich eine maßlose Vorliebe für Goldmedaillons, Polyester und rosa Ringe.

Die Brust beherbergt natürlich das Herz. Glauben Sie nur nicht, daß das Herz eines Mannes im wesentlichen identisch ist mit dem einer Frau. Es gibt viele Theorien über den besten Weg zum Herzen eines Mannes. Nehmen Sie sich die Freiheit, mehrere oder alle auszuprobieren, seien Sie aber gewarnt, daß diese Reise ein ebenso großes Geheimnis bleibt wie das, was Sie wahrscheinlich vorfinden werden, wenn Sie ankommen. Manche Männer haben Steine, wo ihr Herz sein sollte. Andere haben Löcher.

24 von den 206 Knochen im Körper des Mannes sind die Rippen, zwölf auf jeder Seite. Man sollte diese von außen nicht erkennen können. Einer von zwanzig Menschen hat eine überzählige Rippe, und dieser Mensch ist meistens ein Mann. Hüten Sie sich, diesem Umstand eine zu große symbolische Bedeutung beizumessen.

Der Bauch ist am besten unbehaart und soll, wenn er auch nicht unbedingt wie ein Waschbrett aussehen muß, nicht über dem Gürtel hängen. Wenn Sie Ihr Ohr an den Magen drücken, hören Sie vielleicht ein Blubbern und Glucksen, wie wenn die Flut in eine Unterwasserhöhle strömt. Das könnte daran liegen, daß der Körper des Mannes mehr Wasser enthält als der Körper der Frau. Oder vielleicht bildet sich bei ihm ein Magengeschwür, wofür Männer anfälliger sind als Frauen.

Unter dem Magen ist der Bauchnabel, der jederzeit schmuck und sauber sein soll. Sie sollten Ihren Finger oder Ihre Zunge hineinstecken können, ohne zurückzuzucken oder zu würgen.

Die Hüftknochen sollen kräftig sein, aber nicht so weit vorstehen, daß Sie blaue Flecken bekommen. Seine Knochen können einem Druck von 2000 Kilogramm pro Quadratzentimeter standhalten, aber Ihre vielleicht nicht. Das Becken des Mannes ist schmaler und herzförmiger als das Becken der Frau. Für Gerichtsmediziner ist das Becken der zuverlässigste Hinweis auf das Geschlecht eines nicht identifizierten Skeletts.

Dann wären da die Geschlechtsteile. Das ist der Bereich, an dem sich naturgemäß der größte Tumult konzentriert.

Die durchschnittliche Länge eines erigierten Penis beträgt 15 Zentimeter. Kein Mann läßt sich gern als durchschnittlich bezeichnen. Es ist besser, nicht zu erwähnen, daß der Penis des afrikanischen Elefanten 60 Pfund wiegt und in erigiertem Zustand eine Länge von 1,8 Meter erreicht.

Offenbar kommt es ohnehin nicht auf die Größe an. Bewundern Sie vielmehr die scheinbar porenlose Haut des Penis und auch die Farbe, die dunkler ist als das übrige Fleisch, manchmal sogar eine Schattierung von Purpur aufweist. Bejubeln Sie, wie der Penis mit schwungvoller Begeisterung aus seinem Kleiderkäfig ausbricht, als würde er Ihrer nie überdrüssig.

Ein Penis, der sich leicht nach rechts oder links neigt, ist liebenswert. Einer, der Ihnen zuzunicken und zuzublinzeln scheint, während er höflich einen einzigen Samentropfen sabbert, ist bedrückend. Männer haben Kosenamen für ihre Penisse. Am besten nehmen Sie diese Albernheit mit Gleichmut zur Kenntnis. Geben Sie den Namen nicht an Ihre Freundinnen weiter.

Hinter dem Penis nistet das Skrotum. In diesem braunen, krumpeligen und mit spärlichem Haarwuchs gespickten empfindsamen Sack verstecken sich die Hoden. Erschrecken Sie nicht, wenn die Hoden im Skrotum herumschwimmen wie hartgekochte Eier. In den Hoden werden die Spermien erzeugt. Bedenken Sie, daß ein gesunder Mann – während alle 400 Eier einer Frau bei der Geburt in ihren Eierstöcken vorhanden sind – im Laufe seines Erwachsenenlebens 400 Milliarden neue Spermien produziert. Es fällt schwer, solchen Fleiß nicht zu bewundern.

II.

So verlockend der Torso des Mannes ist (läßt er doch das Bild von einer Schatztruhe entstehen, die bis obenhin angefüllt ist mit mysteriösen Organen, verschlungenen Schläuchen und gewaltigen Röhren), die Fortsätze, die aus ihm hervorkommen, sind für sich allein achtenswert. Sie verleihen dem Körper des Mannes größere Reichweite.

Sie werden vielleicht feststellen, daß es die Arme sind, nach denen Sie sich am meisten sehnen. Die Arme mit ihrem harten, haarlosen Bizeps: werfen einen Ball, heben eine Tasse, nehmen den Telefonhörer ab, schütteln die Knitter aus einem Bettlaken. Die Arme mit ihrem festen, angespannten Trizeps: strecken sich nach Ihnen aus, umschlingen Sie, halten Sie. Richten Sie Ihr Augenmerk auf das Handgelenk: blaugeädert, kleinknochig, auf einem Tisch ruhend, verletzlich, empfindlich, für jede Deutung offen.

Ob die Finger an den Händen nun lang, kurz, schmal oder knubbelig sind, sie sollen sanft, dennoch stark sein. Im Idealfall sollte ein Mann noch im Besitz aller Finger sein. Doch immerhin wird ein Mann, dem ein oder zwei

Finger fehlen, mindestens eine interessante Geschichte zu erzählen haben. Seien Sie auf der Hut vor Händen, die mit Narben gefleckt sind oder zu oft zu schnell zu Fäusten geballt werden. Männerhände sind gewöhnlich warm. Das kommt daher, daß der Blutfluß zur Hand eines Mannes stärker ist als bei der Hand einer Frau. Seien Sie mißtrauisch gegen einen Mann, der ständig kalte Hände hat. Sein Blutfluß könnte träge und dünn sein. Männer mit Händen wie Fleischerhaken sollten keine Gehirnchirurgen, Zahnärzte oder Zauberkünstler sein.

Am anderen Ende des Torsos sind die Beine, die gerade und symmetrisch aus dem Rumpf hervorragen sollen. Ein stark O-beiniger Mann ist nur dann gut anzusehen, wenn er auf einem Pferd sitzt.

Von den 656 Muskeln am Körper des Mannes dürften Sie die des Oberschenkels am unwiderstehlichsten finden. Ein Männerschenkel in Bewegung ist ein ergötzlicher Anblick. Um den Oberschenkelknochen, den längsten Knochen im Körper, sind der Sartorius, der Rectus femoris und der Vastus, der äußere und der innere, angeordnet. Diese Muskeln sind wie Blumen: Man muß ihre lateinischen Namen nicht kennen, um Gefallen an ihnen zu finden. Das Spiel dieser großen Muskeln kann genügen, um für eine beliebige Anzahl etwaiger Mängel zu entschädigen.

Unter den Oberschenkeln sind die Knie, die selten attraktiv sind und oft eigenartige Knack- und Knallgeräusche machen. Sportliche Männer in einem bestimmten Alter sind anfällig für Probleme in diesem Bereich. Das kann zu vielen langweiligen Gesprächen über Knorpel, Einreibemittel und berühmte Hockeyspieler führen, denen durch wiederholte Knieverletzungen die Karriere versaut wurde. Die Kniescheiben mancher Männer neigen dazu, aus der Pfanne zu springen. Man wird von Ihnen erwarten, daß Sie in der Lage sind, sie wieder einzurenken, ohne ohnmächtig zu werden.

Die Kniescheibe ist mit dem Schienbein verbunden, das offiziell als Tibia bezeichnet wird. Die Schienbeine eines ausgewachsenen Mannes sollen nicht mit Schrammen und blauen Flecken bedeckt sein. Es sei denn freilich, diese Verletzungen entstanden beim Felsenklettern, Wildwasserfahren oder als er zu Ihren Füßen kroch und um Gnade, Vergebung und eine zweite Chance winselte.

Die Fesseln sollen großknochig und kräftig sein. Männer mit schwachen Fesseln benutzen diese geringfügige Gebrechlichkeit als Ausflucht, um allen möglichen körperlichen Betätigungen aus dem Weg zu gehen, darunter Schlittschuhlaufen, Mondscheinspaziergänge, Müll raustragen und Rasen mähen.

An den Fesseln sind in einem Winkel von 90° die Füße befestigt. Entweder man mag Füße, oder man mag sie nicht. Nach jahrelanger Mißhandlung oder Vernachlässigung sind die Füße mancher Männer mit entzündeten Ballen, Schwielen und Hühneraugen verunziert. Der Fuß enthält 26 kleine Knochen, und bei manchen Männern sind sie allesamt knotig und mißgebildet. Die Zehennägel sind womöglich gelb und knubbelig, zu dick, um mit gängigen Geräten geschnitten zu werden. Manche Männer sind wehleidig und haben sich die Zehennägel seit zwanzig Jahren nicht ordentlich geschnitten. Oft sind ihre Zehen behaart, die zweiten Zehen sind länger als die großen Zehen, und die kleinen Zehen sind deformierte Stummel, die wie tote

Schnecken aussehen. Männer mit häßlichen Füßen sollten nicht erwarten, daß Sie sie massieren, küssen oder lecken. Männer mit häßlichen Füßen sollten viel Geld für Socken und Schuhe ausgeben, die sie dann nur im Dunkeln ausziehen dürfen.

III.

Während sich auf der Vorderseite so viel Aufregendes tut, ist der Körper des Mannes von hinten gesehen oft behäbiger.

Aus dieser Perspektive präsentiert sich der Nacken am vorteilhaftesten. Wie das Handgelenk strahlt er eine Aura der Verletzlichkeit und Empfind-

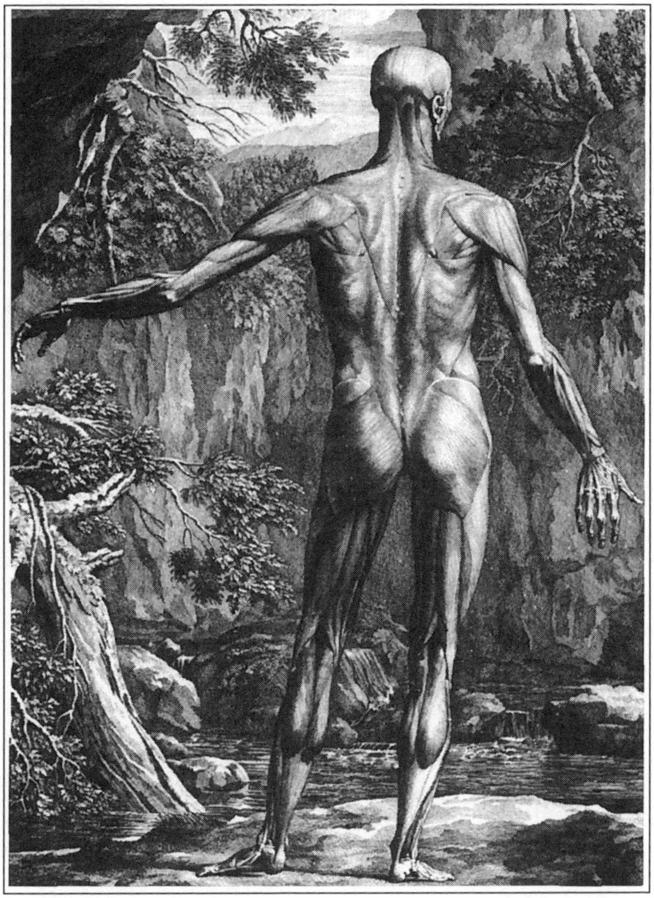

lichkeit aus. Darin liegt seine Macht. Er läßt sich am besten zufällig betrachten, wenn der Mann nicht weiß, daß Sie ihn beobachten. Der unerwartete Anblick eines flaumigen Männernackens, im gelben Lichtkreis einer Lampe über ein Buch gebeugt, wird in Ihrer empfindsamen Kehle, Ihrem aufgerüttelten Herzen einen Anfall von Liebe auslösen.

Der Rücken soll so unbehaart wie möglich sein. Männern mit behaartem Rücken ist dieser unziemliche Haarwuchs oft peinlich. Sie neigen dazu, sich überschwenglich zu entschuldigen, wenn sie sich das Hemd ausziehen.

Ein unbehaarter Rücken bietet reichlich Gelegenheit, eine große zusammenhängende Hautfläche zu bewundern und zu erforschen. Ein einziger Quadratzentimeter Haut enthält 3,2 Millionen Zellen, 96 Schweißdrüsen, 24 Fettdrüsen, 5,7 Meter Blutgefäße und 3,3 Millionen mikroskopisch kleine Milben. Als größtes Organ des menschlichen Körpers nimmt die Haut bei einem durchschnittlichen Mann eine Fläche von 1,8 Quadratmetern ein und wiegt ungefähr zehn Pfund. Um dies zu überprüfen, müßte die Haut vollständig abgezogen und entsprechend vermessen werden. Dies ist nicht ratsam für Amateure, da es eine schweinische Prozedur ist und die Chancen, alles wieder an Ort und Stelle rücken zu können, gering sind. Es ist besser, es unbesehen zu glauben, so wie Sie all die Jahre unbesehen geglaubt haben, daß Männer stärker, mutiger, weniger emotional, vernünftiger, besser in Mathe und von Haus aus gut im Umgang mit Maschinen seien.

Die Haut soll glatt und relativ unversehrt sein. Bedenken Sie, daß die Haut bei einem Mann, wie sein Blut, dicker ist als bei einer Frau. Das erklärt vieles.

Entlang der Mitte des Rückens verläuft die Wirbelsäule; die größten ihrer 26 Wirbel sehen aus wie Knöchel, die kleinsten wie Erbsen. Auf beiden Seiten der Wirbelsäule liegt der Latissimus dorsi, der größte Muskel im Körper des Menschen. Dies ist die Stelle, wo Sie höchstwahrscheinlich des legendären Muskelspiels ansichtig werden können. Am unteren Ende der Wirbelsäule sind oft zwei große Grübchen, die stets zu einem Lächeln oder einem freundschaftlichen Kuß einladen.

Alle Männer haben es gern, wenn man ihnen den Rücken krault. Das ist für keine Seite eine unangenehme Verrichtung, aber denken Sie daran, daß er, wenn Sie es einmal getan haben, erwarten wird, daß Sie es immer wieder tun. Bevor Sie diesen regelmäßigen Liebesdienst anbieten, vergewissern Sie sich, daß er bereit ist, wenigstens einmal in der Woche Gleiches mit Gleichem zu vergelten.

Der Rücken soll sich zur Taille hin sanft verjüngen. Männer ohne Taille können trotzdem gute Gefährten sein, aber es ist schwiergiger, bei einem Spaziergang um den Block den Arm um sie zu legen. Selbst Männer mit schlanker Taille haben oft Fleischwülste, die sie liebevoll als *Rettungsringe* bezeichnen. Diese sind nicht immer unattraktiv und können unter gewissen Umständen, wenn fester Halt gebraucht wird, tatsächlich von Nutzen sein. Männer mit sehr schmaler Taille und sehr breiten Schultern haben eine aufreizende Neigung zum Stolzieren.

Nennen Sie ihn, wie Sie wollen, der Hintern des Mannes ist der meistbeachtete Blickfang in der Rückansicht. Er kann durchaus das einzige sein, was das Zuschauen beim Profisport erträglich macht. Der Gluteus maximus ist der stärkste Muskel im Körper und verdient daher Respekt. Der Hintern soll vollkommen frei sein von Pickeln und Haaren. Er soll nicht zu schlaff, zu ausladend oder zu flach sein. Männer ohne Hintern haben Mühe, ihre Hose oben zu behalten. Wie groß der Hintern selbst auch sein mag, die Spalte sollte nie oberhalb der Gürtellinie der Hose zu sehen sein. Dieses beleidigende Schauspiel wird häufig bei Klempnern beobachtet, die in der Küche in die Hocke gehen, um die Rohre unter dem Ausguß zu untersuchen, und bei Familienvätern, die sich auf Parkplätzen von Einkaufszentren vorbeugen, um die Lebensmittel im Kofferraum zu verstauen.

Die Wahrheit ist, daß viele Männer angezogen besser aussehen. Das ist kein geschlechtsspezifischer Zug. Es gilt auch für viele Frauen, nur mit dem Unterschied, daß es den Frauen gewöhnlich bewußt ist, den Männern dagegen gewöhnlich nicht.

IV.

Die Krönung des Männerkörpers bildet, wie der Stern auf der Christbaumspitze oder das Kreuz auf der Kirchturmspitze, natürlich der Kopf. Bei manchen Männern paßt der Kopf nicht zum Körper. Manche kleinen dünnen Männer haben große dicke Köpfe. Manche großen muskulösen Männer haben kleine wacklige Köpfe. Manche Männer mit schönen Körpern haben häßliche Köpfe und umgekehrt. Die Probleme, die sich aus diesem Mißverhältnis ergeben, sind hauptsächlich ästhetischer Natur.

Die grundlegende Basis des Kopfes ist der Schädel, der aus 22 großen und kleinen Knochen besteht. Diese sollten säuberlich zusammengefügt sein, ohne zu viele Höcker oder Wülste. Von besonderer Bedeutung ist dies bei glatzköpfigen Männern oder solchen, bei denen die Wahrscheinlichkeit besteht, daß sie von dem plötzlichen Impuls befallen werden, sich den Kopf kahl zu rasieren.

Der Kopf beherbergt etliche interessante, aber potentiell problematische Bestandteile, nicht zuletzt die Augen, die strahlend und warm sein, von Verheißung und Männlichkeit überquellen sollen. Bei manchen Männern sprühen die Augen Funken. Trösten Sie sich mit dem Wissen, daß nach dem Tod alle Augen die Farbe wechseln und gewöhnlich ein fades grünliches Braun annehmen.

Manchen Männern wachsen ungebärdige schwarze Haarbüschel aus den Ohren. Sie mögen annehmen, daß er deswegen nie auch nur die Hälfte von dem zu hören scheint, was Sie sagen: Seine Ohren sind mit Haaren zugestöpselt. Aber die Wahrheit ist, daß das Gehör eines Mannes nicht so scharf ist wie das einer Frau. Das erklärt, warum er nie mitten in der Nacht das Telephon klingeln, den Hund bellen oder das Baby schreien hört.

Die Nase soll nicht so groß sein, daß Sie bei der ersten Verabredung einen guten plastischen Chirurgen empfehlen müssen. Sie soll nicht rot und knollig, mit Mitessern bedeckt oder schwer entstellt sein, weil sie siebzehnmal gebrochen war. Eine Nase mit einigen oder allen von diesen Merkmalen ist eine Karikatur von einer Nase und nicht ernst zu nehmen. Die Nase soll gut funktionieren, nicht stündliche Anwendungen von Schnupfenspray oder endloses Schneuzen in Schnupftücher verlangen. Sie soll auch leise funktionieren, ohne ungebührlich Aufmerksamkeit auf sich zu ziehen. Männer, die laut atmen, sind schon unangenehm, wenn man bloß mit ihnen im selben Raum sitzt. Männer, die laut schnarchen, sollten schleunigst informiert werden, daß es heute chirurgische Prozeduren gibt, um diesem Problem zu Leibe zu rücken.

Unter der Nase ist der Mund, ein Hauptschauplatz von Betriebsamkeit und Interesse. Die Speichelbildung im Mund soll jederzeit unter Kontrolle gehalten werden. Mit Männern, die sabbern und schlabbern, kann man sich in der Öffentlichkeit nicht sehen lassen. Die Lippen sollen weich und feucht sein, nicht ständig rissig, abgestorbene Hautpartikel abstoßend. Die Zähne müssen nicht perfekt und perlweiß sein, aber sie sollen vollzählig sein, zumindest vorne. Die Zunge soll beweglich und nicht zu groß sein. Sie soll nicht aus scheinbar eigenem Antrieb herumzappeln. Sie sollten sich nie die Unterseite der Zunge eines Mannes ansehen, weil sie, wie die der Frau, abstoßend ist. Die Zungenmuskeln werden vom Zungenbein gestützt, das wie ein Hufeisen geformt ist, der einzige Knochen im Körper des Menschen, der keinen anderen Knochen berührt. Im Falle von Tod durch Erdrosseln wird das Zungenbein meistens gebrochen oder zerquetscht, weswegen sich sein Zustand bei Morduntersuchungen oft als brauchbares Indiz erweist.

Was den einen Männerkopf markant macht und den nächsten nicht, bleibt unklar. Es steckt mehr dahinter als Beschaffenheit und Anordnung der verschiedenen Bestandteile. Warum Ihnen der Blick eines Mannes, der Sie auf der anderen Seite eines überfüllten Raumes anlächelt, weiche Knie beschert, während der Blick des absolut ansehnlichen Mannes neben ihm nicht mal ein Zucken auslöst, ist und bleibt eines der großen ungelösten Rätsel des Lebens, so wie Stonehenge, das Bermudadreieck und das Verschwinden von Amelia Earhart.

Dasselbe läßt sich vom Gehirn des Mannes sagen. Es ist, wie das Herz des Mannes, abwechselnd faszinierend, erschreckend, zum Verzweifeln und völlig unergründlich. Nachdem Sie die Untersuchung der eher oberflächlichen Bestandteile des Männerkörpers abgeschlossen haben, werden Sie sich schließlich gezwungen sehen, sich mit dem Gehirn zu befassen. Sie können das nicht ewig vor sich her schieben.

Das Gehirn des Mannes ist, wie das der Frau, nicht unbedingt sehenswert. Der glänzende, knäuelförmige Klumpen aus blaßgrauer Substanz, durchzogen von roten Arterien und blauen Venen, sollte seine Größe von der Geburt bis zum Erwachsenenalter verdreifacht haben. Das durchschnittliche Gehirn des Mannes hat die Größe von zwei dicht nebeneinandergehaltenen geballten Fäusten und wiegt etwa 2,5 Pfund. Das schwerste jemals registrierte Gehirn wog 4 Pfund und 300 Gramm und gehörte einem dreißig Jahre alten Mann. Das leichteste Gehirn wog 2 Pfund und 96 Gramm und gehörte einer einunddreißig Jahre alten Frau. Sollte irgendein Mann versuchen, dieser Tatsache zuviel Gewicht beizumessen, erinnern Sie ihn daran, daß es keinen Zusammenhang zwischen Gehirngewicht und Intelligenz gibt. Weisen Sie ihn darauf hin, daß das Gehirn des Mannes zwar um 10 Prozent schwerer ist, das Gehirn der Frau aber 11 Prozent mehr Gehirnzellen enthält. Der Blutfluß zum Gehirn des Mannes ist beim Denken geringer als der zum Gehirn der Frau. Manche Männer denken sowieso nicht mit dem Gehirn.

Die Aufnahmefähigkeit des Menschengehirns wurde mit der Ziffer 1, gefolgt von 6,5 Millionen Nullen, ausgedrückt – eine Zahl, so lang, daß sie sich mehr als dreizehnmal von der Erde bis zum Mond und wieder zurück erstrecken würde. Weil das Gehirn keine Nervenenden hat, kann es verbrannt, gefroren, geschlagen oder gespalten werden, ohne etwas zu fühlen. Jeden Tag sterben 30 000 bis 50 000 Gehirnzellen ab und werden nicht erneuert. Sie werden vielmehr von anderen Zellen gefressen und verdaut. Während des Alterungsprozesses verfällt das Gehirn des Mannes zwei- bis dreimal schneller als das Gehirn der Frau. Obwohl dies erst unlängst belegt wurde, kommt es kaum überraschend.

Leider gibt es keine Möglichkeit, etwas über das Gehirn eines Mannes zu erfahren, wenn man seinen Körper betrachtet. Bei einem tieferen Einblick in den Körper des Mannes müssen Sie sich unbedingt vergegenwärtigen, daß das, was Sie sehen, absolut nichts mit dem zu tun hat, was Sie bekommen werden.

Das Gehirn sendet noch bis zu 37 Stunden nach dem Tod Signale aus. Gehirnwellen sind, posthum oder sonstwann, wie der Wind: Man kann sie nicht sehen, man sieht nur ihre Auswirkungen. Stellen Sie sich eine warme Brise vor, die durch ein duftendes Feld mit Wildblumen weht und Ihnen sachte die Haare vom Hals hebt. Dann stellen Sie sich einen Wirbelsturm vor, der den Inhalt Ihres Herzens ausschaufelt, es in Fetzen reißt und die Teile gleichzeitig in alle Richtungen schleudert.

Gehirnwellen sind eine Form von Elektrizität. Stellen Sie sich ein behagliches Zimmer in der Abenddämmerung vor, Kegel von gelbem Lampenlicht, Musik, die in der Luft schwebt. Dann stellen Sie sich vor, Sie stecken Ihren Finger in die Lampenfassung.

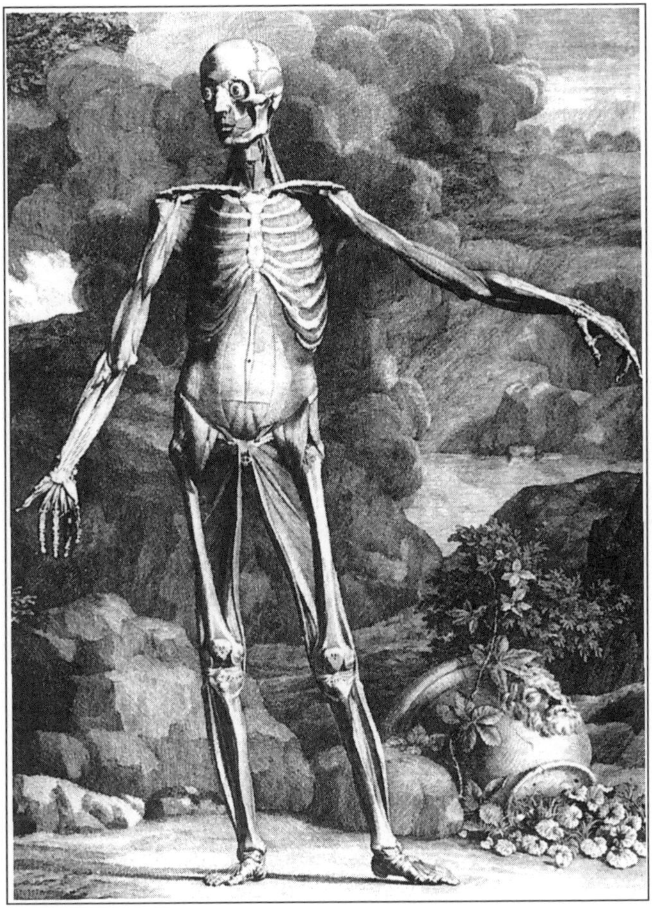

Zähle deine guten Gaben
(Ein Märchen)

Es war einmal eine junge Frau, die hieß Grace. Sie war sehr schön. Alle Eigenschaften, die eine Frau ihrer Zeit begehrenswert machten, besaß sie in reichem Maße. Sie hatte eine schmale Taille und wohlgeformte, aber nicht ausladende Hüften. Sie hatte üppige, aber nicht schlaffe Brüste und einen flachen Bauch mit einem entzückenden Nabel. Ihre Schultern waren grazil, ihr Hals war anmutig. Sie hatte einen reinen, gesunden Teint, große dunkle Augen und lange dunkle Wimpern, volle rote Lippen und ebenmäßige weiße Zähne. Ihr kupferrotes Haar besaß von Natur aus Fülle und Glanz. Sie hatte auch ein straffes Gesäß, lange Beine und zierliche kleine Füße.

Ihr Leben lang bekam Grace zu hören, sie habe Glück gehabt. Sie bekam es von ihren Eltern zu hören, die sichtlich stolz waren, und von ihren Freundinnen, die insgeheim neidisch waren. Sie bekam es sogar gelegentlich von vollkommen Fremden im Bus zu hören. Grace wußte, daß sie recht

hatten. Manchmal stellte sie sich nackt vor ihren hohen Spiegel und betrachtete sich von oben bis unten. Sie konnte eine Stunde und länger dort stehen und sich sagen, wie groß ihr Glück sei. Das war nicht so sehr Eitelkeit als vielmehr das Bedürfnis, sich ihrer vielen Vorzüge zu erinnern und zu vergewissern.

Kein Wunder, daß junge Männer sie umschwärmten wie klebrigfüßige Fliegen. Eine Weile genoß Grace das sehr. Sie war eine romantische junge Frau, die sich leicht und oft verliebte. Sie war sich sicher, daß eines Tages ihr Prinz kommen würde, doch vorerst währte keine der Bekanntschaften sehr lange. Grace war so anspruchsvoll wie schön. So vielversprechend ein jeder von diesen vielen Verehrern in der ersten Vernarrtheit auch war, bald schon zeigte er sein wahres Gesicht. Bald schon entdeckte Grace, daß das gegenwärtige Objekt ihrer Zuneigung doch nicht der Mann ihrer Träume war. Bald schon mußte sie zugeben, daß er zu launisch, zu verantwortungslos, zu unempfindsam, zu egoistisch, zu herrisch oder schlicht und einfach dumm war.

Einen jungen Mann gab es, der sich, als sie ihm sagte, daß sie ihn doch nicht liebe, vor ihre zierlichen Füße warf, sich an ihre hübschen Fesseln klammerte und schwor, er liebe sie so sehr, daß er sich in ihrem Badewasser ertränken würde, wenn sie ihm den Laufpaß gäbe. Aber er war auch derjenige, der häufig die Meinung kundtat, von einer schönen Frau könne man nicht erwarten, daß sie auch Verstand habe. Und so ließ Grace auch ihn fallen und verlängerte die hinter ihr wachsende Schleppe um ein weiteres gebrochenes Herz.

Gerade als Grace daran zu zweifeln begann, daß sie je dem Richtigen begegnen würde, suchte der Liebesgott sie auf. Nach all den Fehlschlägen in Sachen Romantik war Grace, was ihre Vorstellung von der Liebe betraf, verständlicherweise etwas besonnener geworden. Sie war jetzt vorsichtiger, weniger willens, sich hinreißen zu lassen, ein bißchen zynisch vielleicht, nicht mehr ganz so bereit, ihr Herz hinzugeben. Sie hatte endlich erkannt, daß die meisten ihrer früheren Verehrer ohnehin nicht so sehr an ihrem Herzen interessiert waren als vielmehr an den üppigen, aber nicht schlaffen Brüsten, unter denen es sich verbarg.

Doch dieser junge Mann war nicht wie die anderen. Sein Name war William, und er war sanft, feinfühlig, ausgeglichen und intelligent. Obwohl durchaus empfänglich für ihre Schönheit, war er nicht davon besessen, und

er ließ Grace deutlich wissen, daß er sie ihres Verstandes wegen ebenso liebte wie aller anderen Dinge wegen. William achtete ihre Ansichten und konnte zugeben, wenn er sich irrte. Er schickte ihr ohne Anlaß Blumen und besuchte mit ihr romantische Filme, und es war ihm nicht peinlich, im Kino zu weinen, wenn es angebracht war. Grace war sehr beeindruckt. Es schadete nicht, daß William zudem sehr gut aussah, mit breiten Schultern, einem unbehaarten, muskulösen Oberkörper, einem kantigen Kinn, einer hübschen geraden Nase und großen dunklen Augen, denen von Grace nicht unähnlich. Er hatte auch eine gute Stellung mit einer aussichtsreichen Zukunft. Er war Buchhalter in einer sehr angesehenen Firma und war in den vergangenen zwei Jahren schon dreimal befördert worden. Doch immer noch zögerte Grace. Zu groß war ihre Angst, abermals enttäuscht zu werden. William war beharrlich, aber nie aufdringlich. Er sagte, er verstehe ihr Zaudern. Er sagte, er habe alle Zeit der Welt, um zu beweisen, daß er ihrer Liebe würdig sei.

Nachdem er ein Jahr geduldig um sie geworben hatte, mußte Grace zugeben, daß William alles war, was er zu sein schien, alles, was sie sich je erträumt hatte. Schließlich versetzte ihr der Liebesgott einen letzten Stoß. Grace war bekehrt und erhörte William. Immerzu hatten alle gesagt, sie seien das ideale

Paar, und jetzt erkannte Grace, daß sie recht hatten. William sank auf die Knie und schenkte ihr einen großen Diamantring. Grace weinte vor Glück. Ihre Eltern waren sichtlich noch stolzer, und ihre Freundinnen waren insgeheim noch neidischer.

Grace und William fingen an, ihre gemeinsame Zukunft zu planen.

Die Hochzeit fand sechs Monate später Ende Mai statt. Als Braut war Grace schöner denn je. Sie trug ein altmodisches weißes Satinkleid mit einer meterlangen Schleppe und langen, weiten weißen Spitzenärmeln. Im Haar trug sie einen Kranz aus rosa und weißen Teerosen, von dem ein bodenlanger, hauchdünner Schleier kaskadengleich um sie herabfiel. Der tiefe Rückenausschnitt des Kleides endete in einer großen weißen Schleife an ihrer zierlichen Taille. Bei der Trauungszeremonie ließ sich nur eine von Grace' Freundinnen von ihrem Neid überwältigen. Als sie das weiße Kleid sah, hörte man diese junge Frau abfällig flüstern: »Wen will sie damit täuschen?«

Der Bräutigam trug einen maßgeschneiderten schwarzen Gesellschaftsanzug mit einem schwarzen Satinkummerbund, ein gefälteltes weißes Seidenhemd und eine weiße Fliege. Sogar der alte Priester, der die Trauung vornahm und ihnen seinen Segen gab, sagte, ein schöneres Paar habe er nie gesehen.

Grace' Mutter weinte, und der Vater nickte glücklich, als ihre Tochter mit zitternden Händen die Heiratsurkunde unterschrieb. Williams Eltern waren ebenso erfreut.

Nach der Trauung aßen, tranken und tanzten die Neuvermählten und ihre Gäste viele Stunden lang. Dann zogen Grace und William ihre Reisekleidung an und fuhren in einer gemieteten Limousine zum Flughafen. Sie flogen in die Flitterwochen nach Paris. Was konnte romantischer sein, als in Paris von der Liebe zu träumen?

Eine Woche später kehrten sie zurück und ließen sich auf das beispiellose Abenteuer des Ehelebens ein.

Im ersten Jahr ihrer Ehe liebten sich Grace und William fast jede Nacht und waren sehr mit vielen anderen interessanten Dingen beschäftigt. Sie gingen fortwährend ins Kino, besuchten Konzerte, Baseballspiele und Partys. Jeden Samstagabend gingen sie zum Essen aus. Sie hatten beide von vornherein viele Freunde, und nun, da sie ein so interessantes, amüsantes Paar waren, gewannen sie noch mehr dazu. Immer klingelte das Telephon, und immer war ihr Terminkalender voll.

Doch nach ungefähr einem Jahr waren sie diesen endlosen gesellschaftlichen Trubel leid. Sie waren es auch leid, Miete zu bezahlen, und so kauften sie, wie viele ihrer Freunde, ein großes altes Haus und verwendeten fortan all ihre Zeit und all ihr Geld aufs Renovieren und Tapezieren. Sie verrichteten die meiste Arbeit selbst, wie es in ihren Kreisen üblich war. Manchmal kamen ihre Freunde herüber, um zu helfen.

Sie lernten, wie man rissige Wände neu verputzt, schiefe Fenster neu einpaßt, Hartholzböden neu einläßt, einfache Schränke und Regale baut. Sie durchstöberten Antiquitätenmärkte und schleppten ramponierte Kommoden, Pulte und Geschirrschränke nach Hause, die sie dann liebevoll restau-

rierten, bis sie wieder in alter Schönheit erstrahlten. Sie lernten Tapeten kleben, Teppiche verlegen und kleinere Installationswunder vollbringen.

Jeden Abend fielen sie nach einem weiteren langen Tag des Schmirgelns, Streichens, Hämmerns und Sägens ins Bett, erschöpft, aber stolz, da ihr Traumhaus um sie herum langsam Gestalt annahm.

Von allem, was sie zur Verschönerung ihres Heims leisteten, war die Küche Grace' und Williams größter Stolz.

Nachdem sie übereingekommen waren, daß naturgemäß die Küche das Herz jedes trauten Heims ist, war ihnen für die Neuausstattung kein Preis zu hoch. William war unlängst wieder einmal befördert worden, und so konnten sie es sich leisten, keine Kosten zu scheuen. Nach Wochen harter Arbeit und wohlüberlegter Käufe war die Küche endlich fertig, vom Boden bis zur Decke komplett renoviert und reich ausgestattet mit den nützlichsten und attraktivsten Gerätschaften. Grace und William standen Arm in Arm in der Tür und bewunderten ihr Werk.

Auf dem großen Eichentisch in der Mitte schimmerte ein weißes Leinentischtuch, glänzte eine Garnitur Fleischmesser aus Edelstahl mit beinernem Heft, warteten zwei weiße antike Schüsseln darauf, mit delikaten Leckerbissen und mundwässernden Köstlichkeiten gefüllt zu werden. Die Anrichte an der rechten Wand bestand aus einer zehn Zentimeter dicken massiven Ahornplatte. In einem hohen senkrechten Eisengestell war ein kompletter Satz hölzerner Rührschüsseln arrangiert, ein seltener Fund in einem Antiquitätenmarkt im Norden der Stadt.

An der Rückwand waren zwei Einbaubacköfen, eine Schiefertafel für Mitteilungen, eine antike Uhr aus Messing und Mahagoni und ein eingebauter Kühlschrank mit Holztüren. Ein zweites Eisengestell enthielt fünf Kochtöpfe verschiedener Größe. Ein Satz Kupfergerätschaften hing an der Wand direkt unter dem großen Sprossenfenster, durch das den ganzen Nachmittag die Sonne strömte.

Das Prunkstück der Küche war ein riesiger eiserner Herd, der auf Gas umgerüstet worden war. Dieser Herd wog über zweitausend Pfund, und um ihn in die Küche zu schaffen, waren ein Gabelstapler und sechs starke Männer vonnöten gewesen.

Den Fußboden, der unter dem Herd natürlich verstärkt worden war, bedeckten große schwarze und weiße Fliesen. Obwohl das Verlegen der Fliesen unter reichlich Fluchen und Schimpfen und mit vielen Fehlern vonstat-

ten gegangen war, waren sich Grace und William jetzt einig, daß sich die Mühe gelohnt hatte.

Grace kochte eine Kanne Tee, und sie saßen in ihrer schönen Küche beisammen, bis die Sonne unterging, und stellten sich all die herrlichen Mahlzeiten vor, die sie hier zubereiten, all die Weihnachts- und Geburtstagsfeste, die sie feiern würden, und im Geiste breitete sich die Zukunft vor ihnen aus wie ein Smörgåsbord, ein veritables Bankett mit bis dahin ungekosteten Genüssen, pikanten und süßen.

Als das Haus fertig war, gab es für Grace den lieben langen Tag nicht viel zu tun, während William bei der Arbeit war. Sie fand schnell heraus, daß sich nur ein bestimmtes Maß an Zeit mit Putzen und Umräumen und dem Bewundern der Herrlichkeiten im Haus verbringen ließ. Sie dachte daran, sich Arbeit zu suchen. Aber wozu hatte man ein so schönes Haus, wenn es den ganzen Tag über leer stehen sollte? Sie sprach mit William darüber, und sie befanden, es sei an der Zeit, eine Familie zu gründen.

Ein Jahr später brachte Grace nach einer mühelosen Schwangerschaft ohne Morgenübelkeit, Sodbrennen oder Hämorrhoiden ihr erstes Kind zur Welt, einen Jungen. Sie nannten ihn Charles. Grace hatte nie ein solch reines Glück gekannt wie jenes, das sie empfand, wenn sie Charles in ihren Armen wiegte und ihn an ihre milchprallen Brüste legte.

Die Pflege und das Füttern des kleinen Charles beanspruchten ihre Tage und oft auch ihre Nächte. Grace hatte nur noch selten Zeit, sich im Spiegel zu betrachten, doch wenn sie sie gehabt hätte, dann wäre ihr aufgefallen, daß ihr schönes Gesicht jetzt müde aussah, geschwollen um die Augen, blaß um die Wangen, ein wenig abgespannt um den Mund. Falls William diese Veränderungen bei seiner schönen jungen Frau wahrnahm, machte er klugerweise

keine Bemerkung, sagte nur, daß es ihm gefalle, wie sie neuerdings ihr Haar trug, länger und offen. In Wahrheit hatte Grace keine Zeit, es jeden Morgen zu waschen und zu frisieren wie früher, keine Zeit, allmonatlich zum Schneiden zum Friseur zu gehen.

Grace war eine fürsorgliche junge Mutter. Wenn sie Charles nicht umhegte, las sie Bücher über Kinderpflege und -entwicklung und darüber, wie man das Selbstwertgefühl seines Kindes stärkte. Sie las diese Bücher oft bis spät in die Nacht; das Licht der Nachttischlampe schien warm neben ihr, und das Baby schmiegte sich in ihre Arme. Charles hatte keinen guten Schlaf, und Grace konnte es nicht ertragen, ihn in seiner Wiege allein zu lassen. So holte sie ihn oft zu sich ins Bett und kuschelte ihn neben sich, was laut vielen Elternratgebern das einzig Gesunde war. Dann nahm sich William, der am Morgen aufstehen und zur Arbeit mußte, ein paar Decken und schlief auf der Couch. Er sagte, es mache ihm nichts aus. Er sagte, er wisse, daß ihr Leben bald wieder seinen gewohnten Gang nehmen werde.

Der kleine Charles gedieh und wurde kräftig, und bald war er ein gesundes, lebhaftes Kleinkind. Grace fragte sich, wo die Zeit geblieben war. Charles lief, sprach und machte Unsinn, wie es von einem Zweijährigen zu erwarten war. So sehr Grace ihn liebte, sie vermißte ein kleines Baby zum Kosen. Sie sprach mit William darüber, und bald war sie wieder schwanger. Nach einer wiederum mühelosen Schwangerschaft brachte sie ihr zweites Kind zur Welt, diesmal ein Mädchen. Sie nannten es Sarah.

Wieder sah Grace müde und abgespannt aus, hatte alle Hände voll zu tun mit Windeln, Stillen und Elternbüchern. Das Kümmern um zwei kleine Kinder erwies sich als schwieriger als das Kümmern um eines. Den ganzen Tag machten sie Wirbel und wimmerten und trieben sie mit ihren Wünschen zum Wahnsinn. Doch sobald William von der Arbeit nach Hause kam, waren sie ganz lieb und lächelten immerzu, Sarah gab glucksende Babylaute von sich, und Charles folgte seinem Vater wie ein junges Hündchen. Grace war dies zuwider, sie konnte nicht dagegen an. Sie fragte sich, ob die Kinder das Leben mit Absicht aus ihr heraussaugten oder ob es einfach so geschah. Sie konnte William nicht gut sagen, wie ihr zumute war. Charles und Sarah waren ebenbürtige Augäpfel ihres Vaters.

Abgesehen davon, daß er ein hervorragender Ernährer war, war William auch ein wunderbarer Vater. Er gehörte nicht zu den altmodischen Männern, die meinten, das Kümmern um die Kinder sei Frauensache. Er war ein moderner, empfindsamer, zupackender Vater, der seine Kinder fütterte und badete, ihnen Geschichten vorlas, mit aufrichtigem Vergnügen Kuck-kuck und Backe backe Kuchen spielte und ihre schmutzigen Windeln wechselte, ohne zu würgen.

An sonnigen Sonntagnachmittagen lud William sich Sarah auf die Schultern, nahm Charles an der Hand, und ab ging's in den Park. Oft zogen auch die Nachbarskinder mit. Ihre Väter, erzählte ihm ein jedes, seien zu beschäftigt, zu miesepetrig, zu müde, um mit ihnen zu spielen. Sie alle liebten William und wünschten, ihre Väter wären wie er.

Im Park spielten William und die Kinder lange und lachend Ball, Fangen und Verstecken. William schien es nie leid zu werden, sie auf den Schaukeln anzuschubsen, unten an der großen silbernen Rutschbahn aufzufangen oder einfach herumzujagen, während er knurrte wie ein grausliches glupschäugiges Ungeheuer.

Allein zu Haus, dachte Grace an all die Dinge, mit denen sie sich beschäftigen könnte, während sie fort waren: konstruktive, kreative Erwachsenen-

dinge. Doch gewöhnlich beschäftigte sie sich mit Wäsche waschen, Geschirr spülen, Staub saugen. Manchmal telephonierte sie mit ihrer Mutter. Meistens ging sie nach oben in das kühle, leere Schlafzimmer und machte ein Nickerchen. Wenn William und die Kinder wieder nach Hause getollt kamen, ausgelassen und nach Sonnenschein und Bäumen duftend, mußte sie sich mühsam aus den Tiefen ihrer beklommenen Nachmittagsträume zerren. Und dann konnte sie sich manchmal, nur einen Moment lang, nicht besinnen, wer sie waren.

Wenngleich viele von Grace' Tagen daheim mit den Kindern anscheinend nicht enden wollten, verflogen die Jahre paradoxerweise schnell. Bald gingen Charles und Sarah zur Schule. Sie waren kluge, wohlerzogene Kinder, bei Lehrern und Gleichaltrigen beliebt. Grace war sehr stolz auf sie. William war nach wie vor ein wunderbarer Vater, der den Kindern oft bei den Hausaufgaben half und nie ein Schulkonzert oder einen Elternsprechtag versäumte. Er war jetzt ein vollberechtigter Partner in seiner Firma, und sein Jahresgehalt war sehr ansehnlich. Sie konnten sich leisten, zu kaufen, was immer sie wollten. Selbst im Haus trug Grace Modellkleider nach der neuesten Mode. Sie hatte ihre Gewohnheit wieder aufgenommen, sich wenigstens einmal im Monat das Haar richten zu lassen. Manchmal ließ sie sich auch maniküren und pediküren. William sagte ihr oft, sie sei jetzt sogar noch schöner als damals, als sie sich kennenlernten. Er sagte: »Du wirst nicht älter, du wirst hübscher.« Er kaufte ihr immer noch ohne Anlaß Blumen, auch Parfüm, Schmuck und anderen netten Schnickschnack zum Beweis seiner nimmermüden Wertschätzung. Sie liebten sich häufig und befriedigend. William war nie untreu.

Ihr Heim war nach wie vor eine Quelle großen Stolzes. Wenn Grace es ein bißchen leid wurde, kaufte sie einen neuen Teppich, neue Eßzimmerstühle, neue Vorhänge oder ein neues Kunstwerk für die Wände. Diese Erwerbungen machten sie jedesmal für eine Weile glücklich.

Da die Kinder nun den ganzen Tag in der Schule waren, gab es eigentlich keinen Grund mehr für Grace, zu Hause zu bleiben, aber sie blieb. Sie dachte daran, sich Arbeit zu suchen. Sie wollte *etwas* tun, war sich aber nicht sicher, was. Sie wußte, daß William sie unterstützen würde, wofür auch immer sie sich entschied. Sie blieb bei dem Entschluß, eine Entscheidung zu fällen, doch irgendwie gingen die Tage einfach so dahin. Es gab immer noch so viel zu tun. Die Kinder mußten zur Schule, zum Zahnarzt, zum Doktor, zur Klavierstunde, zum Schwimmen, Tanzen, Töpfern, Turnen und zu den Häusern ihrer vielen Freunde und Freundinnen gefahren und wieder abgeholt werden. Sie hatte auch viele Steckenpferde, die sie beschäftigt hielten: Sticken, Gärtnern, Lesen und Trockenblumen binden. Endlich hatte sie sowohl die Zeit als auch die Energie, die fabelhaften Mahlzeiten zuzubereiten, von denen sie und William vor langer Zeit geträumt hatten. Außerdem war sie daran gewöhnt, zu Hause zu bleiben. Und insgeheim fürchtete sie sich nicht wenig vor der großen Welt, die jenseits der Fenster ihres sicheren, trauten Heims lag.

Alle sagten, sie seien die ideale Familie, und das waren sie tatsächlich. Grace hatte alles, was sie sich je gewünscht hatte. Grace hatte alles, was *alle* sich je gewünscht hatten. Grace hatte es gut.

Warum war ihr dann oft so traurig zumute?

Grace wurde immer deprimierter. William wurde immer besorgter. Obwohl er sich große Mühe gab, zu verstehen, warum sie so unglücklich war, konnte er es nicht begreifen. Selbst vollkommen glücklich, war ihm ihr Unglück ein Rätsel. Er schickte ihr Blumen über Blumen, um sie aufzuheitern. Fast täglich kam jetzt ein Strauß ins Haus, bis alle Zimmer voll waren. Trotzdem weinte Grace oft, wenn er von der Arbeit nach Hause kam. Er kaufte ihr

einen Hund, damit sie nicht den ganzen Tag allein war. Butch war ein braver Hund, und die Kinder liebten ihn, aber er war nicht die Lösung für Grace' Probleme. William brachte große neue Fenster im Speisezimmer an, damit Grace sich nicht so gefangen fühlte. Seither traf William, wenn er von der Arbeit nach Hause kam, sie oft dabei an, wie sie in der Scheibe ihr Spiegelbild anstarrte; das Essen war nicht zubereitet und ihr Haar nicht gekämmt. Er redete ihr zu, noch mehr Modellkleider zu kaufen, noch mehr Stühle, ein neues Leinentischtuch, das antike Teeservice, das sie seit Monaten im Auge hatte. Früher hatte Einkaufen sie immer glücklich gemacht.

Doch nichts half. So feinfühlig, zuvorkommend und liebevoll er war, einmal machte William den Fehler, Grace darauf hinzuweisen, wie gut sie es habe. Die Folge war, daß sie sich drei volle Tage weigerte, mit ihm zu sprechen. Danach mußte William sich eingestehen, daß es nichts gab, was er tun konnte, außer ihre hübsche Hand zu halten und mitfühlende Kehllaute auszustoßen, während sie weinte. Er bemühte sich, geduldig zu sein und weiterhin zu glauben, daß ihr Leben bald wieder seinen gewohnten Gang nehmen werde.

Grace brauchte offensichtlich jemand anderen, mit dem sie reden konnte. Sie mochte ihre Mutter nicht mit ihren Problemen behelligen, weil ihre Mutter und ihr Vater so stolz auf sie waren, so glücklich für sie. Sie konnte ihnen jetzt nicht eingestehen, daß sie unglücklich war. Sie würden so enttäuscht sein. Sie konnte ihnen das nicht antun. Wenn Grace mit ihren Eltern sprach, sagte sie: »Alles ist wunderbar, einfach wunderbar!« Und natürlich glaubten sie ihr.

Grace fing an, einige von ihren alten Freundinnen aufzuspüren und anzurufen. Dies waren die Frauen, die in den frühen Jahren insgeheim neidisch auf sie waren, die Frauen, zu denen sie die Verbindung abgebrochen hatte, als ihre Kinder klein waren und sie zu beschäftigt und zu erschöpft war, um Freundinnen zu haben. Dies waren die Frauen, deren Leben, so stellte sie es sich vor, ganz ähnlich verlaufen war wie ihr eigenes.

Doch als Grace diesen Frauen ihre Schwierigkeiten schilderte, waren sie nicht annähernd so verständnisvoll, wie sie erwartet hatte.

Die erste Frau sagte: »Du denkst, *du* hast Probleme! Ich habe Krampfadern, chronische Rückenschmerzen und Hämorrhoiden. Mein Mann geht jeden Abend aus und betrinkt sich, und meine Tochter hat grüne Haare und drei Ringe in der Nase.«

Die zweite Frau sagte: »Worüber beklagst *du* dich? Ich habe vierzig Pfund Übergewicht, meine Schenkel sind so dick wie Baumstümpfe, und mein Mann schläft mit meiner besten Freundin. Mein Sohn wurde in der Pause beim Dope rauchen erwischt, und meine Tochter ist Teufelsanbeterin. Ich muß jetzt Schluß machen, ich krieg Migräne.«

Die dritte Frau sagte: »Du weißt gar nicht, wie gut du es hast! Mein Mann ist inzwischen arbeitslos, und ich schufte in einem Fast-food-Schuppen, damit zu Hause was auf den Tisch kommt. Ich hab entzündete Fußballen, ein Magengeschwür, und meine Brüste schrumpfen. Mein Sohn hat eben die Katze vergiftet, und meine Tochter will kein Fleisch essen.«

Die vierte Frau sagte: »Hör auf zu jammern! Welches Recht hast *du*, unglücklich zu sein? Mein Mann hat mich wegen einer Jüngeren verlassen, und mein Geliebter ist zu seiner Frau zurückgekehrt. Meine Kinder gehen in die Therapie, und mir fallen von dem ganzen Streß die Haare aus.«

Einige von diesen Frauen gaben Ratschläge. »Laß dir noch ein Kind machen«, sagten sie. »Laß dein Gesicht liften. Laß deinen Bauch straffen. Hab eine Affäre. Hab dich nicht so und laß es dir gutgehen!«

»Zähle deine guten Gaben!« riefen alle. »Zähle und schweige!«

Das tat sie dann. Sie zählte ihre guten Gaben wie Schäfchen, eine schlaflose Nacht nach der anderen, während William neben ihr schnarchte.

Dies waren die Frauen, die Kriegerinnen sein wollten. Dies waren die Frauen, die beabsichtigt hatten, die Welt im Sturm zu erobern. Sie hatten ihre Fesseln abgeworfen und den harten Panzer der Frauenbewegung angelegt. Sie hatten die Waffen der Intelligenz und der Gleichberechtigung mit einer Hand geschwungen, während sie mit der anderen weiterhin die Fahnen der Schönheit und Weiblichkeit schwenkten. Dies waren die Frauen, die glaubten, sie könnten alles haben. Sie hatten allen Grund zu erwarten, daß sie nach all den Schlachten, die sie gewonnen, und allen Fortschritten, die sie gemacht hatten, am Ende die Flügel ausbreiten und frei sein würden.

Dies waren die Frauen, die sich eingebildet hatten, sie würden immer ehrlich zu sich selbst sein, ihrem Herzen *und* ihrem Kopf folgen, sich nie bürgerlichen Konventionen beugen oder von der Macht der Männer in Leibeigenschaft halten lassen. Sie hatten die Absicht gehabt, sich laut und stolz zu äußern, ihre eigenen Geschichten zu verkünden, auf daß alle Welt sie erfahre. Sie hatten die Absicht gehabt, ein Leben zu führen, das von Abenteuern, Erfüllung und der vollen Befriedigung jeglichen Begehrens geprägt war.

Dies waren die Frauen, die gesagt hatten, sie würden sich nie vor dem Altern fürchten, die beabsichtigt hatten, ihre Falten mit Stolz zu tragen, die sich nie die Haare färben wollten. Sie hatten weise alte Frauen werden wollen, mächtige, tatkräftige alte Weiber, geachtet und verehrt, die klugen, überlegenen Schwäne der postmodernen Welt. Und wenn die Zeit käme, würde ihr Schwanengesang erlesen sein.

Seht, was aus ihnen geworden ist. Seht sie an, seht sie nur jetzt an. Stellt euch ihre Verwunderung, ihre Enttäuschung darüber vor, daß sie hier gelandet sind.

Grace dachte lange und intensiv über Glück und gute Gaben nach. Sie grübelte über die Probleme der Frauen. All die Jahre beschäftigt mit ihrem eigenen perfekten Leben, geborgen in ihrem schönen Heim, hatte sie das Ausmaß solcher Probleme, den Umfang, die Reichweite, die Universalität, die geradezu gigantische Anzahl Arten, auf die das Leben einer Frau schiefgehen konnte, nie ganz erfaßt.

Niemand hatte sie je gewarnt, daß Glückhaben nicht unbedingt zum Glücklichsein führte. Niemand hatte sie je gewarnt, daß sie vorsichtig sein sollte mit dem, was sie begehrte.

Jetzt konnte sie sie spüren, all die unglücklichen Frauen, die am Fuß der Treppe warteten, am Tor tobten, mit ihren Ketten rasselten. Sie konnte ihre Stimmen hören, gellend, schreiend, schrill.

Eine nach der anderen riefen sie ihr zu:

»Ein treuer, intelligenter, stattlicher Ehemann, der die Erde anbetet, auf der du wandelst!«

»Zwei gesunde, kluge, ausgeglichene Kinder, die dich achten, bewundern und lieben, was ihre kleinen Herzen hergeben!«

»Ein flacher Bauch, eine fleckenlose Haut, ebenmäßige Zähne, lange Beine, die Brüste noch keß, der Hintern noch fest, und kein einziger Schwangerschaftsstreifen in Sicht!«

»Alle Rechnungen ohne Sorgen bezahlt, die Hypothekenraten rechtzeitig beglichen, und die Quelle versiegt nie!«

»Ein Leben in Muße!«

»Ein schönes Heim!«

»Die Kleider, die Hüte, die Schuhe deiner Träume!«

»Und es ist nicht genug! Es ist einfach nicht genug!«

Es war immer noch nicht genug.

Sie schlugen sich an die Brust und rissen sich die Haare aus. Sie rammten mit ihren hübschen Köpfen die hübschen Wände. Sie zerrten sich die Kleider vom Leibe, bis überall wogende Busen und große braune Brustwarzen waren.

Sie marschierten zu Tausenden durch die heiße dunkle Nacht, ein Ansturm unglücklicher Frauen, die verlangten, angehört zu werden. Sie spannten ihre kleinen Muskeln an und stampften mit den zierlichen Füßen. Sie rasten und tobten, sie grölten und grollten, sie schrien und brüllten und heulten. Sie peitschten sich besinnungslos, bis sie am Ende erschöpft zitterten und stolperten und als Häuflein zu Boden sanken. Sie wimmerten und schnieften und weinten.

Aber niemand hörte sie. Niemand lauschte. Niemand außer Grace.

Die Probleme der Frauen, das wurde Grace jetzt klar, waren wie eine Heuschreckenplage, die über das Land ausschwärmt.

Sie hatten Hängebrüste, schlaffe Hintern, Doppelkinne und Falten. Sie hatten Krampfadern, Zellulitis, Schwangerschaftsstreifen und Damenbärte. Sie hatten chronische Depressionen und ein geringes Selbstwertgefühl. Sie hatten Menstruationskrämpfe, Pilzinfektionen, Eierstockzysten und Scheidenjucken. Sie hatten ihre Wechseljahre.

Sie hatten untreue Ehemänner, undankbare Kinder und unterbezahlte Jobs. Sie hatten ungestillte Sehnsüchte, gescheiterte Ziele und vereitelte Begierden. Sie hatten ihre Hausarbeit.

Sie hatten nichts zu erwarten als noch mehr von alledem.

Unterdessen war Grace so deprimiert, daß sie manchmal morgens nicht aus dem Bett kam. Die Kinder waren so mit ihrem eigenen Leben beschäftigt, daß sie es kaum bemerkten. Sie hörten jedoch auf, ihre Freunde nach der Schule zu sich einzuladen, aus Furcht, Grace noch im Bett vorzufinden oder im Nachthemd, sich im Speisezimmerfenster oder in dem hohen Spiegel betrachtend, das Haar verfilzt, eine halb leergegessene Schachtel Doughnuts in der Hand.

William äußerte besorgt, es sei vielleicht Zeit für professionelle Hilfe. Er traf eine Verabredung mit einem Arzt, der im Ruf stand, in Sachen Frauenprobleme der allerbeste zu sein. Weil Grace so lethargisch war, erklärte sich dieser Arzt großmütig bereit, einen Hausbesuch zu machen.

Zuerst lockte er Grace mit Geduld aus dem Bett, und dann untersuchte er sie. Er war gründlich und gütig. Er leuchtete mit einer kleinen Lampe in ihre Augen und dann in ihre Ohren. Er prüfte ihre Reflexe, die schleppend waren, und fühlte ihren Puls, der langsam war. Er schob sein kaltes Stethoskop unter ihr Nachthemd und horchte ihr Herz vorne und hinten ab. Er tätschelte ihre Hand, die schlaff war, und maß ihren Blutdruck, der niedrig war. Er fragte, ob sie doppelt sehe, ob sie Kopfschmerzen, Übelkeit, Blähungen oder ein Kribbeln in Fingern und Zehen habe. Er erkundigte sich nach dem Zustand ihrer Fortpflanzungsorgane, der gut war, und nach ihrem Geisteszustand, der es offensichtlich nicht war.

Als er fertig war, lächelte er leutselig und nickte mit dem klugen Kopf. Er zeigte mit seinem langen Finger auf sie und sagte: »Sie sind in einer furchtbaren Verfassung, meine Liebe!« Das wußte Grace bereits.

»Können Sie mir helfen?« flüsterte sie verzweifelt.

»Natürlich«, erwiderte er herzlich. »Natürlich kann ich Ihnen helfen, doch Ihr Fall erfordert drastische Maßnahmen.« Er drehte sich um und sah auf die Uhr an der Wand. »Kommen Sie, kommen Sie, Sie haben keine Zeit zu verlieren!«

Der Arzt führte Grace die Treppe hinunter und in ihre schöne Küche. Grace zweifelte nicht an ihm. Er war Arzt. Sie hatte Vertrauen zu ihm.

Er bat sie, sich freizumachen. Sie gehorchte.

Er bat sie, sich auf den Tisch zu legen. Sie gehorchte. Das weiße Leinentischtuch war rein und weich unter ihrem bloßen Rücken.

Er berührte ihren anmutigen Hals und ihre grazilen Schultern. Er betastete ihre langen kupferroten Haare, die über die Tischkante hingen. Er bewunderte ihre üppigen, aber nicht schlaffen Brüste, ihre wohlgeformten, aber nicht ausladenden Hüften. Er beglückwünschte sie zu ihrem flachen Bauch und ihrem entzückenden Nabel.

Er deckte ihre langen Beine und ihre zierlichen kleinen Füße mit dem Ende des Tischtuchs zu und legte dann ein weißes Geschirrtuch auf ihre Brust.

Er öffnete seine Arzttasche und nahm eine Nadel heraus. Der Stich in ihren Arm war so winzig, daß sie ihn kaum spürte.

Als Grace einschlief, füllte sich die Küche mit den strömenden Strahlen von Sonnenlicht und perlmutternen Kissenwolken. Engel versammelten sich, die Geister von Frauen, Möchtegern-Kriegerinnen, umherziehenden Schwänen. Musik spielte, ein schwellender Himmelfahrtsmarsch, durchsetzt mit singenden Frauenstimmen.

Der Arzt hielt ein Messer in der Hand.

Er beugte sich über Grace, lächelte leutselig und nickte mit dem klugen Kopf.

Er machte einen sorgfältigen Schnitt in ihre linke Brust.

Noch einen Schnitt.

Noch einen.

Es kam kein Blut. Es kam kein Schmerz.

Dann riß er ihr das Herz heraus.

Ein ABC der Faustregeln für die Unerläßlichkeiten der modernen Zeit

Absentieren Sie sich von allen Versuchungen wie Neid, Stolz, Fast-food und Tages-Talk-Shows im Fernsehen. Wenn Sie der Versuchung des Neides erliegen, werden Sie zu einem verbitterten, verbogenen Menschen, der außerstande ist, an den glücklichen Liebesaffären und glänzenden Karrieretriumphen seiner Freunde teilzuhaben. Wenn die Sie ganz aufgeregt anrufen, um Ihnen zu erzählen, wie wunderbar ihr Leben ist, werden Sie das Thema wechseln. Bald werden sie nicht mehr anrufen, und Sie werden am Ende nicht nur verbittert und verbogen sein, sondern auch sehr einsam. Sie werden ganz allein zum Mittagessen gehen müssen.

Wenn Sie andererseits der Versuchung des Stolzes erliegen und aller Welt von Ihren zahlreichen beruflichen Leistungen und Ihrem unglaublichen Sexualleben erzählen, werden Sie ebenfalls am Ende das Mittagessen ganz allein einnehmen. (Trotz der vielen Selbsthilfebücher, die den Wert einer hohen Selbstachtung propagieren, finden die meisten Menschen es sehr lästig, wenn sie im wirklichen Leben damit konfrontiert werden. Die meisten Menschen treiben sich lieber mit Zeitgenossen herum, deren Selbstachtung so gering ist wie ihre eigene.)

Ein wirksames Gegenmittel gegen Neid und Stolz ist der Klatsch. Wenn Sie über einen früheren Freund oder eine frühere Freundin ein Geheimnis wissen, ist es Ehrensache, es den übrigen zu erzählen. Diese müssen selbstverständlich Geheimhaltung geloben, bevor sie hingehen und das üble Gerücht weiterverbreiten. Merken Sie sich, daß Klatsch ohne Namen, Daten und anschauliche Details nichts taugt. Merken Sie sich, daß alles, was Sie sagen, gegen Sie verwendet werden kann und wird, sobald es, und das tut es immer, den Weg zurückfindet zu der Person, deren Katze Sie aus dem Sack gelassen haben.

Das Resultat von all dem Neid, Stolz und Klatsch wird sein, daß eine Anzahl gehobener Innenstadtrestaurants sich jeden Tag zur Mittagszeit mit gutgekleideten Menschen füllt, die an hübschen kleinen Ein-Personen-Tischen ihre Mahlzeit einnehmen. Alle lesen beim Essen, um den Blicken der anderen einsam Speisenden auszuweichen.

Zu diesem folgenschweren Zeitpunkt fliehen Sie womöglich zu dem Fastfood-Schuppen über die Straße, wo Sie sich einen fettigen Doppel-Cheeseburger und einen Styroporkübel mit Pommes und Soße einverleiben können, ohne Gefahr zu laufen, jemanden zu treffen, den Sie kennen. Hier (und nur hier) können Sie sich mit einem vollkommen Fremden am Nebentisch in ein angeregtes Gespräch über die Talk-Show mit dem Thema »Meine Mutter kriegt ein Kind von meinem Freund« vertiefen, die Sie Montagnachmittag gesehen haben, als Sie zeitig mit der Arbeit fertig waren. Hier (und nur hier), wo Sie auf Ihrem orangefarbenen Plastikstuhl an Ihrem weißen Plastiktisch von Ihrem braunen Plastiktablett essen, dürfen Sie gefahrlos zugeben, daß Sie diese Sendungen lieben, weil sie beweisen, daß die Welt voller Verlierer ist, deren Leben viel, viel elender ist als Ihr eigenes.

Bekunden Sie Ironie, wo immer es möglich ist. In dieser Zeit des Zagens kann Sinn für Humor Ihr wertvollster Zug sein. Lernen Sie, überall eine Gelegenheit für Ironie zu wittern. Machen Sie sarkastische Bemerkungen über alles, was den meisten (weniger klugen) Leuten gewöhnlich am Herzen liegt. Gespräche, die nicht mit schlagfertigen Bemerkungen und selbstgefälligem Gelächter gespickt sind, lohnen sich selten. Geben Sie sich nie naiv oder sentimental, es sei denn mit einem ironischen Anflug. Wenn Sie sich bestimmter Zerstreuungen erfreuen, die nicht mehr als schick gelten, tun Sie dies unbedingt auf ironische Weise. Wenn Sie zum Beispiel einem Wochenend-Bowling-Verein angehören, kaufen Sie sich eigene zweifarbige Bowlingschuhe und eine türkis marmorierte Bowlingkugel, dazu eine Polyamidtragetasche mit Monogramm.

Um ein echter Meister der Ironie zu werden, müssen Sie lernen, ironisch zu sein, ohne überhaupt den Mund aufzumachen. Legen Sie sich ein ironisches Lächeln zu, eine ironische Garderobe, eine ironische (aber nicht unschmeichelhafte) Frisur und vor allem eine ironische Haltung, die es Ihnen ermöglicht, sich ironisch an jede verfügbare senkrechte Fläche zu lehnen, während Sie ironisch ein Glas Perrier oder Importbier trinken.

Nach so einem lächelnd und lümmelnd verbrachten Abend, während Sie gelegentlich kluge Kränkungen und Aphorismen von sich gaben, landen Sie möglicherweise zu Hause und schämen sich ein bißchen, fühlen sich vielleicht ein bißchen schmutzig, ein bißchen unaufrichtig. Es ist ratsam, dieses kleinliche Unbehagen zu ignorieren, denn nachdem Sie eine Nacht darüber geschlafen haben, werden Sie ganz erfrischt und voll ironisch wieder aufwachen. Das ist das Schöne an der Ironie: Wenn Sie den Dreh einmal raushaben, müssen Sie sich nie wieder ernst nehmen.

(Ein Wort der Warnung: Es gibt nach wie vor einige Verhaltensweisen und Zerstreuungen, die nie als ironisch eingestuft werden können. Hierzu gehören: jede Art von gewalttätigen und/oder sexuellen Verbrechen, rassistische Ornamente im Vorgartenrasen, das Tragen eines Nerzmantels, das Sammeln von Briefmarken, Eulen oder Einhörnern, das Lesen von pornographischen Magazinen, sich im Auto von jemand anderem übergeben, mit dem Mann der besten Freundin/der Frau des besten Freundes schlafen.)

Checken Sie, daß Sie sich glücklich schätzen können, wenn Sie einen befriedigenden Beruf, einen liebevollen Partner oder ein gut isoliertes (und geschmackvoll gestaltetes) Dach über dem Kopf haben. Wenn Sie alle drei haben, schätzen Sie sich wundersam beglückt. Versuchen Sie, nicht bei der Tatsache zu verweilen, daß Ihr ideales Leben im Grunde zu schön ist, um wahr zu sein, und daher höchstwahrscheinlich jeden Moment in sich zusammenfallen wird. Versuchen Sie, sich nicht zu oft vom Gefühl drohenden Unheils überwältigen zu lassen.

Wenn Sie meinen, Sie müssen (wenn auch nicht durch eigene Schuld) mit Leuten verkehren, deren Leben ein allgemeines Chaos ist, versuchen Sie, nicht herablassend zu sein. Versuchen Sie, mitfühlend und aufmunternd zu sein. Versichern Sie ihnen wiederholt, daß auch sie eines Tages das große Los ziehen werden. Unterdessen klammern Sie sich grimmig an alles, was Ihnen beschieden ist, und verleihen Sie weder Geld noch Ihren Trenchcoat oder Ihr Auto. (Mit anderen teilen ist eine edle Eigenschaft, die allen kleinen Kindern eingeimpft werden sollte, doch es ist ratsam, sie abzustreifen, sobald man ein erfolgreicher Erwachsener ist.) Wenn diese glücklosen Leute lästigerweise dauernd darauf herumreiten, was Sie für ein Glück gehabt haben, weisen Sie sie darauf hin, daß es nicht Glück, sondern lediglich Ihre gute Planung war. Versichern Sie ihnen wiederholt, daß das Leben ist, was man daraus macht, und daß am Ende jeder bekommt, was er verdient.

Dringen Sie in das Geheimnis der exotischen Speisen ein. Dies meint nicht Pizza, Spaghetti, Frühlingsrollen, Glückskekse, Pommes frites oder Baguettes. Dies meint erlesene ausgefallene Gerichte mit unaussprechlichen Namen und vielen exotischen (und teuren) Zutaten, die nur in Spezialgeschäften (oder im Extremfall über den Versandhandel) zu haben sind. Um diese Zutaten zu besorgen, müssen Sie durch die ganze Stadt rennen, den lieben langen Tag mit dem Rezept in der Hand kleine wohlriechende Läden abklappern. Mag dies auch recht zeitaufwendig sein, es erspart Ihnen das entnervende Einkaufserlebnis in einem großen Supermarkt, wo Sie gezwungen wären, sich wagenrempelnd unter unschmeichelhaftem Neonlicht auf das Niveau aller möglichen uninteressanten Leute zu begeben, die darauf aus sind, einen ganzen Wochenvorrat an Wiener Würstchen, Weißbrot, Dosenerbsen, Streichkäse und Hamburgerhilfe zu erwerben, mit dem sie dann ihre vielen Kinder ernähren, die jetzt in ihren Einkaufswagen herumfahren, während sie aus Leibeskräften schreien und Sprühdosen mit Fertigschlagsahne auf den Boden schmeißen.

Durch Vervollkommnung Ihrer exquisiten Mahlzeit-für-Mahlzeit-Einkaufstechnik werden Sie es am Ende nur noch gelegentlich für nötig befinden, sich in einen Supermarkt zu begeben, um so ungenießbare, dennoch nützliche Vorräte wie Bohnerwachs, Waschpulver, Geschirrspülmittel und Toilettenpapier zu kaufen.

(Bitte beachten Sie: Wenn Sie in stressigen oder trägen Zeiten doch einmal die Lust auf bestimmte Speisen überkommt, die nur in Supermärkten erhältlich sind – etwa Karamelpudding, Tiefkühlwaffeln, Büchsenfleisch oder Froot Loops –, dann denken Sie daran, daß Sie diese ausschließlich heimlich bei sich zu Hause verzehren dürfen, vorzugsweise am späten Abend, während Sie in Flanellschlafanzug und Häschenpantoffeln vor dem Fernseher sitzen. Derartige abwegige Schwelgereien sind nur hinnehmbar, wenn Sie sie als *Komfortverpflegung* bezeichnen und niemand Ihnen beim Essen zusieht.)

Entwickeln Sie bei Ihrer Kleidung eine Vorliebe für die Farbe Schwarz, insbesondere wenn Sie (und sei es nur am Rande) mit Belangen künstlerischer oder literarischer Art zu tun haben. Bei jeder Gelegenheit ist Schwarz nicht nur passabel, sondern unbedingt erste Wahl.

Beim Kauf von Kleidung werden Sie erfreut entdecken, daß den verfügbaren Variationen innerhalb dieser Farbvorlage offenbar keine Grenzen gesetzt sind. Sie werden feststellen, daß schwarze Kleidungsstücke wie Schneeflocken sind: Keine zwei sind genau gleich. Sie sollten sich folgende Stücke in so vielen Varianten wie möglich zulegen: das kleine schwarze Kleid, das kleine schwarze Kostüm, die kleine schwarze Bluse, den kleinen schwarzen Pulli, den kleinen schwarzen Rock, die kleine schwarze Hose.

Was Accessoires anbelangt, werden Sie sich eine umfassende Kollektion an schwarzen Gürteln, schwarzen Handschuhen, schwarzen Strümpfen, schwarzen Schals und schwarzen Schuhen zulegen wollen. (Schwarze Unterwäsche ist und bleibt eine Sache des persönlichen Geschmacks, und Sie sollten sich klarmachen, daß sie häufig zu Mißverständnissen führt.) Eine schwarze Lederjacke wird nicht mehr ausschließlich als Motorradmontur getragen, sondern gilt heute in allen Gesellschaftsschichten als geschmackvoll.

Die Wandlungsfähigkeit schwarzer Kleidungsstücke ist grenzenlos. Eine einheitlich schwarze Garderobe erhebt nicht nur das Kombinieren zur schönen Kunst, sie ist auch keinen jahreszeitlichen Einschränkungen unterworfen. Während es immer noch als unschicklich gilt, nach dem ersten Montag im September Weiß zu tragen, ist Schwarz bei einem Picknick ebenso angebracht wie bei einer Weihnachtsfeier.

Wenn Sie gelegentlich den Drang verspüren, aus dieser Einfarbigkeit auszubrechen, dürfen Sie sie (mit diskreter Zurückhaltung) durch Einzelteile in folgenden Tönen ergänzen: Weiß, Wollweiß, Eierschale, Elfenbein, Ecru, Beige, Hellbraun, Ocker und Auster. Unter gar keinen Umständen ist eine Ergänzung in Limonengrün, Knallpink oder Neonorange statthaft. Wenn das Geschäft, in dem Sie sich eindecken wollen, Kleidung in irgendeiner dieser Farben führt, sind Sie am falschen Ort und sollten die Räumlichkeiten unverzüglich verlassen.

Finden Sie einen guten Therapeuten, egal, ob Sie meinen, daß Sie ihn brauchen oder nicht. Alles spricht dafür, daß Sie ihn, wenn nicht jetzt gleich, früher oder später (wahrscheinlich früher) brauchen werden. Die Wahl eines Therapeuten ist ein komplizierter Vorgang, bei dem Sie sich ausgiebig der Betrachtung von Alter, Geschlecht, Kleidung, sexueller Neigung und Referenzen jedes Kandidaten widmen müssen. Versäumen Sie auch nicht, Lage und Einrichtung seiner Praxis einer Bewertung zu unterziehen. Nehmen Sie eine gründliche Überprüfung vor, um sich bei jedem Kandidaten ein klares Bild von seiner Erfolgsquote bei anderen Patienten zu verschaffen. Wenn zum Beispiel der unausgeglichenste, milieugestörteste Mensch, den Sie kennen, in den letzten zwanzig Jahren zweimal wöchentlich denselben Therapeuten ohne die Spur eines Fortschritts aufgesucht hat, gehen Sie nicht hin. Hüten Sie sich auch vor jedem Therapeuten, der Ihren Ehemann, Ihren Ex-Mann, Ihren Geliebten, Ihre beste Freundin, Ihren Chef oder Ihre Putzfrau behandelt.

Der Vorteil, lange vor Eintritt einer Krise einen Therapeuten zu beschäftigen, liegt darin, daß Sie und Ihr Therapeut zu dem Zeitpunkt, wenn Sie völlig zusammenbrechen, den Marsch durch die emotionalen Narben, die Ihnen im Alter zwischen drei und zwölf Jahren zugefügt wurden, durch die seelenvernichtende Demütigung der Zeit des Heranwachsens, die substanzangreifende Schädigung des jungen Erwachsenen und den Vulkanausbruch Ihrer ersten Ehe schon hinter sich haben. Nachdem diese Themen abgehakt sind, werden Sie nun imstande sein, sich ohne weiteres Tamtam dem vorliegenden Nervenzusammenbruch zuzuwenden.

Greifen Sie zu einer kleinen List und unterschlagen Sie sämtliche früheren Begebenheiten oder Indiskretionen, die Sie nicht im besten Licht zeigen. Es ist zum Beispiel nicht nötig, das Wochenende zu erwähnen, an dem Sie mit einer Motorradbande einen Zug durch die Gemeinde gemacht haben, oder das Jahr, in dem Sie total pleite waren und sich von Fertiggerichten und Mortadella ernährt haben, oder das eine Mal, als Sie sich auf einer Party betrunken und die Nacht mit einer Schnellimbißköchin verbracht haben, an deren Namen Sie sich am nächsten Morgen nicht erinnern konnten. Bewahren Sie sich solche unschmeichelhaften Erinnerungen für Ihren Therapeuten auf.

Die Vorstellung, daß ein Ausbruch bekennender Ehrlichkeit von anderen als liebenswert betrachtet wird und daß man Sie wegen Ihrer unerschrockenen Aufrichtigkeit um so mehr mag, ist vollkommen falsch. In Wahrheit können Sie unmöglich etwas erreichen, wenn Sie sich selbst schlechtmachen, und die Leute, denen Sie solche Vorkommnisse eingestanden haben, werden Ihnen nie gestatten, sie zu widerrufen.

Nehmen Sie lieber eine revisionistische Haltung gegenüber Ihrer Vergangenheit ein. Ihr Ziel sollte sein, jedermann glauben zu machen, daß Sie immer so redlich, weltoffen und wohlhabend waren wie heute.

Halten Sie zu allem eine Meinung parat. Erwecken Sie den kultivierten Eindruck, daß nichts in der modernen Welt Ihrer Aufmerksamkeit entgangen ist. Stellen Sie den erstaunlichen Umfang Ihres Wissens sooft wie möglich unter Beweis. Dieses Wissen sollte alle Themengebiete umfassen. Sie sollten zum Beispiel in der Politik auf Weltniveau bestens versiert sein. (Vertrautheit mit Kommunalpolitik ist erwünscht, aber nicht Bedingung.) Sie müssen mit dem nationalen wie dem globalen Zeitgeschehen Schritt halten. Lassen Sie sich aber nie dabei beobachten, wie Sie sich tatsächlich in diese Themen *vertiefen.* Dafür sind Sie viel zu beschäftigt. Die Leute werden staunen, wie gut Sie informiert sind, und daraus folgern, daß Sie sich einen solchen Informationsreichtum durch Osmose angeeignet haben müssen.

Sie sollten ein Experte für sämtliche Formen von Kunst, Musik, Theater, Tanz und Literatur sein. Bilden Sie sich eine Meinung über alle zeitgenössischen Bücher, ob Sie sie tatsächlich gelesen haben oder nicht. Dasselbe gilt für Filme, ausländische wie einheimische, von denen Sie immer als *Filmkunst* sprechen müssen. Es gereicht Ihnen zum Vorteil, wenn Sie sich auch eine Meinung über alle jüngsten Neuerungen auf medizinischem und ernährungswissenschaftlichem Gebiet, über alle technischen Fortschritte, Wetterentwicklungen, Modetrends und spektakulären Mordprozesse bilden.

Scheuen Sie sich nicht, besagte Meinungen zu allem zu äußern. Tun Sie dies mit absoluter Sicherheit und unerschütterlichem Gleichmut. Tun Sie dies auf eine so nachdrückliche und überzeugte Art, daß alle abweichenden Meinungen lächerlich aussehen. (Halten Sie mit Ihrem Urteil nicht hinter dem Berg. Seien Sie nicht duldsam mit Dummköpfen.)

Sollten Sie jemals in der bedrückenden Lage sein, keine Meinung zu haben, stimmen Sie wiederholt der Meinung zu, die derjenigen, die Sie haben würden, wenn Sie eine hätten, am nächsten kommt. Geben Sie diese Zustimmung zur Kenntnis, indem Sie wiederholt mit höchster Begeisterung ausrufen: »Absolut!«

Identifizieren Sie die Welt, in der Sie das Sagen hätten, als einen viel freundlicheren, saubereren, zivilisierteren Ort: einen Ort, der längst befreit wäre von Rap-Musik, Bettlern, Staubsaugervertretern, Televerkäufern, unverschämten Parkplatzwächtern, Samtgemälden, Kitschromanen, Plastikbestecks, Styroporkaffeebechern, Tiefkühlpizza und Nachspeisen, die mit bunten Marshmallows und Kokosraspeln verziert sind. Lassen Sie durchblicken, daß Sie in Bekleidung Ihrer rechtmäßigen Stellung als weltweiter Vertreter des guten Geschmacks unverzüglich eine Politik von null Toleranz für Polyester, Polyamid, Knittersamt, orangefarbene Satintagesdecken und Leopardenleggings vertreten werden.

Jonglieren Sie zwischen diversen Clubs oder Vereinen, wo Sie wahrscheinlich Leuten begegnen werden, die noch interessanter und einflußreicher sind als die Leute, die Sie schon kennen. Wenn Sie zum Beispiel in den Fitneßclub in der Innenstadt eingetreten sind, finden Sie sich womöglich eines Tages auf dem Rudergerät neben dem Mann wieder, dem die renommierteste Kunstgalerie der Stadt gehört. Im Falle so einer unverhofften Begegnung müssen Sie in der Lage sein, eine intelligente kritische Diskussion über den Surrealismus vom Stapel zu lassen und durchzuführen, ohne zu ächzen, zu stöhnen oder diesen Herrn mit Ihrem Schweiß zu bespritzen.

Die Entscheidung, welchen Club Sie mit Ihrer Anwesenheit beehren, muß sehr sorgfältig erwogen werden. Treten Sie nicht in einen Club für Alleinlebende ein, wenn Sie nicht tatsächlich allein leben. Schließen Sie sich keiner Gruppe an, die spiritistische Sitzungen abhält, bei denen die Mitglieder versuchen, mittels der Alphabettafel mit den Geistern ihrer toten Verwandten Verbindung aufzunehmen. Treten Sie in keinen Club ein, dessen Mitglieder sich mit einem geheimen Händedruck begrüßen und unkleidsame Uniformen (etwa weiße Laken oder glänzende rote Anzüge mit komischen Bommelhüten) tragen müssen. Treten Sie keinem Verein bei, der seinen Treffpunkt als »Clubhaus« bezeichnet. In so einem Fall sind Sie entweder in eine Vorschulspielgruppe oder eine Motorradbande gestolpert.

(Bitte beachten Sie: Wenn Sie beschließen, in einen Club einzutreten, der sich einer sportlichen Betätigung widmet, sei es Abfahrtsskilauf, Synchronschwimmen, Rasenkegeln, Federball, Tennis oder Darts, sollten Sie unbedingt schon in dieser Sportart bewandert sein, um sich keine ernsten Verletzungen zuzuziehen und sich nicht vor einem Haufen vollkommen Fremder zu blamieren.)

Kinder sind nicht überall gleich gern gesehen, weshalb Sie bedenken sollten, daß andere Leute von Ihren Kindern vielleicht nicht so entzückt sind wie Sie selbst. Auch Leute, die bis zur Raserei vernarrt sind in ihre eigenen Kinder, sind vielleicht nicht annähernd so vernarrt in Ihre. Machen Sie sich klar, daß das alte Sprichwort, Kinder soll man sehen und nicht hören, heute so gültig ist wie einst, selbst wenn im Laufe der Jahre viele traditionelle Vorstellungen auf der Strecke geblieben sind. Tatsächlich darf dieser gute Rat heute durch den Zusatz ergänzt werden, daß man von Kindern nicht zuviel sehen oder hören soll.

Denken Sie daran, daß kleine Kinder in feinen Restaurants, bei Dichterlesungen oder in der Oper selten willkommen sind. (Sie sind auch in Flugzeugen nicht gern gesehen, aber manchmal läßt sich ihre Anwesenheit dort nicht vermeiden.) Denken Sie daran, daß kleine Kinder für andere Leute am ergötzlichsten sind, wenn sie zu Hause unter der wachsamen Aufsicht eines zuverlässigen Babysitters schlafen.

Die Inanspruchnahme der Dienste besagten Babysitters ist ein wichtiges Thema, das im Geburtsvorbereitungskursus gewöhnlich nicht behandelt wird, aber eigentlich dorthin gehört. Vorkehrungen für einen solchen Ersatz-Kinderhüter sollten schon lange vor dem Geburtstermin getroffen werden. Noch bevor Sie mit der Einrichtung des Kinderzimmers beginnen, sollten Sie eine umfassende Liste von Leuten zusammenstellen, die für die nächsten circa dreizehn Jahre kurzfristig zur Verfügung stehen werden. Die begehrenswertesten Babysitter sind Erwachsene, die selbst kein geselliges Leben führen. Sie dürften nicht nur zuverlässiger sein, sie müssen auch nicht um zehn zu Hause sein, wenn die Party, die Sie besuchen, erst um halb zehn losgeht.

(Ein kleiner, aber wichtiger Punkt: Es ist nach wie vor gute Elterngepflogenheit, zu jeder Zeit Photographien von Ihren Kindern in der Brieftasche mit sich zu führen. Aber wenn Sie diese bei einem Geschäftsessen oder einer eleganten Abendgesellschaft herumzeigen, denken Sie daran, daß das Maximum von zwei Photographien pro Kind unbedingt einzuhalten ist.)

Lassen Sie die Frage »Was ist der Sinn des Lebens?« von Leuten klären, deren Naturell sie von Haus aus für diese Aufgabe prädestiniert, als da sind: Philosophen, Dichter, tibetanische Mönche und andere depressive Typen, die die Ränder der modernen Gesellschaft bevölkern. Diese Frage führt durch einen metaphysischen Mutationsprozeß unweigerlich zu weiteren Fragen wie: »Wer bin ich eigentlich? Warum bin ich hier? Gibt es ein Leben nach dem Tode? Wer hat die Plastikregenhüte erfunden? Wozu brauchen wir blaues Toilettenspülwasser?« Reifliche Überlegungen auf diesen Gebieten werden Sie zu dem Schluß führen, daß es auf solche Fragen keine Antworten gibt. Dies wiederum wird zu einer Migräne und zu dem Verdacht führen, daß das Leben am Ende vielleicht doch nicht lebenswert ist.

Bedenken Sie, daß Ihr Leben, auch wenn Stilgefühl, ein vollgestempelter Paß und ein Armanikostüm es nicht unbedingt sinnvoller machen, durch diese Dinge doch entschieden befriedigender wird. So wie Sie nicht unbedingt verstehen müssen, wie ein Verbrennungsmotor funktioniert, um Ihren silbernen Rolls Royce zu fahren, so ist das Wissen um den Sinn des Lebens keine Voraussetzung, um gut zu leben. Bedenken Sie, daß ein neuer silberner Rolls Royce mit einer Innenausstattung aus echtem Leder und Holz nach demselben Prinzip funktioniert wie ein alter gelber Honda Civic ohne Stoßdämpfer. Welchen würden Sie lieber fahren? Nun, das ist eine Frage, die zu stellen sich lohnt.

(Ein hilfreicher Hinweis: Wenn Sie gelegentlich feststellen, daß die Frage nach dem Sinn des Lebens trotz all Ihrer Bemühungen, sie zu ignorieren, beharrlich ihr häßliches Haupt erhebt, so ist es das beste, sie, und zwar ausschließlich, mit Ihrem Therapeuten zu besprechen. Solche Themen sind geistreichen Gesprächen im allgemeinen nicht zuträglich, und Ihr Gesellschaftsleben würde entsprechend leiden. Ihr Therapeut jedoch könnte imstande sein, diese spezielle Preisfrage ein wenig zu erhellen, und er wird Sie gern mit Begriffen wie *Existentialismus, Midlife-crisis* und *klinisch depresssiv* vertraut machen.)

Meistern Sie in Ihrer Freizeit viele nützliche und ausgefallene Fertigkeiten. Die Möglichkeiten sind hier unendlich. Für den Anfang sollten Sie Glas blasen, Pfauen züchten, Wasserpolo spielen, eine Holzhütte bauen, Beton mischen, Spitzen klöppeln, Kühe melken, Klarinette blasen, ein kleines Flugzeug fliegen, Papier schöpfen, Wolle spinnen, einen Automotor austauschen, Orchideen pflanzen, Brezeln formen und Lockvögel schnitzen lernen. (Selbstverständlich sind Sie bereits versiert im Backen, Nähen, Weben, Goldschmieden, Programmieren und in Unterwasserphotographie.)

Je mehr Fertigkeiten Sie meistern, um so mehr Leute werden Ihnen ins

Gesicht sagen, daß sie Sie bewundern, und hinter Ihrem Rücken über Sie herziehen. Seien Sie nachsichtig mit ihnen. Die sind bloß neidisch. Überzeugen Sie sie, daß auch sie von einem Abendkursus in Origami, Polstern oder Kunstgeschichte unendlich profitieren können. Es sei denn natürlich, sie würden es vorziehen, von Ihnen persönlich zu lernen.

Niemals Ohrringe in Gestalt von Katzen, Hunden, Pferden, Kürbissen, Truthähnen, Palmen oder Weihnachtsmännern tragen.

Niemals billiges Shampoo benutzen.

Niemals Brezeln als Vorspeise reichen. (Es sei denn natürlich, Sie haben sie selbst gebacken.)

Niemals in der Öffentlichkeit eine Jogginghose tragen (nicht mal die schwarze).

Niemals Sandalen mit Socken oder weiße Turnschuhe zum Straßenanzug tragen.

Niemals im Restaurant bar bezahlen. Benutzen Sie stets Ihre goldene Kreditkarte.

Niemals Bier (oder gar Wein) aus der Flasche trinken.

Niemals in Gegenwart anderer Leute sich die Haare kämmen, in den Zähnen stochern, sich die Nase putzen oder sich irgendwo unterhalb der Schultern kratzen.

Niemals bekennen, daß Sie sich einst ein Paar Schuhe bei Wal-Mart gekauft haben.

Niemals zugeben, daß Sie keine Eierfrüchte mögen, auch wenn sie *Auberginen* genannt werden.

Niemals zugeben, daß Sie einen Fehler gemacht haben. (Sie können sich geirrt, aber niemals einen regelrechten Fehler gemacht haben.)

Offerieren Sie freigebig Ratschläge. Auch wenn Ihre Freunde und Bekannten Sie auf den ersten Blick vielleicht nicht um Rat zu bitten scheinen, haben sie ihn in Wahrheit immer nötig. Auch wenn sie vielleicht behaupten, sich nur jemanden zu wünschen, der sich ihre Probleme *anhört,* wünschen sie sich in Wahrheit jemanden, der sie *löst.*

Das Hauptgebiet des modernen Lebens mit den nachdrücklichsten und dringlichsten Bitten um Rat ist natürlich die Liebesbeziehung. Vorausgesetzt,

Sie haben eine perfekte Beziehung (komplett mit Aufrichtigkeit, Achtung, großartigem Sex und halbe-halbe Teilung aller Haushaltspflichten und -kosten), wer könnte wohl besser geeignet sein, die überaus schwere Verantwortung zu übernehmen, anderen zu sagen, wie sie ihr Liebesleben zu gestalten haben?

Solcherlei Rat wird am besten in kleinen intimen Gruppen von zwei oder drei Personen erteilt, die sich bei einem schmackhaften Mittagsmahl mit reichlich Knoblauch, gefolgt von vielen Tassen frisch gemahlenem Kaffee und/oder vielen Gläsern gutem Weißwein, versammelt haben. Unter solch anregenden Umständen wird fast jeder freiwillig sein Herz ausschütten. Hören Sie höflich zu, während Sie weise nicken, warmherzig lächeln und je nach Erfordernis Hände tätscheln. Sobald das anstehende Problem umfassend zur Sprache gebracht wurde und Sie den Ernst der Lage erfaßt haben, sind Sie mit dem Reden an der Reihe. Beginnen Sie mit dem Satz: »Nun ja ... *ich* weiß, was *ich* tun würde, wenn *ich* du wäre.« Erklären Sie sodann genau, was Sie tun würden, was auch genau das ist, was er oder sie tun sollte. Auch wenn man Ihrer Empfehlung zu einer Affäre, einer Scheidung oder ein, zwei Jahren Enthaltsamkeit zunächst aufgebracht oder ablehnend gegenüberstehen mag, wird man es Ihnen am Ende danken – selbst dann, wenn man in der Zwischenzeit nicht mehr mit Ihnen spricht und häufig auf die andere Straßenseite wechselt, um einer Begegnung mit Ihnen auszuweichen.

(Ein Ratschlag für routinierte Ratgeber: Fühlen Sie sich nicht verpflichtet, sich auf Ratschläge in Liebesdingen zu beschränken. Erweitern Sie Ihr Tätigkeitsfeld und bieten Sie Beratung für eine Reihe diverser Themen an, inklusive Heimverschönerung, Innendekoration, Berufs- und Elternschaftstaktiken, medikamentöse Behandlung, biologisches Gärtnern, vietnamesische Küche, Aerobicübungen und die beste Marke Minzbonbons.)

Präparieren Sie sich gründlich vor der Teilnahme an jedem bedeutenden gesellschaftlichen Ereignis. Besorgen Sie sich als erstes eine Abschrift der Gästeliste, damit Sie wissen, wer sonst noch da sein wird. Ermitteln Sie möglichst genau, wer von diesen Leuten im Augenblick nicht mit Ihnen spricht und welche dieser Leute nicht miteinander sprechen.

Ermessen Sie das Ausmaß dieser diversen Zerwürfnisse, um auf mögliche Ausbrüche ungebührlicher Wortgefechte und/oder Faustkämpfe gefaßt zu sein. Gut gewarnt ist gut gewappnet, wie es so schön heißt. Wenn Sie dies alles im voraus bedenken, werden Sie auf jegliche unangenehmen Begegnungen vorbereitet sein, und es ist zugleich eine sinnvolle Erinnerung, wen Sie gefahrlos beleidigen können und vor wem. Wenn Sie eine unvermeidliche Konfrontation irgendeiner Art voraussehen, proben Sie vorweg, was Sie sagen werden. Es gibt nichts Schlimmeres, als unvorbereitet jemandem in die Hände zu fallen, der während der letzten zwei Wochen unentwegt unangenehme Nachrichten auf Ihrem Anrufbeantworter hinterlassen hat.

Wenn möglich, finden Sie auch heraus, wer was anziehen wird, um jede unbeabsichtigte peinliche Doppelung von modischen Auftritten zu vermeiden.

Wenn wichtige Leute, mit denen Sie noch nicht bekannt sind, auf der Gästeliste stehen, finden Sie die jeweiligen Spezialgebiete der besagten Leute heraus und machen Sie sich kundig. Wenn ein Mikrobiologe, ein Physiktheoretiker, ein Paläontologe, ein weltberühmter Neurochirurg und ein veritabler Dichter unter den Gästen sein werden, erwerben Sie wenigstens Grundkenntnisse über jeden dieser Fachbereiche, die Sie dann im Laufe des Abends nach Lust und Laune anbringen können. Hinterlassen Sie den deutlichen Eindruck, daß Sie auf allen Gebieten eine Koryphäe sind. (Seien Sie versichert, daß dies, egal, was alle sagen, nicht dasselbe ist wie ein Besserwisser.)

Quittieren Sie das Rauchen, das Trinken bis zum Exzeß und das Hören lauter Rock-and-Roll-Musik. Rauchen ist heute kein tolerierbares Laster mehr. Wenn Sie darauf beharren, werden Sie feststellen, daß es zunehmend schwerer wird, einen Ort zu finden, wo das Rauchen noch gestattet ist. Die meisten dieser verbliebenen Orte befinden sich im Freien.

Infolgedessen werden Sie sich als eingefleischter Raucher wiederholt mit einer Gruppe anderer Raucher auf Veranden, Innenhöfen, Balkonen, Parkbänken, Parkplätzen, Gäßchen und Türschwellen von Bürogebäuden, eleganten Restaurants und Vier-Sterne-Hotels zusammengedrängt wiederfinden. In neun von zehn Malen wird es regnen, schneien oder unter null Grad sein. Diese Gepflogenheit wird Sie dazu bringen, sich mit allen möglichen Leuten zusammenzutun, die Sie unter normalen Umständen nicht mal grüßen würden.

Ähnlich wird Trinken bis zum Exzeß nicht mehr als attraktiv angesehen (nicht mal in jenen Kunst- und Literaturzirkeln, die einstmals berühmt waren für ihren Alkoholkonsum). Es gilt nicht mehr als bewundernswerte

Leistung, sämtliche Freunde unter den Tisch zu trinken. Heutzutage sollten Sie sich an einem geselligen Abend auf ein, zwei Gläser Wein beschränken und dann zu Kaffee übergehen. Das Konsumieren großer Kaffeemengen am späten Abend wird Ihnen am Morgen einen ebensolchen Kater bescheren, als wenn Sie am Vorabend mit Leichtigkeit zwei Flaschen Wein konsumiert hätten. Aber Sie werden sich nicht der demütigenden Aufgabe stellen müssen, alle anzurufen und zu fragen, was Sie gestern abend gemacht haben. Noch besser als in Maßen zu trinken ist totale Abstinenz. Während Sie selbst vollkommen nüchtern bleiben, werden Sie mit unendlichem Vergnügen beobachten, wie Ihre Freunde im Laufe des Abends immer blöder werden.

Das Hören lauter Rock-and-Roll-Musik ist eine Zerstreuung, der sich nur von Angstzuständen befallene Jugendliche hingeben sollten. Nach Erreichen eines bestimmten Alters sollten Sie sich ausschließlich klassische Musik, Opern, Jazz und/oder Walgesänge anhören. Ein gelegentlicher Ausbruch mit den Rolling Stones ist hinnehmbar, aber nur aus nostalgischem Anlaß. Darüber hinaus ist jede Musik, die zum Tanzen, Mitsingen oder zum Sich-die-Augen-Ausheulen anregt, nichts weiter als jugendliche Torheit und sollte um jeden Preis gemieden werden.

Regulieren Sie Ihr inneres Gleichgewicht, indem Sie jederzeit eine Aura von Selbstbewußtsein, Selbstvertrauen und Selbstbeherrschung ausstrahlen. Verströmen Sie ein Flair von Raffinesse, Reife und Überlegenheit wie ein sündhaft teures Parfüm. Unterdrücken Sie den Drang, jemals jemandem anzuvertrauen, daß Sie sich manchmal unzulänglich, unterlegen, unsicher, unbedeutend und leicht unterdrückt (von Ihrem Chef, den Freunden Ihrer Kinder und/oder Ihrem Friseur) fühlen. Gestehen Sie nie ein, daß Sie sich ängstlich, unbeholfen, unattraktiv oder sehr verletzlich fühlen. Es gereicht Ihnen nicht zum Vorteil, zuzugeben, daß auch Sie sich vor dem Sterben fürchten und sich der Tatsache voll bewußt sind, daß alle Zuversicht und aller guter Geschmack der Welt Sie nicht unsterblich machen. Geben Sie insbesondere nicht zu (nicht einmal vor Ihrer besten Freundin), daß Ihnen manchmal den ganzen Tag ohne Grund zum Heulen zumute ist und Sie manchmal genau dies tun. Es gibt nichts Schlimmeres, als von jemandem bemitleidet zu werden.

Scheuen Sie keine Mühen oder Kosten, wenn es darum geht, das eigene Heim zu möblieren und zu dekorieren. Auch wenn Sie vielleicht zu beschäftigt sind, um sich viel zu Hause aufzuhalten, Ihr Heim ist nun mal Ihre Burg und muß entsprechend eingerichtet sein. Das Beste ist gerade gut genug. Bei der Innenausstattung (wie auf vielen anderen wichtigen Gebieten) ist es einfacher zu wissen, was Sie *nicht* wollen, als *was* Sie wollen. Versagen Sie sich jeden Einrichtungsstil, der das Wort *modern* enthält und Polyamid, Karomuster, Zottelteppiche, Lavalampen, senkrecht geschlitzte Jalousien sowie die Farben Orange, Lila und/oder Avocado umfaßt. Kaufen Sie niemals einen Gegenstand, auf dessen Verpackung steht: *Von echtem Holz nicht zu unterscheiden* oder *Zum Selbstzusammenbauen.* Meiden Sie alles, was als unecht beziehungsweise *faux* bezeichnet wird, denn von da ist es nur ein Katzensprung zum *faux pas.*

Es gibt auf diesem Gebiet viele Gebote, die befolgt werden müssen. Die drei wichtigsten sind, immer korrekt auf der traditionellen Seite bleiben, sein Heim jederzeit makellos sauberhalten und niemals den Fernsehapparat ins Wohnzimmer stellen.

Tolerieren Sie keine Leute, die Ihnen jemals öffentlich widersprochen, nicht über Ihre schlagfertige Bemerkung gelacht, Ihr Recht, ihnen zu raten, sich nach professioneller Hilfe umzusehen, bestritten, Ihren Mann/Ihre Frau (Ihr Kind, Ihre Kleidung, Ihre Haarfarbe, Ihre Vorspeise oder Ihr Verständnis von Experimentaltheater) kritisiert haben. Hegen Sie für alle Zeit einen Groll gegen diese Leute. Hegen Sie insbesondere einen Groll gegen alle, die Ihnen jemals gesagt haben, Sie sähen müde aus, wenn Sie gar nicht müde waren.

Während Sie sich im geheimen in ausgiebigen Rachephantasien ergehen, wie diese Leute ein für allemal auf dramatische Weise gedemütigt werden, geben Sie diesem Groll in der Öffentlichkeit auf die feine Art Ausdruck. Vergessen Sie, diese Leute auf Ihre Sommersonnenwendfeier einzuladen. Vergessen Sie, sie an ihrem Geburtstag anzurufen. Löschen Sie ihre Nummern aus Ihrem Telefonspeicher. Rufen Sie nicht zurück. Sagen Sie ihnen, Ihr Anrufbeantworter sei kaputt. Verlieren Sie den Schirm, das Buch, die Napfkuchenform, die Glacélederhandschuhe, die Sie sich geliehen haben.

Wenn Sie diesen Leuten in der Öffentlichkeit begegnen, umarmen Sie sie nicht und küssen Sie sie nicht auf beide Wangen, wie Sie es bei Ihren *wahren* Freunden tun. Sagen Sie ihnen, Sie hätten sie letzten Samstag in der Stadt nicht gesehen, als Sie in das chinesische Lebensmittelgeschäft gingen und sie gerade herauskamen. Wenn irgendwelche von diesen Leuten so kindisch sind, Sie zu fragen, ob Sie ihnen aus dem Weg gehen, sagen Sie ungläubig: »Aber wo denkst du hin! Warum sollte ich so etwas tun? Wirklich, du solltest mich besser kennen!«

Unter allen Umständen müssen Sie sich vergegenwärtigen, daß das durchschnittliche Vorstadteinkaufszentrum für eine Klasse von Menschen ersonnen wurde, zu der Sie nicht gehören. Solche Stätten sollten nur im äußersten Notfall aufgesucht werden. Sie können zum Beispiel im November nützlich sein, wenn Sie Ihre letzten Weihnachtseinkäufe tätigen. (Es erübrigt sich zu sagen, daß Sie nicht zu denen gehören, die diese Besorgungen bis zur allerletzten Minute aufschieben.) Es könnte, wenngleich nicht durch Ihre eigene Schuld, auf Ihrer umfangreichen Weihnachtsliste eine Handvoll Leute (Verwandte, Angestellte, Nachbarn und dergleichen) geben, deren Geschmäcker nach der Sorte Waren ausgerichtet sind, die ausschließlich in Einkaufszentren geführt werden.

Wenn Sie kleine Kinder haben, sehen Sie sich vielleicht gezwungen, das Einkaufszentrum an einem regnerischen Samstagnachmittag aufzusuchen, wenn Sie unmöglich mit ihnen in den Park gehen können. (Seit Sie ein Vater/eine Mutter sind, werden Sie sich häufig Dinge tun sehen, bei denen Sie sich früher nicht hätten erwischen lassen mögen. Dazu gehört der Verzehr von Hamburgern oder Pizza in der Freßmeile des Einkaufszentrums, wo Sie umringt sind von anderen Familien auf der verzweifelten Suche nach einem Zeitvertreib sowie von schmuddeligen Halbwüchsigen und Erwachsenen, die offensichtlich hier sind, weil es ihnen gefällt.) Nachdem sie ein, zwei Stunden mit nachschleifenden Wintermänteln durch das überheizte Einkaufszentrum geschleppt wurden, werden Ihre Kinder nur zu bereitwillig nach Hause gehen und ein Schläfchen machen.

Sich durch ein überfülltes, lautes, oft übelriechendes Einkaufszentrum zu wälzen, kann Ihrem Image oder Ihrer Moral unmöglich zuträglich sein. Viele Ausflüge ins Einkaufszentrum enden damit, daß alle im Auto auf dem Parkplatz plärren.

Seien Sie bestrebt, nicht der Typ Mensch zu sein, der sich vorstellen kann, einen mit Plastikplatzdeckchen, Staubsaugerbeuteln, lila Stoffdino, Toilettenbürste, Unkrautvernichter, Hamsterkäfig und einem Zwanzig-Pfund-Sack Katzenstreu beladenen Wagen durchs Einkaufszentrum zu schieben.

Verplempern Sie nicht Ihre kostbare Zeit, sondern organisieren Sie sie klug. Bei all den Dingen, die Sie tun, all den Orten, die Sie aufsuchen, und all den Leuten, die Sie treffen müssen, ist Ihre Zeit Ihr höchstes Gut. Da anzunehmen ist, daß Sie zusätzlich zu all diesen Betätigungen täglich eine gewisse Anzahl Stunden der Berufsausübung widmen müssen, ist eine durchdachte Zeitplanung um so unerläßlicher. Legen Sie sich zu diesem Zweck eine Reihe Mittel und Methoden zu. Am allerwichtigsten ist ein ledergebundener, goldgeprägter Terminplaner. (Wahlweise mit Reißverschlußhülle, die stets Eindruck macht.) Entscheiden Sie sich unbedingt für einen Kalender mit je einer Seite für einen Tag. Ihr geschäftiges Leben kann unmöglich auf fünf Quadratzentimeter weißem Raum Platz finden.

Durch die jüngsten technischen Entwicklungen ist Zeitplanung noch komplizierter und zeitraubender geworden. Sie möchten sich diese Fortschritte vielleicht zunutze machen, indem Sie für jedes Familienmitglied einen elektronischen Terminkalender im Taschenformat anschaffen und/oder in Ihrem Heimcomputer ein komplettes Kalenderprogramm für die nächsten fünfzehn Jahre installieren. Das verschafft Ihnen die beruhigende Möglichkeit, die Zukunft in allen Einzelheiten zu sehen. Wenn Sie für das Jahr 2003 schon mehrere gesellschaftliche Verpflichtungen eingetragen haben, brauchen Sie sich nicht mehr mit dem Verdacht zu quälen, daß kein Mensch Sie mag und daß man Sie von allen möglichen interessanten Veranstaltungen ausschließt. Wichtiger noch, ein auf Jahre hinaus voller Kalender wehrt wirksam das Gefühl der Leere und Langeweile ab, das unweigerlich zum Nachdenken über den vertrackten Sinn des Lebens führt.

(Ein Wort zum Trost: Wenn Ihre Freunde nach einem Blick auf Ihr kniffliges Zeitplanungssystem anfangen, Ausdrücke wie *Analspeicher* und *Kontrollfreak* in Umlauf zu bringen, nehmen Sie sich die Freiheit, sie hochmütig zu ignorieren. Schöpfen Sie Trost aus dem Wissen, daß sie heute in drei Monaten, wenn Sie sich bei einer Benefiz-Abendveranstaltung für die Rechte der Tiere königlich amüsieren, allein zu Hause sind und sich die Haare waschen, weil sie denken, die Veranstaltung finde erst nächste Woche statt.)

Weichen Sie keiner Gelegenheit aus, Ihren Wortschatz zu verbessern und zu erweitern. Lernen Sie Wörter wie Semiotik, Solipsismus, obsequent, Oligarchie, Palimpsest, Epistemologie, fiduziarisch und Polytetrafluoroethylen richtig buchstabieren, interpretieren und anwenden. Jedes Gespräch wird durch den rechtzeitigen Einwurf dieser und anderer vielsilbiger Ausdrücke aufgewertet und belebt. Versäumen Sie keine Gelegenheit, die Wörter dysfunktional, Ermächtigung, Toskana und Radicchio anzuwenden. Wenn möglich, wenden Sie alle in einem Satz an.

Xenophilie: Hegen Sie sie. (Falls Sie noch nichts für die Verbesserung Ihres Wortschatzes getan haben, das Wort *Xenophilie* bedeutet »eine manische Besessenheit von oder ein übermäßiges Hingezogensein zu Fremden und allem, was aus dem Ausland kommt«.) Hegen Sie eine Liebe zu allen Importwaren, inklusive Wein, Speisen, Kleidung, Autos, Teppichen und Filmen. Hängen Sie dem Glauben an, daß alle Dinge heimischen Ursprungs von Haus aus dem ausländischen Pendant unterlegen sind.

Hegen Sie insbesondere ein Interesse für Geographie. Auch wenn Sie weder die Mittel noch den Hang zum Reisen haben, decken Sie sich mit Reiseführern für die beliebtesten Länder ein. Das wird es Ihnen ermöglichen, sich effektvoll an den hochtrabenden Tischgesprächen zu beteiligen, bei denen alle anderen Gäste Geschichten von ihrem letzten Auslandsurlaub zum besten geben.

Diese Leute fahren im Urlaub für die letzten beiden Juli-Wochen nicht nach Bemidji, Minnesota. Sie fahren auch nicht nach Disneyland, zu den Niagarafällen oder nach Winnipeg, um ihre alte Tante zu besuchen. Diese Leute fahren auf die griechischen Inseln, in den Schwarzwald, in die Toskana, an die Costa del Sol, nach Istanbul und Paris.

Nachdem Sie Ihre Reiseführer studiert haben, werden Sie auch wissen, daß die besten Zimmer im Grand Hotel Summer Palace in Rhodos im neuen Flügel liegen, mit rosa Marmorböden und prächtigen Gemälden von Wassernymphen und Göttinnen. Daß im Museo dell'Opera del Duomo (dem ehemaligen bischöflichen Palais) in Florenz Donatellos Originalreliefs für seine Kanzel zu sehen sind (Eintritt 5000 Lire, dienstags geschlossen), von der fünfmal jährlich der Gürtel gezeigt wird, den der Legende nach die Madonna trug. Daß die Muschel-Kürbissuppe im Les Bouquinistes am linken

Seineufer (fünfter Bistro-Anbau von Küchenchef Guy Savoy, ein zauberhafter postmoderner Raum mit einem reizvollen Blick auf die Seine) der ideale Appetitanreger für die mit Hühnchen und Sellerie gefüllten Ravioli ist (samstags mittags und sonntags geschlossen).

Nehmen Sie bei diesen Anlässen Abstand von der Ausführung Ihrer Theorie, daß Leute, die übermäßig viel reisen, gewöhnlich vor ihrem wahren Leben zu Hause davonlaufen.

Erwähnen Sie auch nichts von Ihrem wiederkehrenden Alptraum, worin Sie, nachdem Sie es endlich nach Paris geschafft haben, in eine entzückende *Brasserie* im *L'arrondissement seizième* schlendern, nur um sie alle dann dort *pour le déjeuner* versammelt zu sehen.

Wenn Sie sich in Gesellschaft dieser weltmännischen Vielflieger befinden, vermeiden Sie unbedingt das Wort *prätentiös.*

Yuppie oder nicht: Sehnen Sie sich in der Öffentlichkeit nach der guten alten Zeit, als das Leben einfacher, die Luft sauberer, das Essen frischer war. Fallen Sie im stillen Kämmerlein auf die Knie und danken Sie dem Herrn für das schnurlose Telefon, den Laptop, das Fax, das Modem, die Mikrowelle, die elektrische Brotbackmaschine, den Gefrierschrank mit Abtauautomatik, die automatische Geldzählmaschine, die Fernsteuerung zum Anlassen des Autos, das digitale Aufnahmegerät und für die Antibiotika.

Danken Sie dem Herrn insbesondere für Ihr elektronisches Geräuschegerät, das es Ihnen ermöglicht, dem Meer, dem sanften Klopfen der Regentropfen, dem Murmeln eines Baches oder dem entspannenden Wiegenlied einer Sommernacht (komplett mit Grillen und Fröschen) zu lauschen, wann immer Sie dem erbarmungslosen Streß des modernen Lebens entkommen wollen. Das Schöne an diesem Gerät ist, daß es Ihnen ermöglicht, mit der Natur zu kommunizieren, ohne ins Freie gehen zu müssen, wo Sie Gefahr laufen würden, sich naß und schmutzig zu machen, ganz zu schweigen von der Möglichkeit, von Moskitos, Kriebelmücken oder einem wilden Waschbären gebissen zu werden.

Zeigen Sie Feuereifer beim Streben nach Vollkommenheit. Schlichte Selbstverbesserung genügt nicht mehr. Trachten Sie jederzeit nach Erreichung des absoluten Zenits von Stil und Eleganz. So selbstzufrieden Sie auch stets sein mögen, denken Sie daran, daß es immer noch mehr zu tun gibt. Packen Sie die

Gelegenheit beim Schopf. Packen Sie die Katze am Schwanz. Packen Sie den Stier bei den Hörnern. Packen Sie den Tiger in den Tank. Packen Sie ein. Packen Sie sich die Taschen voll. Packen Sie aus. Packen Sie Packen auf Packen. Packen Sie's an.

Vor allem aber: Packen Sie das Wissen in Ihren Kopf, daß der Rahm immer oben schwimmt.

Zu den Abbildungen

Einige Illustrationen in diesem Buch sind in ihrer ursprünglichen Form abgebildet. Andere sind von der Verfasserin geschaffene Collagen.

Die Abbildungen entstammen *Images of Medicine: A Definitive Volume of More than 4800 Copyright-free Engravings,* hrsg. von Jim Harter (New York, 1991) sowie folgenden Bänden der Reihe Dover Pictorial Archive (Dover Publications, New York):

200 Decorative Title-Pages (Alexander Nesbitt); *3800 Early Advertising Cuts* (Carol Belanger Grafton); *Albinus on Anatomy* (Robert Beverly Hale und Terence Coyle); *Animals* (Jim Harter); *Cesare Ripa: Baroque and Rococo Pictorial Imagery* (Edward A. Maser); *Children* (Carol Belanger Grafton); *Decorative Alphabets and Initials* (Alexander Nesbitt); *A Diderot Pictorial Encyclopedia of Trades and Industry: Volumes One and Two* (Charles C. Gillispie;) *The Doré Bible Illustrations* (Millicent Rose); *Early American Locomotives* (John H. White, Jr.); *Food and Drink* (Jim Harter); *Goods and Merchandise* (William Rowe); *Handbook of Renaissance Ornament* (Albert Fidelis Butsch); *Harter's Picture Archive for Collage and Illustration* (Jim Harter); *Historic Alphabets an Initials* (Carol Belanger Grafton); *Love and Romance* (Carol Belanger Grafton); *Men* (Jim Harter); *Montgomery Ward & Co. Catalogue and Buyer's Guide, No. 57, Spring and Summer 1895* (Boris Emmet); *Music* (Jim Harter); *The New Testament* (Don Rice); *Old Fashioned Animal Cuts* (Carol Belanger Grafton); *Old Fashioned Illustrations of Books, Reading and Writing* (Carol Belanger Grafton); *Old-Fashioned Illustrations of Children* (Carol Belanger Grafton); *Old-Fashioned Nautical Illustrations* (Carol Belanger Grafton); *Old-Fashioned Romantic Cuts* (Carol Belanger Grafton); *Old-Fashioned Transportation Cuts* (Carol Belanger Grafton); *Perspective: Jan Vredeman de Vries* (Adolf K. Placzek); *Picture Book of Devils, Demons and Witchcraft* (Ernst und Johanna Lehner); *Picture Sourcebook for Collage and Decoupage* Edmund V. Gillon, Jr.); *Trades and Occupations* (Carol Belanger Grafton); *Transportation* (Jim Harter); *Victorian Women's Fashion Cuts* (Carol Belanger Grafton); und *Women* (Jim Harter).

Danksagung

Die sachlichen Informationen in diesen Geschichten sind einer Anzahl von Quellen entnommen, darunter *Atlas of Stars and Planets: A Beginner's Guide to the Universe* von Ian Ridpath (Facts on File, 1993); *The Book of Answers: The New York Library Telephone Reference Service's Most Unusual and Entertaining Questions* von Barbara Berliner mit Melinda Corey und George Ochoa (Prentice-Hall, 1990); *The Compass in Your Nose and Other Astonishing Facts about Humans* von Marc McCutcheon (Los Angeles, Jeremy P. Tarcher, 1989); *Fodor's 96 Europe*, hrsg. von Linda Cabasin (Fodor's Travel Publications, 1995); *The New Illustrated Universal Reference Book* (London, Odhams Press, 1933); *Perspective for Artists* von Rex Vicat Cole (Dover Publishing, 1976); *Planets and Satellites* (Barron's Educational Series, 1993) *Saints Preserve Us!* von Sean Kelly und Rosemary Rogers (Random House, 1993); und *Why Eve Doesn't Have an Adam's Apple: A Dictionary of Sex Differences* von Carol Ann Rinzler (Facts on File, 1996).

Ich danke dem Canada Council sowie dem Ontario Arts Council für ihre großzügige finanzielle Unterstützung.

Für ihr unerschütterliches Vertrauen und ihre ureigenen Formen der Zuneigung bin ich meinen Freunden Carla Douglas und Jim Kane (ein Extradank gebührt Carla für das Würzsoßen-Rezept auf Seite 61), Merilyn Simonds und Wayne Grady sowie Katherine Lakeman zutiefst dankbar, ferner meiner Agentin Bella Pomer, Lois Rosenthal von *Story*, meinen Lektoren Mindy Werner und Phyllis Bruce und ganz besonders meinem lieben Sohn Alex.

PIPER

Anita Shreve

Die Frau des Piloten

Roman. Aus dem Amerikanischen von Christine Frick-Gerke.
277 Seiten. Geb.

Für Kathryn war klar, daß sie zu niemandem auf der Welt ein so inniges, so vertrautes Verhältnis hatte wie zu ihrem Ehemann Jack. Bis zu seinem plötzlichen Unfalltod: denn nun tut sich für sie ein Abgrund an schrecklichen Vermutungen und Gewißheiten auf.
Eigentlich war ihre Ehe glücklich, ja sogar leidenschaftlich gewesen. Ihre Geschichte hatte begonnen in jenem Haus am Meer, mit seinen hohen Fenstern, durch die man den blaugrünen Atlantik sehen kann. Eines Tages hatte Jack ihr dieses Haus tatsächlich geschenkt – als Besiegelung ihrer großen Liebe.
Unfaßbar ist für Kathryn daher die Nachricht seines plötzlichen Todes – Jack, Pilot bei einer großen amerikanischen Fluggesellschaft, ist mit einer vollbesetzten Passagiermaschine vor der irischen Küste abgestürzt. Die Medien munkeln von Selbstmord – aber Kathryn will es einfach nicht glauben. Was könnte ihr Mann vor ihr verborgen haben? Eine rätselhafte Londoner Telefonnummer, die sie in einem seiner Kleidungsstücke findet, weckt einen furchtbaren Verdacht in ihr …